JN106998

人生の百倍返し

わが生きざまに悔いはなし

山口勝美
YAMAGUCHI Katsumi

文芸社

もくじ

第一部　銀行編（企画部）

第二部　教育編（教育財団）

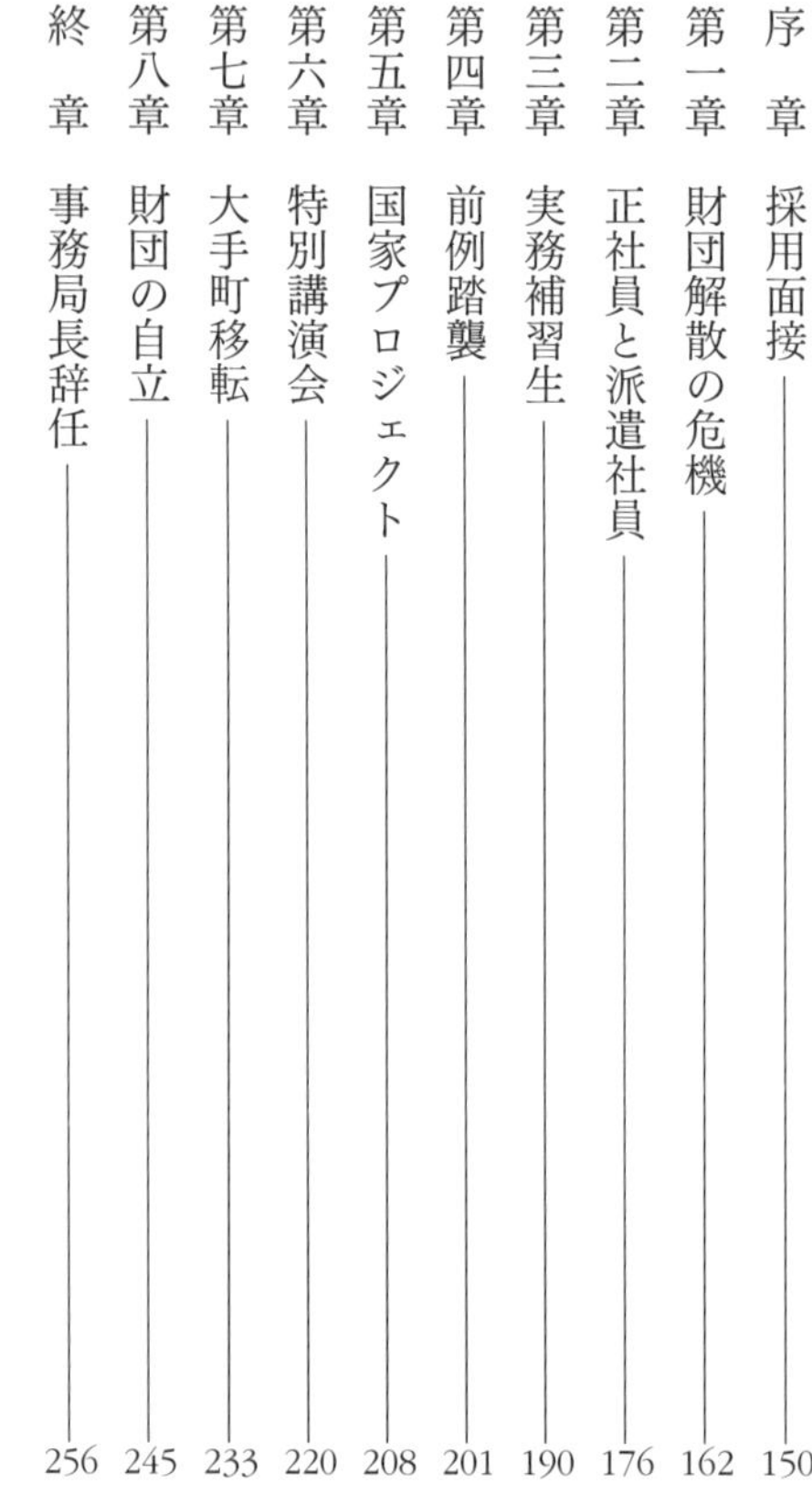

第三部　介護編（在宅介護）

主な登場人物

第一部　銀行編（企画部）

・山本直人　東京丸の内銀行企画部調査役・次長（丸の内銀行出身）
・山本洋子　山本直人の妻（看護師）
・平塚愛以　山本洋子の同僚（看護師）
・若田恒雄　東京丸の内銀行頭取（丸の内銀行出身）
・高山一郎　東京丸の内銀行頭取（東京日本橋銀行出身）
・岸本昭　東京丸の内銀行副頭取・頭取（丸の内銀行出身）
・五木繁　東京丸の内銀行頭取（丸の内銀行出身）
・和田徹　東京丸の内銀行常務・専務（丸の内銀行出身）
・大崎俊一　大蔵省銀行課長・国税庁調査課長、調査部長・金融庁主任検査官
・小森東太　東京丸の内銀行企画部長（丸の内銀行出身）
・島内文雄　東京丸の内銀行企画部次長（丸の内銀行出身）
・平塚正　山本直人の同期（東京丸の内銀行システム部）
・木下良一　山本直人の同期（東京丸の内銀行資金証券部）

第二部　教育編（教育財団）

・山本直人　教育財団理事・事務局長
・山本洋子　山本直人の妻（看護師）
・平塚愛以　山本洋子の同僚（看護師）
・大崎俊一　金融庁公認会計士・監査審査会事務局長
・平沼誠一　全国会計士協会前会長
・増山浩二　全国会計士協会会長
・山下忠司　全国会計士協会専務
・初田進一　白山学院大学教授
・森田健介　教育財団課長（全国会計士協会から出向）
・寺田毅　実務補習生（監査法人トーマス勤務）

第三部　介護編（在宅介護）

・山本直人　年金生活者（在宅介護者）
・山本洋子　山本直人の妻（看護師）
・平塚愛以　山本洋子の同僚（看護師）
・本山裕子　宮前ケアセンター訪問看護師

・白川志朗　帝東病院神経内科医師
・植木欣一　長崎道の駅精神科病院副院長
・浅井次郎　長崎東西病院神経内科医師
・杉山三郎　桜田門病院神経内科医師
・成田良樹　イチニ訪問入浴介護管理者（介護福祉士）
・松田徹　山本直人の同期（東京丸の内ミツワ銀行人事部嘱託）
・寺田毅　東京丸の内ミツワ銀行企画部調査役（監査法人トーマス出身）

第一部　銀行編（企画部）

序章　企画部着任

一九七六年四月一日、山本直人（やまもとなおと）は丸の内銀行の入行式に九州から飛行機でやって来た。同期は一二六人、九州の同期は九州大学出身の平塚正（ひらつかただし）と木下良一（きのしたりょういち）の二人だけであった。

直人は長崎大学経済学部貿易学科出身で、当初は商社を第一志望にしていたが、第二次オイルショックによる影響で就職難が予想されたため、学生を比較的多く採用していた銀行・保険に切り替えた。これが将来吉と出るか凶と出るかは、この時点では誰も予想できなかった。

九州出身の三人は、東大、京大、一橋、慶応、早稲田などの大学の出身者が多い丸の内銀行の中では完全に少数派であったが、逆に同期にライバル視されずに済んで幸運だったのかもしれない。

入行式が終わると配属先が発表され、直人は福岡支店、平塚は熱田支店、木下は本店に配属された。その後、三人は新人研修で顔を合わせたこともあったが、それぞれの現場で数少ない地方大学出身者として孤軍奮闘してきた。

そして十一年が過ぎた。直人は二か店目の元住吉支店で貸付を六年経験し、一九八七年四月一日に支店長から異動の発令を受けた。

「山本君、本部の企画部に栄転だ。それも同期トップでの役付への昇格付きだ。おめでとう」

直人は転勤先に驚くとともに、同期トップで役付になれたことに二度びっくりした。平塚はシステム部、木下は資金証券部とそれぞれ本部に転勤となったが、二人ともまだ昇格はできなかった。久しぶりに三人が渋谷の銀行の研修施設に集まり、三人だけの同期会を開催した。木下は盃が進むに連れて饒舌（じょうぜつ）になり、直人に絡んできた。

「おい、山本、お前が同期一二六人の中でトップで昇格するなんてまさに青天の霹靂（へきれき）とはこのことだよな。一体、元住吉支店でどんな成果を挙げたんだ」

と問い詰めてきた。直人は、

「大した成果は挙げていないよ」

と謙遜気味に答えた。すると平塚が、

「そんなことはない。こいつは元住吉支店で、これから成長が期待される複数のベンチャー企業の新規獲得に成功したんだ。それが人事部に認められたんだよ」

と、まるで自分の支店のことのように詳しく説明した。

実は直人には思い当たることが二つあった。一つは支店からの貸出稟議（かしだしりんぎ）を審査する融資部との論争であり、もう一つは元住吉支店の親密取引先であった菅山商店の社長の「君を昇格させるように本部のある人に推薦しておいたから」という話であった。

融資部との論争は、神奈川でプロパンガス事業を行っていた地元の中小企業、神奈川ＬＰガスへの設備投資貸出五億円の稟議に関するものであった。

　融資部の調査役は直人が提出した稟議書に対して、担保不足を理由に再検討するように指示してきた。直人は当然予想された指摘にこう切り返した。

「融資部では、担保は十分だが返済能力に問題がある企業と、担保は十分とまでは言えないが返済能力には全く問題がない企業の、どちらが当行にとっていい案件だと考えているのか。融資部は担保さえあれば返済能力はどうでもいいという方針なのか。

　神奈川ＬＰガスは確かに担保となる不動産は少ない。銀行の規定に従うと担保不足は否めないが、将来の収益計画を見てもらうとわかるように返済には全く問題はない。支店は担保不足だから本部に稟議してお伺いを立てているのであり、それを担保不足だからできないとはどういうことだ。これではそもそも融資部なんか必要ない」

　融資部の調査役はこの直人の主張に生意気だと言わんばかりに、

「君は銀行が何で飯（めし）を喰（く）っているのかわかっているのか。銀行はお客様から大切な預金をお預かりしてこれを貸出の原資としており、その貸出と預金の利鞘（りざや）で飯を喰っているんだ。したがって、貸出は何があっても全額回収しなければならない。そのためには十分な担保を取っておく必要があるんだ。わかったか」

　と言って、支店の方から稟議を取り下げるように直人に強制した。

　直人も黙ってはいなかった。

「五億円以上の貸出稟議は、調査部（市場調査する部署）とのダブルチェック（両方で検討する）が必要となるが、調査部の見解はどうなんだ。神奈川はまだまだ人口が増加している。申し分ないマーケットだと思うが」

融資部の調査役は、

「調査部も市場規模に比して過大投資ではないかと否定的な考えであり、担保不足は看過できないという見解だ」

と直人に切り返してきた。

直人はここで公認会計士補（公認会計士試験には合格しているが、会計監査や企業経理などの実務経験がないため正式な公認会計士ではない公認会計士の卵）として日本の銀行の不動産担保至上主義を批判した。

「それではお尋ねするが、欧米の銀行では不動産担保よりその企業の事業価値を重視し、顧客基盤や技術力などを営業権として担保としているケースが多い。なぜ、融資部ではこの営業権を担保として認めないのか。神奈川ＬＰガスはガスの供給先を何十万所帯と抱えている。この顧客基盤を事業価値として評価すれば何十億円にも相当し、それを銀行が担保として認定すれば担保不足ではなく、逆に担保に余力が出てくると思われるがどうなんだ」

調査役もすかさず反論に出た。

「そんなものは、日本ではまだ荒唐無稽なものである。当行のマニュアルのどこにもそんな規定はない。したがって、この稟議は取り下げてもらう」

直人は、旧態依然とした調査役の発言にとうとう怒りが爆発した。

「そんなものとは何だ。顧客基盤は、当社の外回りの担当者が苦労して獲得してきた大事な財産なんだ。融資部は営業現場が取引先のために何とか力になりたいと苦労して上げてきた貸出稟議を、何とかして取り上げようと営業現場をサポートする組織ではないのか。貸出稟議を否認することが仕事ではないはずだ。

融資部は誰のおかげで飯が喰えているのか。あなたはこれまでに営業店の取引先企業を訪問したことがあるのか。どうしてもあなたが納得できなければ、現場に行ってその企業の営業活動や経営者の考えなどを聴いて確認すべきではないのか。机上の書類だけでは本当の企業の実態はわからない。

営業権や技術力は、万が一取引先が倒産した場合でも同業者や投資家などに買ってもらえる企業の大切な財産である。特許がいい例ではないか。それを銀行内部のマニュアルに規定されていないから認めないとは何事だ。それではまるでお役所仕事と同じだ。正式担保と規定されていないなら、新しく営業権を正式担保と規定するルールを作ればいいではないか。

とにかく神奈川ＬＰガスの顧客基盤の価値は、少なくとも十億円は下らない。現時点で正式担保として認められないというなら、少なくともそれに準ずる担保として時価の七～八掛けでも担保価値を認めるべきだ。それとも融資部はこうした営業権の価値を評価することができないのか」

調査役は直人の発言に返す言葉を失った。

この直人が提出した稟議は翌日承認された。承認通知書には「準正式担保」と朱書きされ、この後顧客基盤などの営業権が担保として認められることになった。

ちなみに神奈川ＬＰガスはその後東京証券取引所第一部に上場し、今でも丸の内銀行がメインバンクである。直人たちが議論を戦わせてから間もなく、新日本経済新聞に「営業権担保で融資」と題して、「政府は企業の技術や顧客基盤などの営業権を事業価値として評価し、担保にできる新制度を検討する」という大きな記事が掲載された。

この融資部との一件で、「元住吉支店に山本という生意気だが、面白いことを言う貸付係員がいる」という噂が企画部長に伝わり、是非とも企画部に欲しいとなったようだ。

直人は会計・税務の知識においても融資部の調査役の敵ではなかった。これは最初に配属された福岡支店のベテランの貸付課長がアドバイスしてくれたおかげであった。

「山本君、これからの銀行員は会計・税務の専門知識は必須だよ。新人は残業もなく時間が十分あるんだから、公認会計士の試験に受かるぐらいの知識はちゃんと身に付けておけよ」

直人はこの忠告を受けて翌年の公認会計士試験にチャレンジしようと、一年間猛勉強して難関の試験に合格した。

もう一つは、元住吉支店の取引先で非鉄金属回収業を営んでいた菅山商店社長の、

「山本さん、あなたが昇格できるように本部のある人に推薦しておいたからね。これからの銀行には

あなたのように誠実で謙虚、しかし言うべきときにはしっかり自分の意見が言える人間が必要なんだ。そんな優秀な人材は早く出世させるべきだ」

という話であった。「本部のある人」とは未だに不明であるが、人事部の役員だった可能性もある。

直人は支店に近い菅山商店を気分転換のため、よく自転車で訪問していた。ある日、訪問したが社長が留守だったため、隣地にある倉庫の中を覗(のぞ)いていた。そこには回収された銅や電線など非鉄金属が今にも崩れそうに山積みにされていた。その時、社長が帰ってきて直人を見るなり、

「なんだ。何か用か。今忙しいから相手をする暇はないぞ」

と珍しく社長は不機嫌であった。

「今日は決算書をいただきに来たんですが」

社長は怒ったような顔をして、

「山本さん、今倉庫に山積みになった在庫を見ていたでしょう。あれがうちの決算書だよ。それも二か月も三か月も前に作成された紙の決算書ではなく、今の実態を表す決算書だよ。わかるか」

直人は何を言われているのかわからず、社長の顔を恐る恐る上目遣いに見た。

「山本さん、今日の銅の相場はいくらだった。それくらいは調べてから来ているよね。ピカ銅という最も高い電線がキロ七〇〇円、倉庫には約八十トンある。総額で五六〇〇万円になる。今日はこの値段が一五〇〇円も値上がりしているんだ。今売れば一二〇〇万円は儲かる計算だ。だから俺は今忙しいんだ。二か月前の値段はキロ五〇〇円だった。今に比べて在庫の額は一六〇〇万円も少なくなる計算

だな。過去の決算書の在庫とあなたが今見ている目の前にある在庫の、どちらがうちの財務実態なんだ？

過去の決算書では今の財務実態はわからないんだ。実態を調べるには現場に行って実際に今の在庫を調べることだよね。あなたはそれを今倉庫で調べていたんじゃないの」

菅山社長は直人に、企業の実態を知るためには現場に直接行って、自分の目で確認することの大切さを教えていたわけである。机上の決算書と睨めっこしていても実態はわからない。決算書はすでに過去の話だ。直人の「現場第一主義」はここから始まっている。

直人はこの昇格栄転がきっかけとなり、どういうわけかそれから四半世紀という長い間、企画部に在籍することになった。こんな銀行員は後にも先にも直人しかいないだろう。

この間に起こった様々な事件や銀行存亡の危機などを後で振り返ると、正直言ってこの時の転勤は本当に栄転だったのかどうか疑問であった。明日から本部の企画部に出勤することになる。直人の胸には期待と不安が入り交じり、まるで初めて配属されたときのように気持が高ぶっていた。

直人は、元住吉支店に勤務していた時に、近くの川崎労災病院で長崎の中学校で同級生だった山下洋子と再会した。彼女はそこで看護師として働いており、やがて二人は結婚する。

直人が年末に風邪を拗らせ軽い肺炎を起こし、この病院に通院したのが再会のきっかけとなった。

洋子の患者に安心感を与える話し方や迅速で丁寧な看護の仕方は看護師の間でも一目置かれ、患者からの人気も高かった。

洋子は目がぱっちりと大きく綺麗な女性であった。洋子と結婚して二年目に長男翔太が生まれ、武蔵小杉の社宅の一階一〇二号室に家族三人で住んだ。洋子は川崎労災病院が社宅から近かったこともあり、この病院での勤務を続けた。

偶然というのは、時に驚くほど重なるものである。

まず、最初の偶然は、直人の同期である平塚正が名古屋から東京本部のシステム部に転勤し、元住吉の今井寮という独身寮に入ってきたことである。平塚は元住吉の居酒屋で直人とよく酒を酌み交わした。

その後、平塚は慣れない本部勤務でストレスからか体調を崩し、独身寮近くの川崎労災病院に入院することになり、その病院で働いていた洋子の同僚の柴田愛以（しばたあい）と巡り逢って結婚した。これが二回目の偶然である。柴田愛以は明るく快活で、その場の雰囲気を和ませる愛嬌のある可愛らしい女性であった。

そして三回目の偶然が起きた。平塚夫婦もまた直人たちと同じ武蔵小杉の社宅の二階二〇二号室に入ってきたのである。

武蔵小杉の社宅から丸の内銀行の本部までは地下鉄日比谷線で約一時間かかり、初出勤日ということで早く社宅を出た直人は八時前には十階の企画部に着いた。

　すると、どこから聞きつけてきたのか、本部に勤務する同期と思われる連中が、支店から役付昇格第一号になった山本とはどんな奴だと確認に来た。同期のエリートたちは地方大学出身者などそもそもライバルと思っていなかったこともあり、直人の顔すらろくに知らなかったようだ。

　直人は、小太りで人の良さそうな小森東太（こもりとうた）企画部長から朝一番で発令を受けた。

「元住吉支店から来た山本君だね。今日から君は企画グループで大蔵省（現金融庁）との折衝を担当してもらいます。当行にとって極めて重要な役割を担うことになるから、しっかり勉強して業務に邁進（まいしん）してもらいたい」

　大蔵省担当、いわゆる「ＭＯＦ（Ministry of Finance）担」（社内では外部の担当を「○○担」と略して呼んでいた）である。ＭＯＦ担の主な仕事は、大蔵省の金融検査部や銀行局との折衝である。その当時、銀行にとって最も重要な貸出の償却検査の日程や検査担当が誰になるかなどの情報をいち早く聴き出し、事前に準備をすることにより金融検査をいかにスムーズに終わらせるかが問われる仕事であった。

　直人は内心、

「こうしたリスクの高い仕事は地方大学出身者に回ってくることが多い。なぜなら、地方大学出身者は期待されていないこともあり、ミスを犯してもあまり失うものがないため、リスクの高い仕事にも果敢に挑戦する。それに引き替え、将来を期待されているエリート行員にとっては、リスクの高いこういう仕事はできれば避けて通りたい仕事であるはずだ」

と思った。

この企画部で直人は、今後の丸の内銀行の存亡を懸けた様々な出来事に遭遇することになる。

丸の内のビル街は、風薫る爽やかな季節を迎えようとしていた。

第一章　ディスクロージャー（情報開示）

直人が、ＭＯＦ担としてようやく仕事の要領がわかってきたある日、小森企画部長に呼ばれた。

「山本君、これからのＭＯＦ担は決算のことも知っておく必要がある。今日から経理担当の島内次長の下で当行の決算手続きについて少し勉強してほしい。もちろん、ＭＯＦ担の仕事も続けてもらいますよ。今日から人の二倍働くように」

「えー」と思わず声が出たが、「はい、わかりました」と直人はとっさに答えてしまった。どうも納得できなかった。「それなら給料も二倍出してくれよ」と言いたかったのだ。

経理担当の島内文雄（しまうちふみお）次長から声をかけられたのは十時過ぎのことである。

「山本君、十一時から大手七行の経理担当者が集まる定例の会合がある。その会合には大蔵省の大崎銀行課長もオブザーバーとして出席される。君も今後のこともあるので参加するように」

大手七行とは第一銀行、芙蓉銀行、井桁銀行、ミツワ銀行、丸の内銀行、三越銀行、東洋銀行である。この会合は各行の経理担当者が会計や税務などの制度変更にどう対応するかを話し合うもので、毎月七行の輪番で開催され、今月は丸の内銀行が担当であった。

上位七行のこの会合では経理関係の様々な課題を話し合って、全国の銀行が統一した取扱いができるようにその方向性を決めていた。早い話、いい意味での談合だった。そしてこの会合には大蔵省の銀行課長にもオブザーバーとして参加してもらっており、改めて大蔵省の了解を求める必要がなく、銀行側にとっても極めて効率的かつ有意義な会合であった。

七行会の終盤に差しかかったところで、議長を務めていた島内次長が話題を変えた。

「それでは、この時期恒例の決算着地について、各行からご報告をお願いします」

その時、やっと大崎俊一（おおさきしゅんいち）銀行課長が到着した。時刻はもう十一時五十分を過ぎていた。

「遅くなりました。銀行局内の打ち合わせが長引いちゃってね」

大崎は六人姉弟の長男の末っ子で五人の姉に囲まれて育ったためか、言葉遣いが「女性言葉」になってしまっていた。

彼は遅れたことをみんなに謝罪することもなく中央の席に座った。議長の島内は話を続けた。

「それではうちから先に申し上げます。前期の着地は五〇〇の前半です」

次に第一銀行が「六〇〇の半ば」、芙蓉銀行「六〇〇の前半」、井桁銀行「五〇〇の後半」、ミツワ銀行「五〇〇の半ば」、三越銀行「四〇〇台」、東洋銀行「三〇〇台」と各行から数字が報告された。

直人にはこの数字が何を意味するのか全くわからなかった。島内は最後を締めくくって言った。

「それでは皆さん、この方向でよろしくお願いします。大崎課長、これでよろしいでしょうか」

「いいんじゃない」と大崎課長は答えた。

直人は企画部の部屋に戻るとすぐに、先ほどの数字が何を意味するのかを島内に尋ねた。島内はそれに答えた。

「あの数字は、前期決算の最終利益である当期利益の数字だ」

直人はそれを聴いて決算の数字がそんなに恣意的に作られるものなのかと驚いた。さらにその数字が監督当局の了解の下に作られていることに罪悪感さえ覚えた。なぜなら、当期利益は投資家にとって重要な投資情報であるからだ。

この頃はまだディスクロージャー（情報開示）の重要性が認識されていなかった。証券局でディスクロージャー制度導入の議論が本格化し、証券取引等監視委員会が発足するのは一九九〇年に入ってからであった。

直人は企画担当の原田隆一（はらだりゅういち）次長に、その日の午後に開催される経営計画会議の議事録を取るように命じられた。

会議は午後二時から九階の役員会議室で始まった。頭取、副頭取、専務、常務、各部の部長、次長など総勢三十人以上が出席した。本部経験のない直人にとっては顔と名前が一致せず、議事録を取るのにも一苦労した。

そうした中、国内支店担当の支店部長が、前期の貸出・預金の実績を報告した。

「前期の国内営業店の貸出は大変好調に推移し、約八割の支店が目標を達成しました。これは好景気に支えられ企業向けの設備投資貸出が大きく伸びたことが主因です。加えて昨今の株価高騰に伴い、有価証券投資貸出が過去最高になったことも寄与しています。預金も約九割の営業店が目標を達成しました。今期も引き続きこの好調を維持して参りたいと思います」

それを聞いていた芹山副頭取が、鋭い質問を支店部長に投げかけた（この会議の事前説明は各担当役員止まりで、頭取、副頭取には事前の説明はなされていなかった）。

「それでは、資金利益（預金・貸出などの利益）は、他行に対して完勝したということだな」

支店部長は困ったような顔をしてそれに答えた。

「まだ速報ベースですが、他行との計数交換によると思わしくない数字が出ています」

「その数字で見ると、当行の資金利益は上位五行中何番目になるんだ」

「速報ベースでは残念ながら最下位の五番目です」

「それはどういうことだ。行内の目標は達成しているにもかかわらず、他行には負けているということか。そうであればうちの目標設定自体が甘かったということではないのか。それで最終利益（当期利益）はどうなんだ、企画部長」（企画部は最終利益の所管部署）

「おそらく、最下位だと思います」

こんなやり取りで、会議は嫌な雰囲気となり、今にも甘い計画を作った犯人探しが始まりそうな不穏な動きとなった。

直人は議事録を取りながら、今日の午前中の会合を思い出し疑問を持った。

「営業現場は毎日預金・貸出などの資金利益の競争に鎬を削っているのに、公表される最も重要な当期利益は、監督当局の指導の下、全く違う世界で決められている。こんなことでは営業現場で毎日汗を流して頑張っている行員たちは報われない。これは何かがおかしい」

経営計画会議が終わったところで、直人は島内次長に喰ってかかった。

「なぜ営業現場の実績をそのまま決算に反映させないんですか。なぜ当期利益の順番があらかじめ決められているんですか。なぜ正しいディスクロージャー（情報開示）ができないんですか」

島内次長は直人に説明した。

「山本、君は銀行コードがどうして決められたか知っているか。若い人にはわからないかもしれないが、銀行コードは銀行が設立された順番を表わしているんだ。監督当局はこの銀行コードに沿って、すべての統計資料を作っているんだ。だから順番が変わると彼らは困るんだよ。

そこで、監督当局は貸出と預金を加えた資金量の順番をこの銀行コードに合わせるように指導しているんだ。さらにこの順番に当期利益も右へ倣えさせ、決してその順番を変えさせないようにしているんだよ。だから当期利益の順番はいつも銀行コードと同じ順番になるんだ。

第一銀行のコードは０００１、芙蓉銀行は０００２、井桁銀行０００３、ミツワ銀行０００４、そして当行は０００５だ。この順番で資金量と最終利益が決まるのさ。この順番を崩すことは当局が許さない。それが列を乱さずに全員を引張っていく護送船団方式というやつさ」

直人は午前中の会合で島内次長が大崎課長に「これでいいか」と打診して了承された意味が今やっと理解できた。しかし、正義感の強い直人にはこんな不合理なやり方は許せなかった。直人は、どうすれば営業現場の努力がちゃんと報われるようになるのかを考え始めた。

企画部に着任してから三か月が経とうとしていた。直人はまだ解決策が見つけられなくて毎日悶々としていたが、「悩んでいても仕方がない、まずは当たって砕けろだ」と考え、大崎銀行課長に直談判するために霞ヶ関へ向かった。

「今日は何の用なの、山本調査役」

大崎課長は国会での事務局対応が一段落したこともあり、いつになく上機嫌であった。

直人は、今がチャンスだと思い、ストレートに話を切り出した。

「課長、決算着地の指導はそろそろやめませんか。営業現場の努力の結果を素直に決算に反映させるような自由競争をやらせてくださいよ。そもそも銀行も一民間企業ですよ。そうであれば自由競争が原則でしょう」

大崎課長の機嫌が急に悪くなってきた。

「山本君、あなたは何を言っているの？　銀行業は認可事業ということを忘れていない？　公共性が高い銀行を潰すわけにはいかないのよ。そのために当局がちゃんと監督してあげているの。わかったかしら」

直人は反論した。

「だからと言って、利益の順番までご当局が指図するのはいかがなものかと思います。ご承知の通り、これから証券局で情報開示の議論が始まります。それまでにこの問題を解決しておかないと大変なことになりますよ」

「何、山本君、それって私を脅しているつもり？　そんな挑発には乗らないわよ。また出直して来てちょうだい」

直人は、これは大崎課長では埒が明かない根の深い大きな問題だとわかった。営業店であれば、その日の仕事はその日のうちに完結するが、本部の仕事はそうはいかないことを知った。

直人は、本部の仕事は精神衛生上も良くないなと思って、今日ぐらいは早帰りをしようと銀行を十八時に退勤した。

社宅に着いたのは十九時を少し回っていた。帰るとすぐに洋子が驚いて駆け寄って来て、

「どうしたの。熱でもあるの。大丈夫？」と言って直人の額に手を当てた。

「俺だってたまには早く帰りたいときもあるよ」

「わかった。それって〝本部病〟ね。愛以ちゃんがよく言っていたわ。ご主人が本部のシステム部に転勤してから体調を崩したって、あれは〝本部病〟だったって」

「俺もそうかな。入院だな。洋子の病院に入院するからちゃんと面倒みてくれよ」

こんな夫婦の他愛もない会話を交わすのも久しぶりであった。

「ところで直人、今何を悩んでいるの？　言いなさいよ」

「洋子に言ってもわからない話さ」

「何よ、それ。ひょっとするとわかるかもよ」

直人は久しぶりにビールを飲んで酔いが回ったのか、ついうっかりこれまでのことを全部洋子に話してしまった。

洋子はその話を聴いて答えた。「それはそんなに難しい話じゃないよ、直人。銀行局の権限が及ばないところで闘えばいいいんじゃない？　例えば、証券局とか」

その通りだった。この時、直人にはある秘策が閃（ひらめ）いた。まさに洋子サマサマであった。

直人の秘策とは、証券局で検討しているディスクロージャー制度を利用することであった。

具体的には、銀行業界が他の業界に先駆けてディスクロージャー制度を導入することであった。そのためにはディスクロージャーの先進国であった米国のディスクロージャー制度を勉強する必要がある。

直人は必死に米銀のディスクロージャーを研究した。そしてある結論に達した。それは丸の内銀行をニューヨーク証券取引所に上場させることであった。そうすれば、銀行局の監督が及ばない当行独自のディスクロージャーが可能となり、ひいては銀行業界のディスクロージャー導入にも繋がる。もはや、国内の銀行コードなどとはおさらばすることができる。さらに、ニューヨーク証券取引所に上場することにより丸の内銀行の知名度も高まる。まさに一石二鳥の秘策であった。

証券局市場課の善利課長にそれとなく打診してみたところ、彼は直人の話を聴いて身を乗り出してきた。

「銀行業界が率先してディスクロージャー制度を導入してもらえれば、こちらは大変助かる。米国の厳しいディスクロージャーを取り入れてもらえればなおさらである」

直人はニューヨーク証券取引所への上場こそが、銀行監督当局による呪縛から解放される唯一の方法であると確信した。

直人は少し興奮気味に島内次長にこの秘策を相談してみた。島内の反応は予想外に冷やかだった。

「山本、ニューヨーク証券取引所に上場するためには、少なくとも三年間は準備期間が必要だ。上場するだけなら一年間の突貫工事で済むかもしれないが、その後、上場を継続していくためにはシステム対応や会計監査体制を整備するなどのマンパワーが必要になる。そもそも米国会計基準を熟知しているスタッフの手当てが先決だが、行内に米国公認会計士の資格を持っている人材など一人もいない」

さすがに実務を熟知している島内の言うことは正論であった。

「なるほど、わかりました。まずは人材の確保ですね。当行の会計監査を担当している監査法人トーマスに人材支援をお願いしてみます」

直人は芝浦にある監査法人トーマスの本社に、アポイントもなく飛び込んだ。

「会長はいらっしゃいますか。丸の内銀行企画部の山本と申します」

受付嬢は直人のただならぬ気迫を感じたのか、慌てて会長秘書に電話をかけた。

「会長はいらっしゃいますが、用件をお伺いしてもよろしいでしょうか」

直人は答えた。

「丸の内銀行とトーマスの、これからの関係を左右する大事な話とお伝えください」

直人はすぐに会長室に案内された。銀行の一調査役が大法人の会長にアポイントもなく相談に行くとは前代未聞の話であった。

直人は会長に、なぜニューヨーク証券取引所への上場が必要なのかを詳しく説明し、そのためにトーマスに人材を支援してほしいとお願いした。

会長は直人の気迫に圧倒され、

「山本さん、あなたのご依頼の趣旨はよくわかりました。協力しましょう」

と快諾してくれた。

もちろん会長は、銀行業界初のニューヨーク証券取引所上場に携わることが、監査法人にとってもどれほどメリットがあるかをちゃんとわかっていた。

洋子の一言がヒントになり、このニューヨーク証券取引所上場プロジェクトは水面下で動き始めたのである。

小森企画部長と直人は、若田恒雄（わかたつねお）頭取にニューヨーク証券取引所への上場の意義を詳しく説明した。頭取は説明を聞き終わった後、しばらく目を閉じて熟考している様子だった。それからおもむろに目を開けて言った。

「よくわかった。すべての責任は私が取ります。進めてください」

直人はこれで、このプロジェクトは間違いなく成功すると確信した。

しかしながら、意外なところに最大の敵が潜んでいた。それは役員たちであった。

ニューヨーク証券取引所への上場には厳しいディスクロージャーが義務付けられており、違反すると経営者が逮捕されることもあった。その中に当時日本ではまだ開示が義務付けられていなかった「役員報酬の開示」が要求されており、これを開示することに役員たちがアレルギー反応を起こし、一斉に反対派に回ったのである。ニューヨーク証券取引所への上場は取締役会の重要事項であり、承認されるためには取締役の過半数の賛成が必要であった。

反対派の急先鋒は和田徹（わだとおる）常務であった。和田はこの話を大蔵省の大崎銀行課長に知らせて、反対の援護射撃をお願いするとともに、他の役員たちに自分たちの報酬の開示が義務付けられることを理由に反対するように扇動していた。和田は直人を呼び付けて怒った。

「山本、当行の今の喫緊の課題は何かわかっているのか。それは国内の収益力を高めることだ。ニューヨーク証券取引所への上場など百年早いわ。わかったか」

この案件は過去二回の取締役会で圧倒的多数の反対で否認されていた。通常三回諮って承認されないとその案件は完全にお蔵入りすることになる。残すはあと一回、次の取締役会がラストチャンスであった。多くの役員たちは今回も当然否認になると確信していた。

そして、ラストチャンスの取締役会が始まった。第一号議案から第六号議案まで審議されてすべて承認された。最後に残るのは第七号議案「ニューヨーク証券取引所への上場」である。議長である頭取は改めて役員全員の方に鋭い視線を向けた。頭取の目が一瞬キラリと光った。企画部長が議案を補足説明した後、議長である頭取が直人に発言を求めた。

「山本君、何か追加説明することはないか。あるなら発言を認める」

直人は一瞬驚いたが、頭取の真意を察して「はい」と返事し、すぐにオブザーバー席で立ち上がり話し始めた。

「今回のニューヨーク証券取引所への上場は、当行の知名度の向上、財務の透明性の確保、機動的な資金調達の三つが大きな目的ですが、実はもう一つ重大な目的があります。それは銀行監督当局からの悩ましい呪縛を解き放ち、当行の経営の自由度を取り戻すことです。

ご承知の通り、当行は上位都銀五行中、資金量、利益ともに最下位です。ところが、この順位は決して実力を表すものではなく、監督当局が設立の順番である銀行コードに沿って護送船団方式という錦の御旗（みはた）の下、自分たちの都合のために順番を変えないように指導してきたことにより、あらかじめそれが決まっていたんです。どんなに営業現場が頑張ってもこの順位が変わることはありません。

皆さん、こんなことおかしいと思いませんか。経営会議で議論して様々な施策を打ち出しても、結果は何も変わらないんです。他行に勝った負けたも、すべて意味のないことです。それだけなら、銀行業界だけのことで済むかもしれませんが、それは当行を信頼して当行の株式を買っていただいている株主の方々を裏切っていることになるんです。

そこで、企画部はこうした不合理を打破するために今回のニューヨーク証券取引所への上場を計画したわけです。ニューヨーク証券取引所へ上場するためには、世界で最も厳しい米国のディスクロージャーが義務付けられます。当行はこのディスクロージャーによって、財務の透明性を飛躍的に高め、銀行監督当局からの呪縛を解くことができるんです。

どうかこの議案をお認めいただき、当行の経営を本来の正常な姿に戻していただきたい。そうすればその成果は将来間違いなく百倍になって当行に返ってくるはずです」

直人が話し終えると、頭取が取締役全員に向けて話し始めた。そこには経営者としての頭取の覚悟があった。

「最後に一言、私から皆さんにお話ししたいことがあります。当行は資金量、利益ともに上位五行中最下位と厳しい状況にあるのはご承知の通りです。しかしながら、この原因は営業現場の実力がないわけではありません。営業現場ではトップを目指して日々奮闘してくれています。最下位の責任は営業現場にあるわけではなく、護送船団方式という大義名分の下で、自分たちに都合よく管理してきた銀行監督当局にあります。

しかしながら、それを正せなかった銀行側にも半分は責任があります。それは取りも直さず、頭取である私の責任でもあるわけです。私はこの案件の説明を受け、監督当局にこれまでの借りを百倍にして返す千載一遇のチャンスだと確信しました。

ところが、私には皆さんがニューヨーク証券取引所に上場することにより、自分たちの役員報酬が開示されることを恐れて反対しているようにしか思えません。私は自分の報酬が開示されて困ることは一切ありません。むしろ、透明性をアピールするために胸を張って堂々と開示したいくらいです。報酬が開示されて困る方は反対されても結構です。しかしながら、そのことは自分の仕事が報酬に見合わないと言っているようなものです。厳しいディスクロージャーは将来、経営者の暴走を防ぐ非常停止ボタンになるはずです。私は皆さんが自信をもって自分の報酬を開示できる役員だと信じています。

それでは、これから採決に移ります。第七号議案『ニューヨーク証券取引所への上場』に賛成の方、挙手願います」

すべての取締役の手が挙がった。頭取は直人の方を見て、してやったりとばかりに微笑(ほほえ)んだ。三回目の取締役会でとうとう承認された瞬間であった。

直人は頭取の覚悟を目の当たりにして思った。組織を動かすのは経営者の覚悟であり、その結果責任を負うのも経営者であることを。

余談になるが、二〇一八年十一月十九日、日産自動車のゴーン元会長は役員報酬の虚偽記載で東京地検特捜部に逮捕された。経営者の暴走による金融商品取引法のディスクロージャー違反であった。ちなみに、日産自動車はニューヨーク証券取引所の上場企業ではなかった。

直人は、今日こそ早帰りしようと終業時刻の五時十五分に退勤した。小走りに丸ノ内線を乗り継ぎ日比谷線に乗り込んだ。早帰りに驚く洋子の顔を想像しながら。

第二章　グローバルスタンダード（世界標準）

丸の内銀行は、一九八九年九月十九日にニューヨーク証券取引所に上場を果たした。日本の銀行では初めて、日本企業の中では、ソニー・ホンダ・パナソニック・日立・ＴＤＫ・クボタに次いで七番目であった。

当日は丸の内銀行から若田頭取、和田常務、小森企画部長、山本調査役が訪米し、若田頭取がニューヨーク証券取引所で上場を祝う恒例の鐘を高らかに鳴らした。この時の様子が日本でも写真入りで「丸の内銀行、邦銀で初めてニューヨーク証券取引所へ上場」という大きな見出しで取り上げられた。

ところが、その会場になんと大蔵省の大崎課長がいた。大崎は和田常務に近寄って来てそっと耳打ちした。

「若田頭取が粉飾決算の容疑で逮捕されるわよ。何でも丸の内銀行はニューヨーク証券取引所上場のため提出した米国会計基準の決算書に架空の利益を計上しているとの噂よ。それが米国ＳＥＣ（Securities and Exchange Commission：証券取引委員会）の主任検査官の耳に入り、日本の銀行監督官庁である大蔵省にどのような取引による利益計上なのか照会があったのよ。もしそれが米国では架空取引と認定されれば、米国会計基準の決算は大赤字となる。しかし、赤字決算では上場できないからそこを粉飾して決算書を作ったのではないかと。それを確かめSECの主任検査官に説明するために私もこうしてニューヨークくんだりまで来たのよ」

和田常務はその話を聞くや否やすぐに山本調査役を呼びつけ、その真偽を問い質した。

「山本、粉飾決算ってどういうことだ。俺にわかるように説明しろ。頭取が逮捕されるって噂は本当なのか。ああ、これで丸の内銀行も終わりだ」

直人は答えた。

「そんなことは絶対にありません。ご心配なく、常務」

直人には心当たりがあった。

それはニューヨーク証券取引所への上場を取締役会に諮るため、日本会計基準の決算書を米国会計基準を使って作成し直していた時の話である。

当時、日本の銀行は決算をよく見せようと、いわゆる「お化粧」を施して利益水準を高くしていた。その方法は保有する取引先の株式を一旦売却して捻出された利益を使って行われていた。

問題はそのときの手法にあった。当時、株式の売却益は証券会社と契約を締結してから第四営業日に株式が受け渡され、それが完了した時点で利益の計上が可能となった。ただし、その株式は取引先企業と持ち合っている株式であるため、その後すぐに買い戻す必要があったわけである。つまり、一旦は売却するものの、すぐに同じ株式を買い戻すため最終的な保有株式の数量は変わらないことになる。

ところが、他の銀行ではこの売りと買いの取引の間に株価が変動するため、売りと買いの取引を同時に行う「即日買戻し取引」により、株価の変動リスクを回避していた。米国会計基準では、こうした即日買戻し取引を「Wash Sale」と言い、それによる利益は、実現した利益と認定されなかった。

直人は以前から、他の銀行でもニューヨーク証券取引所への上場を検討していたところがあったのではないかと疑問を持っていた。そこで、他行の情報に詳しい島内次長に尋ねてみた。島内は説明した。

「ニューヨーク証券取引所への上場は、芙蓉銀行とミツワ銀行が最も早くプロジェクトチームを立ち上げて検討していたんだ。他の上位行でも少なくとも、うちよりは早かったと思う。しかし、株式の売却を即日買戻し取引で行っていたことから、この売却益が米国会計基準では利益として計上できないということがわかり、上場を断念したんだ。利益を取り消すと米国会計基準の決算は大赤字になったんだ」

直人は続けて質問した。

「じゃあ、うちはなぜ米国会計基準で他行のように赤字決算にならないんですか」

「うちは、他行と違って即日買戻し取引は企画部が禁止していたからだ。したがって、現場では通常の取引と同じように価格変動リスクを負って取引していたんだ。だから、米国会計基準でもこの利益はちゃんと実現した利益として決算に計上できたんだ」

直人は、うちの銀行は〝経営規律〟だけでなく、〝財務規律〟もしっかりしているんだと感心した。

ＳＥＣの主任検査官は、丸の内銀行がニューヨーク証券取引所への上場に際して、ＳＥＣに提出していた米国会計基準の財務諸表を見て、丸の内銀行が多額な株式を保有していることに疑問を持った。実は米銀は取引先の株式を保有すること自体が独占禁止法（反トラスト法）で禁止されていたからである。そこで、ＳＥＣの主任検査官は日本の銀行監督当局に電話で確認してきた。

大蔵省の銀行課長である大崎に、主任検査官から国際電話が入った。大崎は米国のウォートン大学に留学経験があり、英語には自信があった。主任検査官はなぜ日本の銀行は多額な株式を保有できるのかと質問をした。大崎はそれに答えた。

「日本では〝株式の持ち合い〟という取引慣行があるんだ。銀行と取引先がそれぞれの株式を保有し合うもので、銀行は発行済み株式の五パーセントを上限に取引先の株式の保有が認められている。この株式の持ち合いのおかげで日本の株式市場の株価は安定しているわけである」

主任検査官は大崎の説明に納得したが、さらに質問を続けた。

「そうであるならば、保有し合っている株式は売却しないんだね」

大崎は自信満々と答えた。

「保有し合っている株式を売却することもあるが、すぐに買い戻しているから持ち合っている株式の数量は変わらないんだよ」

主任検査官の誘導尋問に大崎はまんまと引っ掛かった。主任検査官はこの「買い戻し」を行っているという事実を知りたかったわけである。

最後に主任検査官が本当に聞きたかった質問をした。

「買い戻しはどのような方法で行われているのか」

大崎はこの最後の質問を聞いて初めて誘導尋問にかけられたことに気がついた。即日買戻し取引などと軽々しく答えてしまうと、日本では実現していない利益の計上を監督当局が認めているのかと鬼の首を取ったかのように言われかねない。そこで、一計を案じてこう答えた。

「今すぐには答えられないから、銀行側に確認した上で後日回答する」

これを受けて、大崎はSECの主任検査官に説明するために慌ててニューヨークに来たわけである。

ニューヨーク証券取引所のセレモニー会場で、大崎は直人の腕を捕まえてこう言った。

「山本君、これからSECの本部に一緒に行って、株式の買い戻し取引についてきちんと主任検査官に説明してもらうわよ。いいわね」

直人には勝算があった。


二人は地下鉄に乗り、十分もしないうちにユニオン駅の隣に高くそびえ立つSECの本部ビルに着いた。

大崎が主任検査官にアポイントを入れていたため、主任検査官はすぐに現れた。ムーア主任検査官は、大崎にわざわざニューヨークまで説明に来てくれたことに感謝の言葉を述べた後、直人に挨拶して名刺交換をした。

　ムーア主任検査官は本題に入る前に、日本の会計制度を見下すように直人に話しかけた。

「日本の会計基準は米国では理解できないようなことが多すぎる。例えば、日本は取得原価主義を採用しているが、米国では時価主義が原則である。どちらが優れているかは明らかである。今回、丸の内銀行はニューヨーク証券取引所への上場を果たしたが、これを機に時価会計を早く導入すべきだ。時価会計がわからなければ、米国の大きな監査法人を利用すればいい。とにかく日本は早く〝不思議な会計の国〟と言われている汚名を返上したほうがいい」

　直人はだんだん腹が立ってきた。ムーア主任検査官の話は、まるで鎖国時代の遅れた日本に、これからは米国に従えとでも言っているようにしか聞こえなかった。

　さらにムーア主任検査官は直人に駄目を押してきた。

「山本さん、あなたの英語の話し方は非常に遅くてわかりにくい。もっとちゃんとした英語を勉強しなさい」

　とうとう直人を怒らせてしまった。

「拙(つたな)い英語で申し訳ない。しかしながら、私は日本人だ。日本語なら流暢(りゅうちょう)に話すことはできるんだ。あなたは日本語を流暢に話すことができるのか？　できないだろう。それと同じことじゃないか。時間の無駄だから使用言語のことはこれくらいにして本題に入る。

　まず、取得原価主義のどこがおかしいんだ。日本の企業が取得原価と時価の差である含み益を温存し、いざというときのために備える健全経営を続けて成長してきたことを知らないのか。米国の時価主義は短期的な視点で企業の時価（株価）が高騰すればすぐにそれを売って儲けようする。そんな短絡的な考えでは企業の成長は望めない。企業の成長は長期的な視点で見なければならないんだ。したがって、私は取得原価主義の方が時価主義よりも優れていると信じている。日本の監査法人も投資家に正しい企業情報を与えようとしっかり監査を行っており、米国の監査法人のようにフィーの金額の多寡で監査意見を変えたりはしない。米国は国策として日本企業に米国の監査法人を利用させて自分の方の国益を上げようとしているんだろうが、その手は喰わない」

主任検査官は直人の理路整然とした反論に舌を巻き、すぐに話題を変えた。

「日本の銀行は、株式の売却とその買い戻しをどのように行っているのか」

と改めて直人に尋ねた。直人はそれに答える前に相手に釘を刺した。

「私は丸の内銀行の行員だから、他の銀行がどうしているのかはわかりません。したがって、丸の内銀行ではどう処理しているかをご説明するが、それでいいか」

主任検査官は渋々了承した。大崎課長も直人の話に顔をしかめた。なぜなら、大崎が質問を受けたのは日本の銀行が行っている処理だったわけであり、丸の内銀行の処理を聞かれたわけではなかったからだ。これでは主任検査官からの質問の回答にならなかったのである。直人は主任検査官に、

「丸の内銀行では、取引先と保有し合っている株式を売却する場合、まず証券会社に売り注文を出し、取引が成立した第四営業日後に株式を実際に受け渡し、その時点で利益を計上している。この株式を

何らの事情で買い戻す必要が生じた場合は、その後に証券会社に買い注文を出し、買い戻しを行っている。

当然のことながら、その間の価格変動リスクは当行が負うことになる。したがって、この取引は米国会計基準にある即日買い戻し取引（Wash Sale）には該当しない。何か問題でもあるのか」と言い切った。

主任検査官は直人の気迫に圧倒され、恐れ入ったという表情で言った。

「Marunouchi Bank, No problem. Thank you Yamamoto-san」最後の「san」には直人に対する敬意が込められていた。

直人は会計基準というモノサシは国によって違いはあるが、それによって企業の実態が変わるのはおかしいと考えていた。日本企業のグローバルスタンダードはあくまでも日本企業に合った基準であって、決して米国会計基準がグローバルスタンダードとは思えなかった。直人は、「米国会計基準は日本企業にとってはまさにローカルスタンダードそのものだ」と思っていた。

ニューヨークから帰国すると、武蔵小杉の社宅で大変なことが起きていた。

家に着くとすぐに洋子が話してきた。

「直人がニューヨークに出張している間に翔太がひきつけを起こして、大学病院に入院していたのよ。今日退院したんだけど、まだ咳（せ）き込んで調子が良くないの。精密検査の結果、小児喘息（ぜんそく）だって。米、小麦、牛乳、卵、バターすべてにアレルギーを起こしているそうで、これから一体何を食べさせればいいのかわからない。

それにもう一つ問題があるの。私は明日夜勤日なの。直人、明日銀行を休んでくれない？　それくらいは協力してくれるわよね」

洋子の川崎労災病院での勤務は日勤・準夜勤・夜勤の三交代制が採られていたので、少なくとも月二〜三回は夕方から深夜までの準夜勤か深夜から翌朝までの夜勤が入る。育休期間が明け一年間は直人も協力して何とか洋子も勤務を続けることができたが、直人の仕事が忙しくなり、帰りも深夜になったり休日返上することもあった。共働きでの育児にはそろそろ限界が来ている時期であった。

しかしながら、洋子は看護師の仕事に誇りと生き甲斐を持っており、ここで投げ出すわけにはいかなかった。

直人は、明日出張報告を仕上げないといけないと思案していると、洋子が、

「もういい。二階の愛以ちゃんに頼むから」

「そうは言っても、愛以ちゃんにも都合があるでしょう。そう簡単にはいかないよ」

「じゃあ、どうすればいいの？　私に働くのをやめて専業主婦になれとでも言いたいの？」

「いやいや、そうじゃなくて、何か他に方法があるんじゃないかと言っているんだ」

「何か他の方法ってどんな方法？」

「今言われてもすぐには思いつかないよ。もう少し冷静になって考えよう。きっと何か解決方法はあ

るよ」

そうは言ったものの、直人は仕事と違って家庭内の問題はこれまで全て洋子任せであったので、なかなかすぐにいい考えは思い浮かばなかった。

この頃、共働きはまだまだマイノリティの時代であり、母親の育休制度こそあったが、父親の育休制度なんて導入の議論すら始まっていなかった。

洋子は直人との結婚に際して、病院勤務を続けることを条件にしていた。それを直人も十分理解していたつもりだったが、いざ子供が生まれお互いの仕事が忙しくなるに連れ、二人とも現実の厳しい壁にぶつかってしまった。

直人は、家庭がうまくいってないと、仕事がうまくいくはずがないということも十分わかっていた。何とか解決方法はないものかと考え込んだ。

とりあえず、洋子が夜勤や準夜勤の時は自分が何とか早帰りしようと、朝の出勤を一時間早めることにした。問題は翔太が病気した時や喘息の発作が治まらない時である。その場合はどちらかが仕事を休まないといけない。仕事はお互い順調であったものの、家庭内には小さな暗雲が発生して次第に大きくなろうとしていた。

第三章　行内融和

　それから七年が経ち、丸の内銀行と東京日本橋銀行は一九九六年四月一日に対等合併したが、実は、その一年前の一九九五年三月二十八日に、この合併が新日本経済新聞にスクープされた。

　両行はその日のうちに臨時常務会を開催し、「合併する方向で協議している」と公表した。これを受けて両行の営業現場では合併準備作業が開始された。


　直人は企画部門の統合に向け、東京日本橋銀行との協議を開始した。この協議は通常業務を行いながら毎週金曜日の十時から十二時までの二時間、それぞれの実務担当者が集まり実施された。

　直人はこの協議を通してお互いの企業文化の違いに驚いた。東京日本橋銀行は個人の能力は高いものの、何かを一緒にやって行こうという団結力に欠けていた。一方、丸の内銀行は個人の能力としては総じて東京日本橋銀行の行員ほどではなかったが、こちらは団結して組織立った行動をすることが巧みな銀行であった。

　毎週行われた合併準備作業の協議では、決めなければならない数多くの議題について、お互い喧々（けんけん）囂々（ごうごう）議論した。東京日本橋銀行は協議の前に内部での摺り合わせを行っていなかったようで、協議中にそれぞれが相反する意見を主張して仲間割れしていた。一方、丸の内銀行の方は事前に方向性を打ち合わせた上で協議に臨んでいたことから、結論はいつも丸の内銀行の主張通りになった。

　この事前協議に参加していた東京日本橋銀行の行員の中に、元気で爽やかな好青年がいた。東京日本橋銀行に三年前に入行した長嶋太（ながしまふとし）である。彼は宮崎県出身で直人と同じ九州出身ということから、直人は初めて会った時から何か好感が持てた。

　協議が終わったある日のこと、長嶋が直人に相談があると言ってきた。

「山本さん、実は私は来年結婚しようと思っていまして、山本さんご夫妻に媒酌人をお願いできないでしょうか」

　直人はこの時まだ調査役であり、媒酌人なんかできる役職でもなかったことから、長嶋にこう答えた。

「長嶋さん、私はご存じの通りまだ調査役で、しかも丸の内銀行出身者だよ。媒酌人は東京日本橋銀行の部長さんか誰かにお願いした方がいいよ」

　直人は体よく断ったつもりであったが、長嶋はこう言って直人に喰い下がった。

「山本さん、丸の内銀行と東京日本橋銀行は来年四月一日に合併して、東京丸の内銀行になるんですよね。山本さんも私も、その時は東京丸の内銀行の行員になっていますよね。私は東京丸の内銀行の長嶋として結婚するんです。旧Ｍ（丸の内銀行）とか旧Ｔ（東京日本橋銀行）なんかどうでもいいんです。それに、山本さんは来年の四月一日には次長に昇格されると専らの噂ですよ。東京丸の内銀行の山本次長として、私たちの結婚式の媒酌人をお願いできませんか」

なるほど、長嶋の言うことも一理あったが、自分が昇格するという話は俄に信じられないことであった。直人は、

「じゃあ、家内に相談してみるから」と、とりあえずこの媒酌人の話は保留にした。

直人はおそらく洋子が「それは無理よ」と言うんじゃないかと思って長嶋に提案したのである。ところが、帰宅して洋子にこの話をすると、予想に反してすんなり承諾してくれたのだ。

「私はいいわよ。その長嶋太っていう人は九州出身なんでしょう。これも何かのご縁よ。直人、やってあげなさいよ」

直人は洋子の予想外の返事に「行内融和のために引き受けるか」と腹をくくった。

こうして翌年の一九九六年六月七日、直人と洋子はホテル大蔵で長嶋太と大野由紀子の結婚式の媒酌人を務めることになった。

直人はここから思いも寄らぬ騒動に巻き込まれることになった。

ある日、長嶋から主賓をどうするか相談を受けた。直人は主賓の人選について長嶋にこう話した。

「新郎側の主賓は、すでに内示が出ていた新銀行の旧T出身の中田企画部長だろうな。企画担当の和

田常務というわけにはいかないだろう。和田常務は旧M出身だからな。ところで、新婦側の主賓は誰に頼むの？」

長嶋は答えた。

「新婦側の主賓は、彼女が秘書をしている丸の内生命保険の磯田常務です」

直人は困った様子で言った。

「そうか、部長と常務ではつり合いが取れないな。やっぱり和田常務に頼んでみるか」

ということになり、直人は和田常務に主賓のお願いに行った。

和田常務はこの話を聞いて即座に断った。

「山本君、何で俺が旧Tの長嶋君とやらの結婚披露宴の主賓を務める必要があるんだ。いやだね」

直人はそれに反論した。

「それはおかしいじゃないですか。常務はいつも『合併したら旧Mも旧Tもない。新銀行は一つなんだから』とよくおっしゃっていましたよね。あれは嘘ですか」

和田常務はすぐに弁解した。

「それはそうだが、私が断っている理由はそうじゃなくて、他にもっと適任者がいるんじゃないかと言っているんだ。例えば旧Tの海野常務とか」

直人はそれに反論した。

「海野常務は総務の担当常務ですよ。それではいくら何でも筋が通りませんよ」

こんな押し問答をしている最中に、和田常務の秘書が慌てて部屋に入ってきて常務に言った。

「今、頭取（高山一郎・旧T出身）が常務に急いで相談したいことがあるということで、こちらに向かっておられるそうです」

和田常務は直人に話した。

「この件は誰が適任者か、もう一度よく検討してくれ。俺は絶対ダメだからね」

そこへ高山頭取が部屋に入って来て、直人が部屋にいるのを見て言った。

「どうしたの、山本君。深刻な顔をして。君でもそんな深刻な顔をすることがあるんだね」

直人は和田常務に相談した主賓の話を高山頭取に伝え、常務を説得してもらおうとした。ところが、高山頭取はそれを聞いてとんでもないことを言い出したのだ。

「私で良ければ主賓をやってもいいよ。旧Tの青年でしょう。私がやりますよ」

大変なことになってしまった。媒酌人が調査役で主賓が頭取なんて聞いたことがない。

直人は頭取に軽々しく話をしてしまったことを後悔したが、もう後の祭りであった。

この話がどういうわけか、次期頭取と噂されていた旧M出身のプリンス、岸本昭副頭取の耳に入っていた。数日後、副頭取の秘書から直人に「副頭取がお呼びです」と連絡が入った。

「副頭取、何かご用でしょうか」

「いや、ちょっと小耳に挟んだんだが、君は旧T出身の部下の結婚式で媒酌人をするそうだね。それは当行の行内融和にとって大変素晴らしいことだね。社内報にでも結婚披露宴の様子を大々的に掲載してもらったらいい。

ところで、その結婚披露宴に高山頭取が新郎側の主賓として出席されると聞いたんだが、本当ですか。それが本当ならば、旧M側としてもそれなりの役員に出席してもらう必要があるよ。山本君に恥をかかせるわけにはいかないからね」

直人は答えた。

「私のことなどはどうでもいいんですが、副頭取に何かお考えでもあるんですか」

「実はね、高山頭取が主賓で出席されるというのなら、私が乾杯の音頭でも取ろうかと考えているんだ」

直人は驚いて言った。

「副頭取、それだけは勘弁してください。高山頭取が主賓ということで旧Tの役員の方々が、『俺もぜひ出席したい』と言って来られているんです。副頭取が乾杯のご発声となると、今度は旧Mの役員の方々から同じような申し出が殺到しますよ。これではもう彼らの結婚披露宴が、新銀行の役員披露宴になってしまいますよ」

副頭取は真剣な顔をして直人に言った。

「山本君、私はこの結婚披露宴で新銀行の頭取、副頭取が揃い踏みすることにより、行内融和がより一層高まるんじゃないかと考えているんだ。だから、私はその結婚披露宴に出席するから、そのつもりでよろしく頼むよ」

直人は、「さあ、大変なことになった」と途方に暮れてしまった。

翌日、次期頭取と言われていた岸本副頭取が、その結婚披露宴で乾杯のご発声をされるということを聞きつけ、和田常務から直人に電話がかかってきた。

「山本君、先日は失礼したね。ところで、その何とか言った旧Tの青年の結婚披露宴だけど、やっぱり行内融和が大事だから私も出席することにしたから、よろしく」

と言って一方的に電話は切れ、直人は取りつく島もなかった。

結局、新銀行の出席役員は十二人となり、新郎側の主賓席のテーブルは、これらの役員たちで全部埋まってしまった。それは、まるで新銀行の役員会議のテーブルのようであった。

この時期、直人は持病の不整脈を発症していて、薬で何とか不整脈を抑えていた。結婚式当日はバタバタして朝の薬を飲み忘れていたのを、ホテルに着いてから気づき朝と昼の薬を一緒に服用してしまった。そのためか、この後やけに喉が渇き、ただでさえ緊張しているのに「これでは媒酌人の挨拶がちゃんとできるかな」と不安になってきた。

直人は挨拶原稿を燕尾服の胸ポケットから取り出し、発声練習をしようとトイレに向かった。直人はそこまでの記憶しかなかった。実はその原稿をトイレに置き忘れたことなど、全く気づかなかったのである。

三階の控室に戻るとホテルのスタッフに声をかけられた。

「皆さん、そろそろお時間になりましたので、これから本館のチャペルにご案内します。ご媒酌人の方はこちらにどうぞ」

直人と洋子はチャペルに入った。洋子は化粧をしてまるで別人のような顔になっていた。洋子は普段から化粧は全くしない女性で、うちには鏡台も化粧道具もなかった。直人が洋子の化粧した顔を見たのは自分たちの結婚式のとき以来で、今日が二回目であった。

結婚式が始まって新郎が先に入場し、次に新婦がお父様にリードされて入ってきた。二人の結婚式は一時間余りで滞りなく執り行われた。

この後、直人と洋子は新郎、新婦のご両親と一緒に披露宴会場入り口の金屏風の前に立って来賓をお迎えした。来賓は総勢で二〇〇人ほどであった。ところが、直人はこちらに向かって歩いて来るあの大蔵省の大崎課長を見て自分の目を疑ってしまった。

「大崎課長、こんなところで何をしているんですか。ここは私の部下の長嶋君の結婚披露宴会場ですよ」

大崎は平然として答えた。

「そうよ。新郎の長嶋君に招待されたのよ。彼は東大ボート部の主将で、そのときのボート部の監督が私なのよ」

直人は以前長嶋から出席者の座席表を見せて貰った時に、確かに大学のボート部監督大崎俊一とあったのを見て、「あの大崎と同姓同名だ。珍しいこともあるな」と思ったが、まさかそれが大蔵省の大崎課長その人であるとは夢にも思わなかった。

直人は媒酌人の挨拶の前にさらに緊張してしまった。そしてとんでもないハプニングが起こった。

司会者はプロの司会者で、その話し方は立て板に水のように流暢であった。司会者の合図とともに会場の照明が暗くなり、結婚行進曲が流れて媒酌人の直人を先頭に新郎、新婦と洋子が披露宴会場に入場してきた。続いて司会者は媒酌人夫妻を紹介し、直人に挨拶と両家の紹介をお願いした。

「それではまず、本日のご結婚の労をお執りいただいた株式会社東京丸の内銀行企画部次長の山本直人様に、ご挨拶とご両家の紹介をお願いいたします。山本様、よろしくお願いします」

直人は立ち上がり、列席者に一礼して話を始めた。

「本日はお忙しい中、長嶋家、大野家の結婚披露宴にかくも賑々（にぎにぎ）しくご列席を賜り、両家に成り代わりまして厚く御礼申し上げます。私は新郎長嶋太君と職場を共にしているというご縁で媒酌人の栄誉を担うことになりました山本直人と申します。お聞き苦しい点が多々あろうかと存じますが、慶事に免じてお許しいただきたいと思います。

さて、先ほど、新郎長嶋太君と新婦由紀子さんは当ホテル本館のチャペルにおきまして、厳粛なうちにも滞りなく結婚式を挙げられたことを、まずもって皆様方にご報告させていただきます。太君、由紀子さん、本日は誠におめでとうございました」

ここまでは予定通りであったが、直人は次の両家の紹介をするために胸のポケットから原稿を取り出そうとして愕然とした。入っているはずの原稿がなかったのである。直人はこの時初めて原稿をトイレに置き忘れてきたことに気づいたが、もう手遅れであった。

直人は頭の中が真っ白になった。しかしながら、ここで終わらせるわけにはいかない。新郎、新婦は一生に一度の晴れ舞台であり、来賓も頭取をはじめ大勢の方々が列席されている。どうしてもここで失敗するわけには行かなかった。

直人は何とか原稿に書いた内容を必死に思い出そうと焦った。その時、自分でも信じられないことが起きたのだ。覚えていなかったはずの原稿の内容が頭の中に自然と浮かんできたのである。

直人は幼稚園の時にも同じようなことを体験している。直人の母親は理髪店の仕事が忙しくて、直人に字の読み書きを教える暇がなかったそうである。

ある時、地元のラジオ放送局で直人が通っていた幼稚園の園児たちによる「因幡の白うさぎ」という神話劇がラジオ放送されたそうである。母親は「直人は字が読めないのに、一体どんな役で出ているんだろう」と思って先生に尋ねたところ、なんと直人は主役の大黒様の役と言われた。

母親が「そんなはずはない。何かの間違いでしょう」と反論したところ、先生は「直人君は原稿を見て、ちゃんと自分の台詞を喋っていましたよ」と言うのである。母親はその時「直人は原稿を読んでいたのではなく、自分の台詞を丸暗記していたんだ」と納得したそうである。

直人は自分が書いた両家の紹介原稿を思い出すように、ゆっくりとした口調で話を始めた。

「それでは吉例によりまして両家の紹介をさせていただきます。

新郎、長島太君は昭和四十六年一月二十七日、お父様登様、お母様良子様の長男として大阪の豊中市で生を享け、三歳の時にお父様のお仕事の関係で宮崎県日向市に移られ、高校までここで生育されました。中学の時は生徒会長、高校の時は応援団長として活躍されました。平成二年四月に東京大学法学部に入学され、法律の勉強に加え山川教授のゼミで比較政治学を専攻されました。また大学ではボート部の主将として全日本選手権で四連覇するなど大変活躍されたと伺っております。

東京大学卒業後、平成六年四月に東京日本橋銀行に入行され、最初は名古屋支店、次に本部の研修生を経て、現在は合併して誕生した東京丸の内銀行の企画部で若手のホープとして活躍されております。お父様は宮崎日向銀行の取締役審査部長の要職にあり、お姉様の千春様は宮崎県立東高校の先生をなさっておられます。また、弟の剛様は現在帝塚山大学の三年生で経済学を学んでおられます」

続いて新婦の紹介をする。

「次に新婦の大野由紀子さんは昭和四十七年二月十六日、お父様利一様、お母様正子様の長女として北海道札幌市で生を享け、その後高校まで札幌で生育されました。中学ではバドミントン、高校では弓道と、スポーツも万能であったと伺っております。その後上京されて、平成二年四月にフェリス女学院大学国文学部国文学科に入学されました。大学では佐藤教授のゼミで国語学を専攻され、現代国語や地方の方言などを研究されたと伺っています。

その後、平成六年四月に丸の内生命保険株式会社に入社され、本日ご列席いただいている磯田常務の秘書としてご活躍されたと聞いております。お父様は現在北海道札幌銀行の常勤監査役の要職にあり、お兄様は第一銀行にお勤めです」

直人はいつの間にか原稿を全部暗記していたのである。自分でも信じられなかった。直人は何とか原稿なしで両家の紹介を行うことができた。この後、直人はいつもの自分のペースを取り戻し、予定していなかった新郎、新婦の愛のキューピット役の二人に起立してもらい、列席者に披露するというアドリブまで入れてしまった。そして、最後の挨拶を終えた。

すると、途中で直人の話が止まり、原稿はどうしたんだろうと心配していた列席者から割れんばかりの拍手が起きた。それは結婚披露宴での媒酌人の挨拶に対する拍手というよりも、何かの演奏会でアンコールを要求するような拍手喝采であった。

続いて高山頭取が新郎側の主賓として挨拶を行い、新婦側の主賓の挨拶に続いて岸本副頭取が乾杯の音頭を取った。直人はこれでやっと媒酌人としての大役が果たせたと洋子の方を見て微笑んだ。洋子も小さくVサインを出して直人に微笑み返した。

ここからは新郎、新婦の先輩たちの祝辞が続いた。トップバッターとして登場したのが、あの大崎課長であった。司会者が大崎を紹介した。

「それでは新郎の大学時代のボート部の監督で、現在は大蔵省銀行局銀行第一課長の大崎俊一様からご祝辞をちょうだいしたいと思います。大崎様よろしくお願いします」

大崎は立ち上がってスピーチに向かった。

「太君、由紀子さん、ご結婚おめでとうございます。私は大蔵省からこのホテル大蔵（大蔵省とホテル大蔵を掛けたダジャレを言ったつもりだったが、誰にも受けなかった）にお祝いのため駆けつけました大崎俊一です。

大蔵省銀行局は銀行の監督を行っている重要な部署でありまして、昨今の銀行の体たらくを目下引き締めているところであります。そもそも銀行はけしからんのであります。……次に太君は東大ボート部で大いに活躍されましたが、それは私という名監督の適切な指導があったればこそなんです。私の部下の指導法は……」

と、大崎は大蔵省の話と自分の自慢話に終始した。司会者がそろそろ時間ですよと腕時計を指してそれとなく合図を送ったにもかかわらず、大崎はそれを無視して話を続けた。それから、やっと本来の祝辞と思われるこれからの新郎への手向けの話が始まった。

「太君は大学の時は私の指導を受けて成長し、これからの新銀行では媒酌人の山本君の指導によってさらに大きく飛躍されると確信しております。媒酌人の山本君は、これまで私と互角に渡り合えた唯一の銀行員であります。山本君は敵ながら天晴れとしか言いようのない、実に誠実で謙虚な骨のある男です。これからは山本君の指導の下、本日出席されておられる頭取、副頭取のような経営トップを目指して頑張ってほしい」

と言って、今度は直人の賛辞で大崎の祝辞は終わった。列席者は最初の大崎の自慢話にはブーイング気味であったが、最後の直人への賛辞には同感と言わんばかりに拍手喝采を送った。

こうして直人と洋子は何とか媒酌人という大役を果たすことができた。

帰りの車の中で、直人はいつの日か今日の結婚式のように長女の久美をエスコートし、バージンロードを歩む日を想像しながら複雑な心境になっていた。翌月の社内報には、この時の結婚披露宴で新郎・新婦が高山頭取、岸本副頭取、和田常務たちに囲まれた嬉しそうな写真が大々的に掲載されていた。そこには直人とあの大崎の姿も映っていた。

第四章　組織の軋轢（あつれき）

丸の内銀行は東京日本橋銀行と対等合併し「東京丸の内銀行」となったが、その時の存続銀行は丸の内銀行、消滅銀行が東京日本橋銀行であった。

そもそも、対等合併という合併はないはずである。なぜなら、対等であればお互いに単独で生き残ればいい話であり、何も合併する必要はないからである。したがって、対等合併と言っても、実質的には存続会社が消滅会社を吸収するわけである。

しかしながら、丸の内銀行の若田頭取は対等合併ということを対外的にアピールするため、自らは新銀行の会長に退き、新銀行の頭取には東京日本橋銀行の高山頭取が就任したわけである。

直人は、この日に調査役（係長クラス）から次長に昇格した。

すべての新聞記事がこの合併を「お互いを補完し合う最高の合併」と非常に前向きに評価した。国内に強い丸の内銀行と、海外に強い東京日本橋銀行の補完し合う合併という意味であった。この合併が最後の前向きな合併となり、以降の合併はすべて救済合併ないしは弱者同士が連合する形の経営統合となったのは周知の通りである。

直人はこの日、大崎銀行課長に呼ばれた。

霞が関に着くと、この合併の取材でマスコミ各社の記者が大勢押し寄せていた。直人はそれを尻目に四階の銀行課の部屋に急ぎ足で向かった。

「おはよう。山本調査役じゃなく、山本次長。お久しぶりね」

と相変わらず大崎課長は元気そのものであったが、直人は、大崎課長がなぜ今日発令を受けた自分の昇格を知っていたのだろうと不思議に思った。大崎に比べ直人は、毎日夜遅くまで合併準備に追われていたため、合併当日は疲れがピークに達していた。

二人が四〇一号室に入ると、大崎課長はすぐにドアの鍵をかけた。直人は、これは何かあると直感した。大崎は言った。

「邪魔が入るといけないからね」

「そんなに大事な話なんですか」

と直人はとぼけて見せた。

「さて、山本次長。あなたは東京日本橋銀行が外為専門銀行ということは知っているわよね」

「もちろんです。私でなくともみんな知っていますよ」

「そうね。じゃあ、これは知っている？　大蔵省は為替変動対策として外貨準備金を持っているの。その大半が米ドルで、主に米国債で運用されているんだけど、これは一体、どこの銀行に運用を委託していると思う？」

直人は正直に答えた。

「いえ、そんなことは知りません」

大崎は続けた。

「そうよね。丸の内銀行は普通銀行だからそんなことは知らないかもね。このお金は東京日本橋銀行のニューヨーク支店に運用を委託しているのよ。いくらだと思う？　山本調査役、じゃなく、山本次長」

直人は答えた。

「私は行内では〝マルドメ〟と言って、まるっきりドメスティック（国内派）といわれていますから、そんな東京日本橋銀行のニューヨーク支店のことなんかわかりません」

「それじゃあ、教えてあげるわね。二〇〇億ドルよ。日本円で三兆円ね。このお金をこれから新銀行ではどうするのかを聞きたいのよ」

「そんなこと、私に聞かないで、ニューヨーク支店長にでも聞いてくださいよ」

「わかったわ。じゃあ二、三日待ってあげるから調べてきてちょうだい。それから今の運用状況も一緒にね。万が一、運用に失敗して含み損でも抱えていたら、新銀行は大変なことになるわよ」

直人はそんな重要なことがあれば、合併の準備段階で問題になっているはずだと思った。そもそも、外貨のドルをドル建ての米国債で運用しているはずだから為替の含み損など発生するわけはないし、米国債は非上場であり取得原価で評価するため、こちらも含み損は発生しない。ただし、大崎課長がそんな単純なことをドアの鍵を閉めてまで質問してくるとは思えない。直人は「おかしい、これは何かあるな」と疑った。

直人は銀行に戻ると、すぐにニューヨーク支店の資金運用部署に連絡した。

「東京の企画部の山本です。合併に関連して一つ教えてください。東京日本橋銀行がＭＯＦ預託として大蔵省から預かっている二〇〇億ドルは米国債で運用していると聞いていますが、合併の事前協議で何か問題はありませんでしたか」

ニューヨーク支店の担当者は答えた。

「いえ、特に問題になるようなことはありませんでした。東京本部で何かありましたか」

「そうですか、わかりました。こちらの勘違いかもしれません。最近、ＭＯＦ預託の件で大蔵省から何か照会がありませんでしたか」

担当者は思い出したかのようにこう答えた。

「そういえば、一か月ほど前に大蔵省から『ＭＯＦ預託金の運用指示は、大蔵省国際金融局のどの部署から受けているのか』とおかしな質問がありました。同じ大蔵省なのに、何でこっちに聞いてくるんだろうと変に思いましたので覚えています」

直人は質問を続けた。

「その指示は国際金融局の誰から出ていたんですか」

「国際金融局為替市場課の竹中課長です」

直人はさらに質問した。

「それを聞いてきたのは、大蔵省銀行局の大崎と言っていませんでしたか」

「そうです、その大崎さんです。よくわかりましたね」

「ありがとうございます」

直人は電話を切った。大崎課長はもうとっくに本件をいろいろと調べ上げているんだ。では、なぜ自分にＭＯＦ預託を今後新銀行でどうするのか聞いてきたんだろう。


直人は、大崎課長がＭＯＦ預託金の運用指示を出している竹中課長を調べていることが、どうしても気になった。直人は、「ＭＯＦ預託金・ニューヨーク支店・竹中課長」と考えているうちに、これらを繋げるものはもしかすると「接待」ではないかと思った。

そこで直人は四階の総務部に行って接待交際費の伝票を調べてみようと考えた。

四階に行くと、合併で忙しそうにしていた山下総務課長が直人に声をかけてきた。

「山本君、これまでの合併作業は大変だったね。こっちも大変だよ。この伝票を見てみろよ。合併で保存する伝票も二倍だよ。さすがに東京日本橋銀行は海外支店が多いせいか、海外の伝票がこんなにあるんだ。特にニューヨーク支店の伝票が多いな」

直人は思わずその伝票を覗き込んでいたが、その中に接待交際費の伝票を見つけて、山下総務課長に言った。

「課長、このニューヨーク支店の接待交際費の伝票をちょっとお借りできませんか。一時間ほどで返しますから」

「いいよ。どうせ今日は残業だから一時間でも二時間でもどうぞ」

直人は過去三年間の東京日本橋銀行ニューヨーク支店の接待交際費の伝票を一枚ずつ確認した。そのうちに「日本からの視察のため」と書かれた伝票がやけに多いことに気づいた。さすがに相手先の名前はなかったが、視察ということであれば一般の取引先ではない。

翌日の午前中に両行の企画担当同士の合併後最初の打ち合わせがあり、統一したルールのこれからの具体的な運営方法について協議された。

お互いのルールの統一に関しては、こんな逸話があった。

丸の内銀行ではローンと言えば住宅ローンのことであったが、東京日本橋銀行では住宅ローンは取り扱っておらず、ローンと言えば一般の企業向けの貸出を意味していた。合併前の合同会議でローンを巡って議論が混乱してしまった原因が、このローンのお互いの認識の違いにあったらしい。

そのため新銀行では貸出を「ローン」に、住宅ローンを「ホームローン」に名称を統一した。

企画担当同士の打ち合わせが終わり、ちょうどお昼になった。

直人は旧ＴのＭＯＦ担と一緒に食事をした。そこで、直人は先日のニューヨーク支店の話をそれとなく聞いてみたところ、彼は、

「私はニューヨーク支店に昨年までいましたから、私が起票した接待交際費の伝票もあったと思いますよ」

とニューヨーク支店の接待の話をしてくれた。

「君、ニューヨーク支店にいたの。東京日本橋銀行の行員はさすがに海外支店経験者が多いね。丸の内銀行では〝マルドメ〟ばかりで海外経験のある行員は滅多にいないよ。ところで、大蔵省からよく視察団が来ていたの」

と直人はそれとなく、鎌をかけてみた。

「そうなんですよ。ほぼ毎月来ていましたね」

「接待が大変だったんじゃない。官僚はゴルフもよく出張先でやるしね」

「そうですね。特に国際金融局の為替市場課長の竹中さんはゴルフが上手かった」

「ええ、竹中課長はMOF預託金の運用指示を出していた人でしょう？」

「よくご存じですね。その通りです」

直人は大崎課長が自分に質問してきた本当の理由がわかった。

つまり、ニューヨーク支店のMOF預託金二〇〇億ドルの運用指示を出していた竹中課長が、ニューヨーク支店に視察のためにたびたび出張し、ゴルフなどの接待を頻繁に受けていたとしたら、これは海外での大蔵省接待汚職事件になってしまう可能性がある。

そこで大崎課長は、これが表沙汰にならないように、直人を通して極秘裏に竹中課長への接待の事実を探っていたんだ。こんなことで大蔵省が解体されるようなことは何としても阻止しなければならないと大崎課長は考えたんじゃないか。

　これが直人の推理であった。

　翌日、直人はスッキリとした顔で大崎課長を訪ねた。

「早いわね。何かわかったの？　山本大次長さん」

「大崎課長が私に聞かれた目的がわかりました」

「何よそれ。私は新銀行のことを思って忠告しようと思っただけよ」

「とにかく、調べた結果、大蔵省接待汚職事件だということがわかりました」

「さすがね、山本次長。そこまでわかったんだったら話は早いわ。単刀直入に申し上げます。大蔵省としては、こんなことで組織解体なんてゴメンなの。合併直後という時期はどうしてもいろんな根も葉もないことが、おもしろおかしくマスコミにリークされるのよね。それを何とか山本次長に止めてもらおうと思ったのよ。新銀行のためにね」

　直人は皮肉を言った。

「それは大蔵省のためでしょう。私も実際に接待に同席した旧TのMOF担に話を聴いたり、ニューヨーク支店の接待交際費の伝票も調べてみたりしました」

「あっ、そう。それでその接待交際費は、国際金融局為替市場の竹中課長の接待に使われていたわけね。その証拠があるなら竹中を締め上げるわね。ありがとう、山本次長」

「待ってください、それは早合点というものです。よく考えてください。竹中課長がニューヨーク支店からいくら接待を受けても、竹中課長がＭＯＦ預託金の額を増やしたりして東京日本橋銀行に有利になるようなことはできませんよね。

ＭＯＦ預託金は日本の外貨準備金ですから、基本的には貿易の取扱高によって決まるものです。大蔵省の一個人が増減させるようなことはできません。さらに日本の外為専門銀行は東京日本橋銀行だけですから、それによって自由競争が阻害されたわけでもない。つまり、接待とＭＯＦ預託金には直接的な繋（つな）がりはないわけです。

また、今回の合併により東京日本橋銀行は消滅しますから、外為専門銀行の看板もＭＯＦ預託金もなくなります。竹中課長が個人的に接待を受けたことは大蔵省の内規違反の対象でしょうが、それによって竹中課長が不正を働いたわけではない。単に好きなゴルフの接待を受けただけでしょう。つまり、これは接待汚職事件ではありません。これが結論です」

大崎は直人に心から感謝した。

「山本次長、さすがによく調べたわね。〝マルドメ〟などと謙遜していたけど、あなたは〝ノン・マルドメ〟（マルドメではない国際派）ね。よくわかりました。こっちも本人には厳重注意に留めておきますから。これで山本次長に借りが出来たわね」

直人は答えた。

「いえいえ、これは大崎課長のおっしゃるとおり、新銀行のためですから」

「そう言ってくれればありがたいわ。調べてくれたお礼に、早速いいことを教えてあげるわね。旧Tのある役員から旧M（丸の内銀行）の前期決算は大赤字決算だったとご注進があったのよ。したがって、合併比率1：0・8は間違っていたんではないかと。合併で注目を浴びている時期に、こうした類の話がマスコミにリークされると大変なことになるかもね」

「ご忠告ありがとうございます。こちらも早速調べてみます」

直人は礼を言って部屋を出た。

実はこの話は、直人が想定していたことではあった。というのは、合併前の政策検討会で直人が役員陣に説明した資料が合併後に旧Tの役員に渡ることを、直人は予想していたのである。その検討会の資料には赤字決算のことも極秘事項として記載されていた。

しかしながら、この話と合併比率を結び付けて話をされては大変なことになる。直人はこの話が大崎課長に伝わっていることに驚き、少しの猶予も許されない状況になっていることを認識した。

直人は早速、企画部長と岸本副頭取に相談した。高山頭取に話を伝えなかった理由は、高山頭取が旧T出身だったからである。

岸本副頭取は話を聞くと旧M出身の若田会長に相談し、

「すぐに赤字決算について政策検討会を開き、方向性を打ち出すように」

と直人に指示を出した。

行内では全員がマスコミの「最高の合併」という記事に喜び、〝行内融和〟一色であった。

政策検討会が始まった。小森企画部長が資料に沿って説明し、その後役員たちの討議が始まった。

最初に発言したのは、旧T出身の融資担当役員の中山専務であった。

「貸出の資産査定（返済可能性を判定する新ルール）結果を見ると、今期の赤字決算は避けられそうにないと思われるが、前期決算からまだ三か月しか経っていない。監査法人の前期の会計監査がやっと終わったこの時期に今期の決算が赤字になると発表することは、前期決算が間違っていたということになるのではないか。そんな行内融和に水を差すようなことはいかがなものか」

次に旧M出身で合併に伴い、企画担当常務から審査担当常務に変わっていた和田常務が話した。

「とんでもない話だ。そもそも資産査定が義務付けられるのは、来年三月三十一日の本決算からだ。それを今中間決算で適用するようなフライングは、大蔵省が絶対に許さないだろう」

さらに、旧M出身の総務担当の田辺常務が発言した。

「監査法人がそんなことを認めるわけがない。それを認めると監査法人は前期決算の適正意見（財務諸表が適正に作成されているという監査意見）を取り消さないといけなくなる。そうなると、当行は株主総会も開けず、商法（会社法）違反になって経営陣は総退陣だ」

旧T出身で海外担当の田中副頭取が話した。

「そんなことをしたら米国ＳＥＣ（証券取引委員会）が黙っていない。前期に遡って決算をやり直せとリステート（決算修正）を要求され、海外での信用も地に落ちてしまう。ましてや、資料にあるように過去最大の一兆円の赤字決算となると、合併比率にも影響を与え、株主代表訴訟（株主が会社を代表して役員の法的責任を追及するために提起する訴訟）を受けかねない」

旧M出身で合併前の企画担当専務であった山野専務が発言した。

「私が担当した前期決算が間違っていたということか。私は監査法人が適正意見を出したので、前期決算の承認を取締役会に諮ったんだ。私には責任の取りようがない。他行の対応はどうなんだ」

旧M出身の岸本副頭取が、意見が出尽くしたのを見計らって話を整理した。

「いろんな意見が出た。整理すると、合併比率の問題、商法上の問題、海外の問題、米国ＳＥＣの問題、監査法人の問題、大蔵省の問題、他行の動向、これくらいですかね。これらについて企画部からまとめて回答してください」

小森企画部長は、こうしたいろんな質問に頭の整理がつかず、直人に回答を委ねた。

直人は、役員たちの様々な意見を聞きながら、役員たちの保身ぶりに腹が立ってきた。直人は「誰が好んで赤字決算などやるものか」と思いながら答え始めた。

「ご承知の通り、大蔵省は竹田大臣の意向を受け、来年三月末の決算から銀行に貸出の資産査定を義務付けました。いわゆる『早期是正措置（金融庁が自己資本比率八パーセントを下回った金融機関に業務改善命令を発動する措置）』と言われるルールです。これから各行とも、この対応に銀行の存亡を懸けて取り組むことになります。

当行は関銀協会長行のときにこれを進めてきたこともあり、他行より早くこの対応に取り組み、現時点で資産査定の体制整備を終えました。その結果が一兆円という巨額な赤字決算です。資産査定がいかに厳しいものかがわかるはずです。

現在、日本の不良債権は二十兆円と大蔵省が発表しておりますが、資産査定が始まると、おそらくその倍に膨れ上がるのは必至です。みなさんは北海道拓殖銀行、日本長期信用銀行、日本債券信用銀行が破綻したのを目の当たりにされたはずです。なぜ、これらの銀行が破綻したのか。原因は貸出の査定が甘かったり、引当金（ひきあてきん）の処理が遅かったりして、とうとう取り返しのつかない破綻という奈落の底に落ちていったわけです。

現在、株価や不動産価格は急落しておりますが、バブル崩壊はまだ始まったばかりです。企業の収益は悪化し、銀行が貸出の担保としている不動産の価格も急落して担保不足に陥り、追加担保が必要な危機的な状況です。こうした状況は時間が経てば経つほど悪くなり、不良債権はどんどん増え続けます。

世間から銀行は批判を浴びていますが、不良債権は銀行が作り出しているわけではありません。企業がバブル崩壊による収益悪化から返済できなくなったため、その貸出が不良債権になっているんです。したがって、唯一の対策はいかに早く企業を再生させるかであります。そのためには、一刻も早く貸出の返済可能性を判定した上で引当を強化し、銀行側の体制を整えることが先決なんです。

確かに当行は合併直後で行内融和が大切な時期かもしれませんが、行内融和によって不良債権が減ることはありません。役員陣に限らず、誰も好んで赤字決算をしたいなどという人間はいないはずです。しかし、今やらないとこれからもっと赤字は膨らんでいくんです。私も手間暇がかかる赤字決算など事務方としてやりたくはない。できることならじっとして嵐が通り過ぎるのを待ちたい。しかしながら、この嵐はすべての銀行を吹き飛ばしてしまう可能性があるんです。嵐が来る前に対策を打たないと手遅れになります。もうタイムリミットなんです。

先ほどからいろんな意見が出ましたが、どれもこれも赤字決算をしたくないための口実としか私には思えません。役員陣の保身のための意見、質問ではありませんか。誰一人として『引当を強化することが先決であり、そのためには赤字決算やむなし』という意見はありませんでした。今は貸出の資産査定を早期に導入して引当を強化し、取引先企業の再生に注力する体制をいち早く整える時です。その結果、今期赤字決算になっても構わないという役員陣の覚悟が必要なんです。この役員の覚悟があれば、先ほどのような無責任な発言は出ないはずです。要するに、役員陣にその覚悟が本当にあるかということが今問われているわけです。

このまま手をこまねいていたら、破綻した三行と同じ道を辿(たど)ることになります。どうか皆様のご英断をお願いします。それでも赤字決算は嫌だというなら、その役員自身が代替案を出すべきです。以上です」

役員たちはシーンとして直人の話を聞いていた。

最後に旧T出身の高山頭取が、経営者としての覚悟を示した。

「それではみなさん、当行は今中間決算からこの『貸出の資産査定ルール』を導入することにします。いいですね」

役員全員が拍手でそれに応えた。

こうして、東京丸の内銀行は〝最高の合併〟から〝最大の赤字〟に転落した。

ところが、マーケットはこの経営判断を高く評価し、新銀行の株価は一気に高騰した。東京丸の内銀行は、この決断によりトップバンクに躍り出たのである。その後に実施された大蔵省の金融検査では、この時の一兆円赤字決算を称して「東京丸の内銀行ショック」と言った。

直人はまたしても、火中の栗を拾う役割を演じてしまった。明日からまた深夜残業と休日返上生活が始まるのかと思うと、洋子の怒った顔が浮かんできた。申し訳ないと思いながら東京駅に向かった。

そういえば、今度の日曜日は長男翔太と次男燕が参加している少年野球の「杉の子」チームが玉川グラウンドで試合だった。直人もコーチとして行くことになっており、洋子や子供たちも楽しみにしていたのに……。

武蔵小杉は企業の社宅が多く、東京丸の内銀行、第一銀行、京芝、MTTなどの社宅の子供たちや地元の商店街の子供たちが集まり、毎週土日に玉川のグラウンドで少年野球に熱中していた。直人も翔太の喘息対策のため、一緒に少年野球の杉の子チームにコーチとして参加していた。平塚もコーチとして長男武君と一緒に杉の子チームのメンバーになっていた。

チームの監督は新日本郵船の吉岡さん。コーチはＭＴＴの古田さん、神奈川県警の和田さん、東京丸の内銀行の直人、平塚、山下の五人。選手たちはその父親が東京丸の内銀行の翔太・燕・アンパンマンこと武君、第一銀行の栗木君、京芝の菊ちゃん、ＭＴＴの高明三兄弟、八百屋のマッスルこと前田君、床屋の宗ちゃん、神奈川県警の和っちゃんこと和田君などがいた。

決して強いチームではなかったが、みんなが一致団結して和気あいあいとした良いチームであった。毎回奥さん連中も差し入れを持ってグラウンドに応援に来ていた。洋子と愛以ちゃんも、少年野球の日は病院の休みを調整して、毎回グラウンドに一緒に来ていた。直人と洋子にとってはこの頃が人生で最も充実した時期だったかもしれない。今度の対戦相手は優勝候補の市ノ坪チームであった。

第五章　憂国者たち

ニューヨーク証券取引所への上場の翌年一九九〇年に入り、日本の景気がおかしくなり始めた。日経平均株価も一九八九年の十二月に過去最高の四万円を突破したものの、その後は下落し続けた。今考えると丸の内銀行のニューヨーク証券取引所への上場の時期は、絶妙のタイミングだったと言える、まさにミラクルであった。

それまで株価と不動産価格の高騰に支えられてきたバブル経済が一気に弾けていった。これがいわゆる「失われた十年」の始まりであった。

そんな失われた十年のまっただ中、ある日、丸の内銀行の始業開始の八時四十五分に、十人ほどの黒い背広の男たちが十階の企画部に駆け込んできた。

「東京地検特捜部だ。全員、机から離れて。引き出しはそのままにして手は上に挙げて。ここに大蔵省の担当者はいるか」

直人は何事かと思ったが、

「はい。私が大蔵省担当（直人は次長とＭＯＦ担を兼任していた）です」と返事をした。

「君の机はどれだ。君の持ち物はすべて押収する。机の上の電話帳、卓上カレンダー、名刺入れなどすべてだ。それから持っている手帳も出せ」

そう言って、東京地検特捜部の捜査員たちは直人、島内次長、小森企画部長の机の中の書類や持ち物をすべて段ボール箱に入れて持ち帰った。捜査員は直人たちにこう言い残した。

「後で地検に出頭してもらうから待機してろ」

これが一九九八年に発覚した大蔵省（現金融庁）接待汚職事件に係る地検特捜部の捜査であった。

第一銀行の反社会的勢力への不正融資をＭＯＦ担が大蔵省のエリート官僚を接待することにより、検査に手心を加えてもらったという事件で、高級官僚七人が逮捕・起訴され、全員有罪となった。その接待に利用された店が歌舞伎町のノーパンしゃぶしゃぶ「ムーラン」であったことから「ノーパンしゃぶしゃぶ事件」と言われた。

この事件の煽り（あお）を受けて、すべての銀行のＭＯＦ担が一斉に取り調べを受けた。幸い、丸の内銀行はこの時、関東銀行協会の会長行として襟を正した行動を取っていたこともあり、誰一人として逮捕、起訴された者はいなかった。

直人は東京地検特捜部の薄暗い部屋で缶詰めにされ、押収された手帳に記載されていた大蔵官僚との接待について徹底的に事情聴取を受けた。

「君はこの日に金融検査部の高田課長補佐を接待しているな。目的は何だったんだ」

「いろんなことを意見交換させてもらっただけです」

「いろんなこととは何だ。償却検査の日程とか担当する検査官の名前か。どんな情報を接待でもらったんだ。正直に答えろ」

まるで犯罪者の取り調べのようであった。

直人は、その日の会食で高田課長補佐と話したことをありのまま正直に答えた。

「償却検査は年中行事ですからある程度の日程はわかっていますし、償却検査担当官についても予想がつきますので、そんな情報などは必要ありません」

「じゃあ、どんな話をしたんだ。時間は十八時から二十一時となっている。三時間も何を話していたんだ。正直に言わないと今夜は帰れないよ。何なら泊まっていくか」

直人はもう我慢の限界に達していた。

「さっきから大人しく聞いていたが、もう堪忍袋の緒が切れた。一体、俺が何をしたと言うんだ。俺は犯罪者扱いされるようなことは一切やっていない。

高田課長補佐を接待したと言うが、あれは決して接待ではない。食事の代金は折半で支払ったし、それも個人負担だ。銀行の接待交際費など使っていない。その時のレシートはないが、食事した店に確認すれば領収書を発行したかどうかわかるはずだ。高田課長補佐にも同じ質問をしたんだろうが、俺と同じ回答だったはずだ。それで銀行のＭＯＦ担をとっちめれば、すぐ白状すると思ったんだろうが、そうは問屋が卸さない」

相手は直人を生意気な奴だと言わんばかりに、

「いい加減にしろ。君は聞かれたことだけを答えればいいんだ。余計なことは喋(しゃべ)るな。時間の無駄だ」

直人はそれに真っ向から反論した。

「それはおかしい。私は高田課長補佐を接待したからということで取り調べを受けているんだろ。俺はそれに対してそもそもあれは接待ではないと言っているんだ。東京地検特捜部は個人的な会食の内容まで取り調べるのか。いい加減にしろと言いたいのはこっちのセリフだ」

「もういい。接待か接待でなかったかはどうでもいい。話の内容を早く教えろ」

「教えろじゃなく、人にものを聞くときは教えてくださいだろ」

「うるさい、早く言え」

直人はこの時、ある作戦を思いついた。

「高田課長補佐との話は、償却検査のあり方について意見交換しただけだ」

「そうだろう、やっぱり償却検査の話じゃないか」

「最後まで人の話を聞け。償却検査と言っても日本の償却検査の話ではなく、米国の償却検査の話だ。米国で日本のように監督当局が指導する償却検査などはない。米国の銀行は貸出の返済可能性を判定する資産査定を行い、それを米国歳入庁であるＩＲＳ（Internal Revenue Service）が銀行の判定通り認めてくれる。日本のように監督当局がお墨付きを与えるようなやり方ではない。だから米国では銀行と監督当局との癒着などという不正事件は起こらないんだ。

日本でもこうした銀行の資産査定を、そのまま税務当局が認める制度が作れないのかと相談していたんだ。これからの銀行監督行政のあり方についての意見交換だ。償却検査の日程や検査官の名前など聞いてどうする。それこそ時間の無駄だ」

「もういい。わかった。今夜は帰っていい」

直人の作戦勝ちであった。接待の話を日本の償却検査を米国と比較してその問題点を指摘し、これからの償却検査制度のあり方について意見交換したという話に切り替えたわけである。

大蔵省の接待汚職事件は、結局、大蔵大臣と日銀総裁が引責辞任し、財政と金融の分離を狙ったその後の大蔵省解体の原因となった。

そうした混乱の中、バブル崩壊により銀行の不良債権は大きく膨らみ、都市銀行の一角であった北海道拓殖銀行や政府系の日本長期信用銀行および日本債券信用銀行が破綻に追い込まれて行ったのである。

この接待汚職事件により大蔵省の権限は財政と金融に分離され、金融に対する権限は、新設された金融監督庁を経て現在の金融庁に引き継がれたわけである。

この時期は丸の内銀行が関東銀行協会の会長行を担当しており、会長行の交渉相手はこれまでの霞が関の官僚から赤坂の議員会館の政治家に代わった。

そんな中、東京丸の内銀行の副頭取から頭取に就任し、関東銀行協会の会長を務めていた岸本が、当時「若手の政策新人類」と言われていた岩原伸晃・根岸匠・塩谷泰久の三人に呼ばれ、直人も岸本会長に同行した。

岩原衆議院議員はこう切り出した。

「岸本会長、日本の不良債権は当初二兆円くらいと公表され、その後すぐにその倍以上の五兆円となり、現在二十兆円と当初の十倍に膨らんでいる。北海道拓殖銀行、日本長期信用銀行、それに日本債券信用銀行も潰れた。巷（ちまた）では次はどの銀行かと今にも取り付け騒ぎが起こりかねない危機的な状況にある。関銀協の会長として、これからどういう対策を打つのか」

岸本会長はそれに答えた。

「対策と言われても、不良債権は銀行が作り出しているわけではありません。これまでの政策の過ちでバブル経済が崩壊し、企業の収益が悪化して銀行の借入を返済できなくなったことによるものです。銀行として対策を打てと言われても限界があります。行員たちは何とかして取引先を立て直せないかと毎日企業再生に奮闘しています」

塩谷衆議院議員が尋ねた。

「不良債権を何とか減らす手立てはありませんか、会長」

「山本君、何か打つ手があるかな」

と、岸本会長は直人にわざと発言を促した。

直人は驚いたが、岸本の意図を察知して普段から問題意識を持っていた「日本と欧米の償却制度の違い」について話をした。

「実は日本の不良債権の中には、すでに償却した約五兆円の貸出が含まれております。これは欧米では不良債権には含まれておりません。つまり彼我の償却制度の違いにより、日本の不良債権は最初から欧米よりも五兆円多いんです。そもそも、償却した貸出を貸借対照表に残している日本の償却制度がおかしいんです」

「それは初耳だ。私も以前は日本銀行にいたが、そんなに制度に違いがあったのか。どうすれば欧米と同制度にすることができるんだ」

と塩谷衆議院議員が身を乗り出してきた。直人は答えた。

「これは貸出の償却制度の問題ですから、金融監督庁と国税庁のマターです」

「わかりました。早速、関係者を全員集めて議論しようじゃありませんか。会長行として音頭を取ってください、岸本会長」

岩原衆議院議員は、これで一気に不良債権処理に弾みがつくのではないかと期待を膨らませた。

「わかりました。それでは早速日程を調整してみます」

と岸本が答えたが、それに岩原が噛み付いた。

「いやいや、そんな悠長なことではだめですよ。明日からゴールデンウィークが始まりますよね。皆さんお休みでしょう。明日、この議員会館でやりましょう。メンバーは金融監督庁長官・国税庁長官・関銀協会長と私たちです。お供はそれぞれ二人までということでお願いします」

参考までに言うと、当時関東銀行協会会長は、東京系の大手都市銀行である第一銀行、芙蓉銀行、丸の内銀行、三越銀行の四行が輪番で担当していた。四年に一度担当することになり、丸の内銀行は毎回オリンピック・パラリンピックと同じ年に会長行が回って来た。

丸の内銀行は、民間銀行として初めて日本銀行総裁を出した銀行であり、当局に一目置かれていた。丸の内銀行が会長行の時には、決まって重要案件が目白押しであった。丸の内銀行の頭取の任期は他行と違って二期四年という不文律があり、頭取は在任期間に必ず一回は関銀協会長を経験することになっていた。

この会議は、ゴールデンウィークの初日に赤坂の議員会館で午前九時に始まった。

まず、岩原議員が本日の会議の目的を話した後、関銀協の岸本会長が口火を切った。

「日本の不良債権にはすでに償却した貸出が含まれております。これは国税庁の指導により有税償却（今後回収が見込まれ、現時点で損失が確定しない貸出の暫定償却）した貸出でも無税償却（今後回収が見込まれず、損失が確定した貸出の償却）となるまでは貸借対照表に計上しておかなければならないとする、税務の確定決算主義（税務申告は確定した決算の貸借対照表を根拠とする）が原因です。欧米の銀行では最初から無税償却できるので、償却した不良債権が貸借対照表に残ることはありません。結果的に日本の銀行の不良債権の方が欧米の銀行に比べてこの分多くなるというのが現状です」

そこで、塩谷議員が国税庁長官に質問した。

「日本の貸出償却処理を欧米と同じようにできないのか、国税庁長官」

長官が答えた。

「それは簡単です。銀行がその貸出を債権放棄すればいい話です。そうすれば無税償却となり、欧米と同じように不良債権は貸借対照表からなくなります」

岸本会長がそれに反論した。

「債権放棄はそんなに軽々しくできないことはご存じでしょう。銀行が回収できる貸出を債権放棄すると、経営者は株主に背任行為を問われます」

根岸議員が国税庁長官に言った。

「銀行の不良債権問題は今や我が国全体の大きな問題になっており、一日も早く不良債権を減らさなければならない。有税償却した貸出を貸借対照表から落としても、将来問題はないと国税庁長官が銀行にお墨付きを与えれば済む話ではないのか」

国税庁長官は最後まで自分の主張を曲げなかった。

「税は公平性の観点から、特定の業界だけに特別な処理を認めるわけにはいきません。国民の税金なんですから」

その時、金融監督庁から国税庁に異動してこの会議に国税庁長官のお供として出席していた大崎調査課長が、突然手を挙げて発言を求め、話し始めた。

「要するに、貸借対照表から落とした有税償却貸出を、欄外にいくら貸借対照表から落としていますと注書きすれば済むことじゃないの。そうすれば不良債権はその分減少し、税務の確定決算主義にも違反することはないと思いますが。それでいいんですよね、長官」

なんとあの大崎課長が関銀協に助け舟を出してくれたのである。国税庁長官もさすがに大崎のこのアイデアには反論することができなかった。

岩原議員は最後に締めくくって言った。

「本日の会議は実に有意義な会議でした。これで日本の不良債権は一気に五兆円減少し、今後の不良債権処理に弾みがつく。皆さん、本日は大変ご苦労さまでした」

大崎課長は議員会館を出る直人を呼び止めた。

「銀行さんも大変ね。だけど、今はお国の一大事。みんなで知恵を出し合ってこの国を支えないと大変なことになるわよね」

大崎課長の言う通りであった。しかしながら、直人は「大崎課長はいつの間に税金の勉強をしたんだろう」と不思議に思った。


直人は、霞が関からゴールデンウィークで空いていた日比谷線の電車に乗った。まだお昼前であり、「今から帰ると午後一時までには社宅に着く。洋子も休みだし、久しぶりに家族五人で駅前の地下街でとんかつでも食べようかな」と考えていた。

ところが、直人は中目黒に到着する寸前に大変なことに気がついた。

「今日の結論となった有税償却貸出を貸借対照表から落とすのはいいが、この将来回収が見込まれる貸出を総勘定元帳から落とした後、それをどのように回収管理していくんだ」と。

丸の内銀行はこの有税償却貸出が約八〇〇〇億円あり、平均貸出が一件二〇〇〇万円とすると約四万件に上る。システム対応しなければとても管理できる件数ではない。

「これは食事どころじゃないぞ。同期の平塚に話を聞くのが先決だ」と、直人は武蔵小杉駅に着くと社宅まで走った。

直人は社宅に着くと、そのまま二階に上がり、平塚の部屋をノックした。中から愛以ちゃんの「はーい、どなたですか」という声がした。ゴールデンウィークに家族で出かけていなくて助かったと、直人はほっとした。

「山本です。ご主人はいらっしゃいますか」

「はい」と言って出てきたのは、洋子であった。

「あなた、部屋を間違っていない？　うちは一階ですよ」

「いや、間違ってはいないよ。平塚にちょっと話があって」

「何だ、山本。まあ、上がれよ」

洋子と子どもたちは昼食をご馳走になっていたようだ。

「山本、お前の分もあるから食えよ。休日出勤ご苦労さま。それで会議はどうだった」

「まあ、上手くいったんだけど、困ったことが起きた。システム対応だ」

と言って、今日の会議の内容を詳細に平塚に話した。

平塚はさすがにシステム部の人間だけあって、すぐに問題点を指摘し、その対応策まで提案してくれた。

「それは銀行の顧客情報システムを手直しすることになるが、このバカでかいシステムをいじるのはそう簡単にはいかない。通常のルートでシステム部に頼んでも、おそらく二年以上かかると言われるな。何か工夫しないとだめだな。

そうだ、その四万件の有税償却貸出だけを別の簡易なダミー（替わりの）システムで回収管理するという方法はどうかな。そうすれば、顧客情報システムをいじる必要はなく短期間にできるかもしれない」

「そうだ。それていこう。持つべきものは同期だな。平塚、助かったよ。ありがとう」

直人は平塚のおかげで何とか問題解決できそうな気がしてきた。

平塚は、この話はこれまでと話題を変えた。

「ところで、さっき洋子さんから聞いたんだけど、子どもさん三人とも小児喘息だってね。いつでも預かるよ。愛以も同じ病院なんだし、みんなで話し合って調整すれば何とかなるよ」

愛以もそれに続いて言った。

「そうよ、山本さん。私たちに任せてよ。うちは子ども一人だから。何とかするから」

と応援してくれた。それに直人が答えた。

「ありがとう、助かるよ。俺も朝早く出勤して、帰りは定時に帰れるように努力するよ」

平塚が笑いながら直人に言った。

「おいおい、夜の接待係のＭＯＦ担の次長が定時に帰れるはずないだろう」

「いやいや、ＭＯＦ担も例の接待汚職事件以来、接待禁止になったから大丈夫だよ。ありがとう」

直人は平塚に感謝した。洋子も、

「ありがとうございます。私たち家族のことをそこまで考えてくださって」

と礼を言った。

直人も、これで洋子の不安も少し解消できるかなと一安心した。

第六章　自助努力

東京丸の内銀行は、厳格な資産査定（貸出の返済可能性を判定するルール）を早期に導入し、九〇〇〇億円の赤字となり、日本企業の過去の歴史の中で最大の赤字決算となった。他行も赤字決算となったものの、赤字額は東京丸の内銀行の半分以下であった。

この結果、翌年の決算では東京丸の内銀行は急回復し、唯一黒字決算となり、厳格な資産査定の早期適用が間違いではなかったことを証明した。

しかしながら、その後もバブルは崩壊し続け、銀行の不良債権残高はなかなか減少に転ずることはなかった。

そんな中、東京丸の内銀行の融資部（不良債権を管理していた部署）に、朝一番で一本の電話が入った。

「金融監督庁です。おたくの不良債権の認定はディスクロージャー（情報開示）違反であり、業務改善命令を出すので本日十時に当庁に来るように。その際、不良債権をどのように認定しているのか説明できる、しかるべき責任者も帯同させるように」

と言って電話は切れた。この電話は国税庁から金融監督庁の銀行監督課長として戻っていた大崎の部下、長田課長補佐からであった。

これを受け融資部は大騒ぎになり、部長は急いで部下から不良債権の認定方法のレクチャーを受けていた。融資部のずる賢い船村次長は、この時とばかりに部長に擦り寄って進言した。

「部長、しかるべき責任者とは融資部の責任者でしょうか。確かに融資部は貸出の資産査定をチェックしていますが、不良債権をディスクロージー（開示）しているのは企画部ですよ。したがって、しかるべき責任者とは企画部長のことではありませんか」

融資部長はほっとして満面の笑みを浮かべて答えた。

「その通りだ。なんでそれに早く気づかなかったんだ。誰か小森企画部長に連絡しろ」

監督官庁から何か説明を求められるたびに、その対応を巡って揉める「責任のなすり合い」である。

連絡を受けた小森企画部長は、直人と一緒に金融監督庁に急いだ。

金融監督庁では大崎課長と長田課長補佐が手ぐすねを引いて待ち構えていた。

大崎課長が例の調子で話し始めた。

「またおたくの銀行ね。今度は何をしでかしたの」

長田課長補佐が大崎に説明した。

「東京丸の内銀行は、不良債権のディスクロージャーに違反しているんです。業務改善命令ものです」

と言って業務改善命令の通知書を取り出した。大崎課長はそれを見て、

「何、不良債権の過大開示とはまた勇ましいわね。おたくの銀行はニューヨーク証券取引所に上場し

ているから、確か不良債権も米国基準を使って認定しているんでしょう。長田はハーバード大学に留学していたから米国基準には詳しいわよ」

直人はやっと口を開いた。

「どこが過大開示とおっしゃるんですか」

長田は自信満々に答えた。

「不良債権というのは延滞している貸出を言うんだよね。米国基準のノンパフォーミングローン（焦げ付き融資）だよね、おたくは延滞していない貸出まで不良債権に認定しているそうだね」

直人は「そうだね」という言い方を聞いて、これは他の銀行に告げ口されたんだと思った。金融監督庁にそんな細かいことまでわかるはずはないと考えていたからである。

「そんなことを告げ口してきたのは関西系の銀行でしょう。違いますか」

直人は長田の目が少し泳いだのを見逃さなかった。長田はその質問を聞くと急に話し方が荒々しくなった。

「そんなことはどうでもいい。とにかく、おたくは延滞していない正常な貸出まで不良債権として認定している。これは明らかにディスクロージャー違反だ。不良債権の開示は適正でないとダメなんだ。多くても少なくてもダメなんだ」

直人はあることを思い出した。それは金融監督庁が公表している不良債権の四半期ベースの数字の推移だった。四〜六月の第一・四半期に増え続けた不良債権の数字が、なぜか七〜九月の第二・四半期には減少し、十～十二月の第三・四半期に再び増加する。そして最後の一～三月期の第四・四半期にまた減少している銀行があった。

東京丸の内銀行の数字を見てもこうした動きは起きていない。これはなぜだろうと思って他の銀行も調べてみたが、やはりおかしいのはこの銀行だけであった。関西系のミツワ銀行だ。直人はミツワ銀行が、中間決算と本決算の期末に延滞している貸出の利息だけを徴収することにより延滞貸出を正常貸出と認定しているのではないかと推測した。

直人は思い切って長田課長補佐に告げ口をした銀行を名指しするとともに、その銀行の報告計数だけが異常であることを指摘した。

「うちのディスクロージャーがおかしいと言ってきたのはミツワ銀行でしょう。金融監督庁が各行に報告を求めている四半期ベースの不良債権報告がありますよね。ミツワ銀行の動きをよく見てください。おかしくはありませんか」

大崎課長は各行から提出された四半期ベースの報告書を取り出して、喰い入るように見た。

「なるほど、山本次長の言っていることがわかったわ。中間決算と本決算の期末に不良債権が大きく減っているわね。確かに他の銀行とは明らかに違う動きになっているわ」

大崎は長田に指示した。

「他にそうした銀行はないか、至急調べてちょうだい」

直人はもう一度、長田に聞いた。

「長田課長補佐、東京丸の内銀行が不良債権を過大開示していると言ってきたのはミツワ銀行ですよね」

長田はその質問を無視するように言った。

「そんなことはどうでもいい。とにかく、おたくは正常な貸出を不良債権と認定している。ディスクロージャー違反で業務改善命令は免れない」

直人はとうとう堪忍袋の緒が切れた。

「大人しく聞いていたら、調子に乗りやがって。ここまで言ってもわからないのか。ハーバードかオックスフォードか知らないが、留学経験があるからと言って威張るんじゃない。ここは日本だ。日本の貸出の実務がどうなっているか、あんたは知っているのか。

米国の貸出はプロジェクトローンが中心で、プロジェクトローンごとに契約書を取り交わすため、当然、不良債権もその貸出ごとに認定するが、日本は貸出一本ごとに管理する実務になっていない。なぜだかわかるか。日本ではその企業がどれくらいの返済能力があるか、担保がどのくらいあるかなどを総合的に判断して許容限度を決め、その枠内で貸出を行っているからだ（この貸出慣行が当時の日本のオーバーローンの原因の一つでもあった）。

したがって、不良債権は米国では貸出一本ごとに認定し、日本では企業ごとに認定しているんだ。つまり、日本では、その企業が延滞先かどうかを判断して、その企業宛ての貸出全部が不良債権かどうか判定している。したがって、ある企業に対する貸出の中に正常債権と不良債権が混在することはないんだ。

ところがミツワ銀行は、延滞先の貸出利息だけを中間決算と本決算の期末に回収することにより、その貸出は延滞貸出でないと、貸出一本ごとに不良債権を認定しているんだ。しかし、うちはそんな不適切なやり方はしていない。その企業が延滞先であれば全部の貸出を不良債権と認定している。さあ、どっちの認定が適正なのか、どっちの開示が正しいのか」

大崎が長田に言った。

「それじゃあ、業務改善命令を出すのはミツワ銀行の方ね。理由は不良債権の過小開示かしら。それとも不良債権の隠蔽かしら」

それでも長田は自分の間違いを認めようとはしなかった。

「それでは、おたくの監査法人は何と言っている。そのやり方が正しいと言っているのか。監査法人の意見書を持って来い」

と今度は監査法人にその責任を転嫁した。大崎はこれまでだと長田に忠告した。

「今回は相手が悪かったわね。これからは東京丸の内銀行の山本次長には注意した方がいいわね。甘く見ちゃダメよ」

後日、金融監督庁から全国の銀行に対して、

「期末に延滞利息だけを回収することにより、不良債権の認定を不適切に行っている銀行に対しては業務改善命令を出す」という通達が発出された。

この一件以来、金融監督庁の中では、「東京丸の内銀行は金融庁の言うことを聞かない銀行である」というレッテルが貼られてしまい、金融検査のたびに目の敵（かたき）にされた。

そうした中で、もっと大きな事件が起きてしまった。

一九九九年三月、不良債権処理に伴い資本を喰い潰してしまった大手銀行十五行に対して、総額七兆五〇〇〇億円の公的資金が一斉に注入された。ところが、この中に東京丸の内銀行だけが入っていなかったのだ。東京丸の内銀行の「公的資金受け入れ拒否」である。この時、岸本頭取は、東京丸の内銀行の全行員に向けてメッセージを送った。

「東京丸の内銀行は民間企業として自助努力を最優先に考え、今回の公的資金の受け入れを拒否します」と。

東京丸の内銀行は、またしても金融監督庁から反感を買ってしまった。

直人は、当時副頭取であった岸本が東京日本橋銀行との合併に際して次のように言った「経営者の覚悟の一言」を思い出していた。

「丸の内銀行と東京日本橋銀行は、お互いそれぞれが正しいと思うルールに基づき長年にわたり経営を行ってきたが、合併に際してはこの二つのルールを一つに統一しなければならない。その際の判断基準は、あくまでも〝合理性〟である。相手のルールの方がより合理的と考えられるのであれば、相手のルールに合わせることを躊躇（ちゅうちょ）してはならない」

岸本は丸の内銀行では早くからプリンスと言われ、頭取候補の筆頭であったが、東京日本橋銀行との合併で、同期の旧T出身の高山が先に新銀行の初代頭取となり、岸本は二代目となった。

当時、丸の内銀行の頭取の任期は二期四年と不文律で代々引き継がれてきたが、この伝統がこの時初めて途切れた。高山頭取は二年で岸本頭取に、そして岸本頭取も二年で次の頭取にその地位を禅譲した。つまり、二人の頭取が一人の任期を分け合ったわけである。両頭取は「後進の育成」という経営者の王道を貫き通したのである。

直人はその時、「丸の内銀行の良き伝統はちゃんと東京丸の内銀行に引き継がれているんだ」と「二人の経営者としての資質の高さ」を痛感した。そこには、経営者たる者の並々ならぬ覚悟のほどが感じられた。

直人はよく岸本頭取に呼ばれて意見を聞かれた。今回の公的資金受け入れ拒否についても事前に意見を聞かれていた。

「山本君、公的資金の注入はここまで来るともう避けられそうにないが、私はあくまで自助努力が先決だと考えている。公的資金を受け入れてしまうと当行は金融監督庁の管理銀行となり、経営の自由度を完全に失ってしまう。そうなると、もはや当行は当行でなくなってしまう。したがって、私は公的資金の受け入れを拒否するつもりでいる。

そこで一つだけ聞きたいことがある。当行は自助努力をどこまでやる必要があるかということだ。私は賞与カットなど、行員にその代償を払わせるようなことはしたくないんだ」

そこで、直人はある提案をしてみた。

「頭取、本店を丸の内地所に売却してはどうですか。行員の五年分の賞与が確保できます」

その翌週の新日本経済新聞の朝刊に「東京丸の内銀行、本店売却」という大きな記事が出た。直人はまさか頭取が本当に本店を売却するとは思わなかった。なぜなら、そんなことをすると、後世まで「本店を売却した頭取」という誹り（そし）りを受けるからである。

直人の思った通り、そこには岸本頭取の並々ならぬ経営者としての覚悟があった。本店の買い戻しが実現したのは、それから五年後のことであった。

第七章　企業戦士の死

中国の後漢書に「疾風に勁草を知る」という故事成語（中国の古い書物に書かれている教訓等の意味をもつ言葉）がある。「激しい風に吹かれてはじめて倒れない丈夫な草が見分けられる」という意味であるが、この当時の東京丸の内銀行はまさにこの勁草であったが、直人の人生には疾風が吹き荒れようとしていた。

ある日、人事部の同期の松田が企画部に飛び込んできた。同期の小木弘昭が亡くなったという知らせであった。直人は小木とは最初に配属された福岡支店の独身寮で一緒の部屋であった。

小木は京都大学出身のエリートで、スポーツマンでもあった。彼は大学でテニスをやっていたそうで、休みの日には独身寮のテニスコートで若い女子行員たちを熱心に指導していた。直人は中学・高校・大学とバスケット一筋であり、テニスはこれまでラケットを握ったこともなかったが、小木に厳しい指導を受けて男女混合ダブルスの試合で汗を流したこともあった。小木は愛煙家で毎日五十本近くハイライトを吸っていた。直人もセブンスターを日に十本ほど吸っていた。独身寮で初めて顔を合わせた時に相方がたばこを吸うことがわかって、お互い安堵したものである。

その後、小木は新宿支店を経て営業本部第二課に栄転し、新日本郵船などの海運企業を担当した。直人は福岡支店以降、仕事で小木と一緒になることはなかったが、彼の活躍はよく同期の仲間から聞かされていた。そして、彼は四場所目の名古屋支店に、同期の中では第一号の副支店長として昇格栄転した。

小木は営業本部にいた時に、直人と一緒に新川崎の人気の高かった大型分譲マンションに応募し、抽選で当たって購入した。一方、直人は抽選に外れてしまった。その時、小木には小さな保育園児が二人いたはずである。

彼は名古屋支店への転勤の辞令を受け、前任者との引き継ぎのため、支店の近くのホテルに一週間宿泊した。その引き継ぎの最終日の前夜に事故が起きたようだ。翌日は家族のもとに帰れるはずであった彼は、連日前任の副支店長と夜遅くまで引き継ぎを行っていたそうである。さすがにタフな彼も明日が最終日と安堵したのか、ホテルに戻るとすぐにベッドに倒れ込んで、そのまま眠りについたようだ。

翌朝、山田総務課長は小木が支店に出て来なかったため、ホテルに連絡して確認してもらったが、部屋から何の応答もないとのことであった。彼は嫌な予感がして泊まっているホテルに行った。だが部屋のドアを何回ノックしても返事がなかったため、フロントの従業員にドアを開けてもらった。そこには背広姿のままベッドに横たわり、呼吸をしていない小木が眠っていた。救急車で病院に搬送されたが、もう手遅れであった。病名はくも膜下出血であった。家族がそばにいれば助かったかもしれないと思うと本当に悔やまれる、四十二歳というあまりにも早すぎる企業戦士の死であった。

不幸は続くものである。その一週間後、直人は長崎にいる同級生から訃報の電話を受けた。今度は直人の大の親友であった藤川俊博（ふじかわとしひろ）が心不全で亡くなったという知らせであった。

お通夜が翌日十八時から、告別式は翌々日の十一時から福岡の斎場で執り行われた。

藤川とは小学校の時からの同級生で、近くの銭湯に一緒に行ったり、夕飯もよくご馳走になったりした。両親は共働きでカレーの日が多く、うちのカレーと違って、味が薄くて肉が少ないカレーに直人は藤川の家の貧しさを子供ながらに感じたものだった。

藤川は中学受験をして長崎大学附属中学に進んだが、長崎南高校でまた一緒になった。大学はどこを受験するか母親が嬉しそうに心配していたのが今も印象に残っている。彼は結局福岡の九州工業大学に進み、九州竹下電器産業で中堅幹部として活躍していた。

葬儀の後に夫人から聞いた話では、朝起きたときには藤川はすでに冷たくなっていたという。俗にいう過労による「ぽっくり病（心臓突然死）」であった。

藤川もまた幼い子供が二人いた。夫人は長崎の銀行に勤めていた可愛らしい女性で、彼らが新婚旅行に行くときに直人の武蔵小杉の社宅に寄ってくれ、洋子や子供たちと一緒にすき焼きを囲んで結婚をお祝いしたことが、つい昨日のように思い出された。藤川が亡くなった当時、夫人はまだ二十代後半であったはずである。その五年後に藤川の母親も後を追うように亡くなった。

小木、藤川ともに、葬儀では弔問に二〇〇人以上が参列していた。故人たちがいかに会社という戦場で活躍していたかという証であった。直人は、夫に先立たれた妻たちが、お互い二人の幼い子供を抱えて、これから想像を絶する苦難の道を歩んでいかなければならないことを思うと、涙がこぼれて仕方がなかった。

ところが、直人の周りでの不幸はこれだけにとどまらなかった。企画部の隣に銀行全体の貸出や預金などの業務全般の企画管理を担当している業務企画部があり、ここで主任調査役をしていた二年先輩の石川健美（いしかわたけみ）が血液の癌（がん）、白血病で亡くなったのもこの時期であった。

石川は雪が谷大塚に住んでおり、車で丸子橋を渡るとすぐ武蔵小杉の社宅があり、休日出勤でいつも最後まで銀行に残るのは石川と直人であったため、直人はいつも車で来ている石川に社宅まで送ってもらっていた。

ある時、石川は直人を車で社宅まで送っているときに、珍しく真面目な顔をして直人に尋ねてきた。

「山本、俺は趣味が仕事とゴルフだから、家のことはみんなかみさんに任せっきりだ。かみさんはそれでも何も文句は言わない。しかし、最近、俺にとって仕事とは何だ、家族とは何だとよく考えるんだ。お前にとって仕事とは何だ？　家族とは何だ？」

直人は改めてそんなことを考えたことはなかった。

「そうですね。僕にとって仕事とは、生きる喜び、生き甲斐ですかね。家族とは、喜びや苦しみを分かち合うことのできる親友か恋人のようなものですかね」

石川は続けた。

「でも、山本、お前が死んでしまえばお前は生き甲斐を失うだけで済むかもしれないが、残された家族はどうするんだ。人間、誰もいつ死ぬかわからないぞ。今日、いや、今この瞬間に交通事故で二人とも死んでしまうかもしれないよ」

直人は言った。

「縁起でもないこと言わないでくださいよ。石川さん、最近ちょっと働き過ぎじゃない？」

直人は、あの時、石川さんは自分の死を予感していて、あんなことを言ったんじゃないかと思った。

石川が自分の考えを直人に話す前に武蔵小杉の社宅に着いてしまった。

「じゃあな、山本、また明日。お疲れさま」

これが石川さんと交わした最期の言葉となってしまった。石川さんはそれから三日後の深夜に自宅で亡くなった。

直人は、人の命とはこんなに儚(はかな)いものかと痛感した。そして、石川さんが車の中で自分に何を言おうとしていたのかを考えた。おそらく石川さんは、

「山本、家族を今のうちに大事にしておけよ。俺のように家のことは全部かみさんに任せっきりじゃだめだぞ。自分を犠牲にして仕事で死ぬなんてバカなことにならないようにしろよ。だけど万が一、そうなった時には、残された家族が路頭に迷わないようにちゃんと考えておけよ」と言いたかったの

ではないかと直人は思った。

直人はあの時の石川さんからの質問を、同じように洋子に投げかけてみた。

「洋子にとって仕事とは何だ？　家族とは何だ？」

洋子はしばらく考えて、こう答えた。

「私にとって仕事とは、自分の天命だと思う。天から私に与えられた、一生をかけてやり遂げなければならないもの。そして家族とはそれを支えてくれる宝物だと思う」

直人は答えた。

「そうか、洋子にとって仕事は天命で、家族はその天命を果たすために支えてくれる宝物か」

「そうね。直人はどうなの」

「そうだね。銀行の仕事が天命だとは思えないな。天命と言えば、人の命を救う仕事のような感じがする。そういう意味では洋子の看護師としての仕事はまさに天命に相応（ふさわ）しいと思う。確かに看護師の仕事は医者のように患者の病だけを治す仕事ではなく、患者の生死やその生き方、その家族のことなど全人的な視野を持って行わなければならない仕事であり、それにより自分自身の人間性も高められる、まさに天命に値する仕事だな」

と直人は、洋子の看護師という仕事の本質をよく理解していた。

「でも、銀行の仕事だって人の命にかかわることがたくさんあるでしょう。最近、不良債権問題から銀行は諸悪の根源という風潮があり、銀行さえ叩いておけばテレビの視聴率も政治家の選挙での得票率も上がるという誤った認識が蔓延（まんえん）しているような気がする。銀行はもっと世間に対してちゃんと自己主張をすべきよ」

洋子も昨今の世間の銀行批判には相当怒っている様子であった。

「じゃあ、家族はどうなの？」

洋子は直人に質問した。

「そうだな。家族は宝物であることには同感だが、宝物は持ち主あってのことであり、持ち主がいなくなればどうなる？　ただの石ころになってしまわないか？　それはいやだな。そうならないためには、どうすればいいのかがわからない」

「それって、まさか亡くなった石川さんからの最期の質問じゃないの」

「その通りだ。よくわかったね」

「直人、その答えは、早く家族を独り立ちさせて、それぞれの宝物を見つけさせることよ。そうすれば宝物は次の持ち主に引き継がれて、また輝きを取り戻すことになるわ」

洋子の言う通りであった。直人は早く子供たちを一人前にしなければと決意を新たにした。この時、直人四十二歳、洋子四十二歳、長男翔太十五歳、次男燕十二歳、長女久美六歳、まだまだ先の長い道のりであった。

直人は次長に昇格したことにより、原則一年以内に社宅を出なければならなくなった。

近くの不動産屋に頼んで手頃な物件を見つけてもらった。それは同じ川崎市の馬絹（まぎぬ）にある新築の一戸建て住宅で、ここで次の生活が始まった。翔太は高校一年、燕は中学一年、久美は小学一年と、新居への移転とともにそれぞれが新しい道を歩み始めた。

そんなある日、直人はいつものように朝早く出勤した。東急田園都市線で宮崎台から大手町までは約四十分かかり、それから丸ノ内線で一駅戻ると東京駅である。

電車の中ではいつも好きな小説を読んでいた。大手町に着いたので電車を降りてエスカレーターに乗り込もうとした瞬間に、強い目眩（めまい）がして思わずしゃがみこんだ。直人は電車の中で夢中になって本を読んでいたせいで目の焦点がおかしくなったかなと思い、しばらく目を閉じベンチに腰掛けて回復するのを待った。しかしながら、目眩はどうしても治まらなかった。直人は以前から脈が飛ぶ徐脈の持病があり、薬を毎日服用していた。が、今回のような強い目眩は初めてであった。

一時間ほどしてようやく立てるようにはなったが、普通に歩くことができず、銀行に着いたのはもう十時を回っていた。直人はそのまま診療所に向かい、目眩の症状を受付で看護師に訴えたところ、すぐ心電図を取りますと言われ検査室に入った。看護師の女性は心電図を見て驚いたように直人に声をかけてきた。

「大丈夫ですか。気分はどうですか。呼吸は苦しくないですか」

「いえ、大丈夫です」

と直人は冷静に答えたが、看護師は明らかに動揺していたようだ。急いで車椅子を持ってきて、

「これに乗ってください。診察室まで運びますから」

と言って直人に車椅子に乗るように促した。

「大丈夫です。歩いて行けますから車椅子は結構です。診察室はすぐそこじゃないですか」

直人が歩いて診察室に入ると、心臓外科専門医の一ノ瀬先生が心電図を見て、驚いたように言った。

「山本さん、すぐに入院してください。ご自宅はどちらですか。近くの病院に連絡しますから」

「ちょっと待ってください。私は仕事が山ほど溜まっているんで、今すぐ入院などできません」

「山本さん、仕事と命とどっちが大事なんですか」

「先生、私の病気は一体何ですか」

「あなたの病気は命にかかわる質の悪い不整脈で、あまり良くない心室の期外収縮が起きています。すぐに入院して治療しないと大変なことになりますよ」

「先生、薬で何とか抑えることはできないんですか」

こんなやり取りの末、一ノ瀬先生は困り果てて直人に妥協案を示してくれた。

「わかりました。とりあえず、薬で様子を見ましょう。ただし、そのためには条件が三つあります。たばこをやめること、残業禁止で早く帰って睡眠を十分とること、毎月一回は診察を受けること、この三つを必ず守ってください。いいですね。それができないならすぐ入院ですよ」

「先生、わかりました。先生のおっしゃる通りしますから」

直人はこの時入院することは免れたが、この後十年間、ずっとこの病気と付き合っていくことになった。

直人はこのことを洋子には内緒にしていたが、さすがに洋子は看護師だけあって、直人が飲んでいた薬を見て「今までの不整脈の薬と違うわね」と簡単に気づかれてしまった。

直人はこれから先十年間に、今まで以上にとんでもない事件が起きることを、この時知る由もなかった。四十二歳は男の本厄の年であった。

第八章　国会参考人招致

銀行の不良債権問題は新たな展開を迎えようとしていた。

すなわち、金融監督庁の号令の下、各行は不良債権の処理を競い合い、経営者にとって当期にどれだけ不良債権を処理できたかが最大の経営課題となった。

ところが、そこに新たな問題が発生した。

不良債権の処理には二通りの方法がある。一つは取引先企業が破綻し、その貸出を全額償却する場合である。この場合、税務上は全額損金と認められ無税償却となるため、銀行の負担はそれほど大きくなく、かつ、完全に貸借対照表から消えて不良債権も同額減少する。これが「直接償却」と言って本来の不良債権の最終処理である。

もう一つは、取引先企業がまだ破綻していない場合である。この場合の不良債権処理というのは、将来破綻する可能性を見込んで貸倒（かしだおれ）引当金を積む処理である。つまり、不良債権の最終処理の前段階として貸倒引当金を積む「間接償却」と言う。

銀行にとって問題となるのは後者である。つまり、貸倒引当金は税務上、損金処理が全額認められないため、当期利益が大きく減少する。それによって赤字決算になれば、銀行の自己資本が減少し、国際的な自己資本比率規制で義務付けられている自己資本比率八パーセント以上という目標をクリアできなくなる。そうなると、金融監督庁から業務改善命令を受け、経営陣は総退陣を余儀なくされてしまうのである。実際に破綻した銀行は、まさにこの規制に抵触したわけである。

そこで、銀行業界はこれを何とか回避しようと、損金処理が認められなかった貸倒引当金が将来、損金処理が認められたときに戻ってくるであろう税金相当部分を繰延（くりのべ）税金資産として計上することにより、当期利益の減少を抑えたわけである。この繰延税金資産が各行とも巨額に膨れ上がって、本当に将来減税が実現するのかという新たな問題を惹起したのである。

この問題は国会で取り上げられることになった。これがいわゆる「金融国会」であった。

そこに大手銀行の経営トップである頭取たちが、参考人として招致されたのである。東京丸の内銀行、第一銀行、芙蓉銀行、井桁銀行、ミツワ銀行の五人の頭取たちである。

質問に立った議員たちは、この時とばかりに銀行の頭取を厳しく非難した。世間からバッシングを受けていた銀行を批判すればするほど選挙の得票が伸びるため、与野党を問わず銀行批判を繰り返した。テレビ局も銀行批判の中継は視聴率が高く、国会で銀行が叩かれる様子が全国のお茶の間で放映された。

与党のある議員は、

「銀行は不良債権の処理と称して、繰延税金資産を巨額に計上して当期利益を粉飾している。そんな身の丈を越えた巨額な繰延税金資産を、本当に将来の利益で解消できるのか。将来五年間の利益計画と過去五年の利益実績には大きな乖離がある」

と銀行側の将来の利益計画の甘さを徹底的に追及した。

また、野党の議員たちも、

「これまでに破綻した銀行は監査法人の会計監査で繰延税金資産が過大だと指摘され、これを資産から取り崩した結果、債務超過に陥り破綻してしまった。銀行は不良債権を作り出し、それを処理すると称して繰延税金資産という架空の資産を計上し、粉飾決算をやっているのではないのか」と厳しく非難した。

銀行の頭取たちは議員たちの攻勢に追い詰められ、防戦一方となり苦しい答弁を余儀なくされた。

「先生方のおっしゃることはごもっともですが、銀行としても全行を挙げて不良債権処理に取り組んでおり、結果的に積み上がった繰延税金資産を解消すべく、将来の利益計画を何としても達成できるように毎日奮闘努力しております。繰延税金資産についても、監査法人の会計監査を受け『財務諸表は適正である』との監査意見をいただいております」

こうした銀行批判の茶番劇が延々と繰り広げられ、日本全国のお茶の間では「繰延税金資産」という会計の専門家しか知らなかった言葉が、日常会話の中で飛び交うようになった。

そんな中、金融国会の最終日に、直人は五木繁頭取に国会への同行を求められた。直人は頭取の後ろの席で資料を準備して待機する役割であり、特に緊張することもないだろうと安心していたが、頭取の後ろに座って緊張した姿が、全国に放映されては困るなあと内心は心配していた。

国会の議論は、繰延税金資産をどうやって解消するかというディスクロージャー（開示）に焦点が移った。ある与党議員がこのディスクロージャーに関して追及した。

「銀行は将来の利益により、この巨額な繰延税金資産を解消できると言うのなら、それをみんなにちゃんとわかるようにディスクロージャーすべきである。このディスクロージャーは今どうなっているんだ」

その時、東京丸の内銀行の五木頭取が手を挙げ、議長に要請した。

「議長、これから繰延税金資産のディスクロージャーを担当している専門家に話をさせますので、私の代わりに発言することを許可してもらいたい」

議場は一瞬ざわめき、「参考人以外の発言は許されない」という反対の声が多く聞こえたが、一方で「頭取に聞いても専門的な話はできないから、やむを得ないんじゃないか」という賛成派の声も聞こえた。議長はしばらく議場の様子を窺（うかが）っていたが、やっと収まったのを見計らい、

「会計上の専門的な話でもあり、参考人に代わって発言することを認めます」

と許可した。五木頭取は、

「山本、こんなチャンスは二度とないぞ。しっかり頼むよ」

と、思わぬ展開に緊張を隠し切れなかった直人に小声で話しかけた。直人は覚悟を決め、普段から考えていることを瞬時に頭の中で整理して立ち上がった。

「東京丸の内銀行の山本直人です。それでは繰延税金資産をこれからどのようにわかりやすくディス

クロージャーしていくかをご説明いたしますが、その前に、これまで議員の方々が発言された銀行批判について、一言だけ意見を申し述べさせていただきたい」

議場がまたざわついた。

「お前の意見など聞いていない」「まあ言わしておけ」「時間の無駄だ」

様々なヤジが聞こえたが、議長は今度も議場が静まるのを待って、

「それでは手短にお願いしますよ」

と発言を続けることを許可した。直人は話を続けた。

「ありがとうございます。私は国会での議員の方々の的外れな銀行批判を聞いて、ふざけるんじゃない、一体全体、不良債権は誰が作り出したのかと憤慨しております。確かに銀行の貸出が不良債権になっているわけですが、銀行が不良債権にしているわけではありません。そもそも、不良債権とは返済が滞っている貸出のことです。それでは、なぜ返済が滞っているのでしょうか。

それはバブル経済を作り出した政府の施策、それを推進してきた行政、そして銀行を監督してきた金融庁（金融監督庁は二〇〇〇年七月一日に金融庁に改組された）、あなた方がその後のバブル経済の崩壊を防ぐことができず、景気を悪化させ、その対応を間違ったからではないのでしょうか。その結果、企業収益が落ち込んで借入の返済に支障を来したのです。つまり、不良債権問題を引き起こした張本人は、ここにいるあなた方なのです。

もちろん、銀行側に全く責任がなかったと言うつもりは毛頭ありません。バブル経済に踊らされて

過剰融資に走った銀行があるのは厳然たる事実です。しかし、それは全体の〇・一パーセントに過ぎません。九十九・九パーセントは企業の成長のため、ひいては日本経済の発展のために行われた貸出なのです。

その後、この不良債権問題は繰延税金資産という会計の問題にすり替えられ、それを監査する監査法人まで巻き込み、当事者を増やすことによって問題はさらに泥沼化しています。こんなやり方はエリート官僚の常套手段です。これでは問題の解決を徒に遅らせるだけです。もはや、現状は問題発生の原因を追及するような悠長なことが許される段階ではありません。今、現実に起きている出血を何とかして止めなければならない緊急事態なのです。

銀行が不良債権処理を進めた結果、積み上がった巨額な繰延税金資産を将来解消できるかどうか議論しても結論など出ません。なぜなら、それは日本の将来の景気をどう見るかということに等しく、一〇〇人のアナリストがいれば一〇〇通りの見方があり、どれが正解かを今この時点で判断することは不可能だからです。したがって、そんなことを問題視するのではなく、なぜ、繰延税金資産がこんなに積み上がったのかというところに視点を向けるべきなのです。

実は、この原因は日本の税制にあります。欧米諸国でも過去に同じ状況に陥りましたが、日本のように繰延税金資産が積み上がったことは一度もありません。なぜだと思いますか？　欧米ではそうした状況になった場合、政府がちゃんと企業に税金を還付するからです。したがって、繰延税金資産は発生しないのです。

ではなぜ、日本では税金の還付ができないのでしょうか。それは日本の財政が逼迫していて企業に還付するお金がないからです。国税庁に税金還付を復活して欲しいと話をすると、それは国の財政の問題を解決することが先決であると責任逃れをします。結局、みんながこの問題をたらい回しにして、一番批判しやすく、世間受けする銀行にその矛先を向けているのです。

皆さんはなぜ今の危機的な状況が国の一大事という認識を持てないのですか。日本の財政上の問題で税金を還付できないというのであれば、特別国債を発行したらどうですか。そうすればこの問題は一気に解決します。繰延税金資産のディスクロージャーなど全く必要ありません。なぜなら国債で税金を還付すれば、それは現金で還付したことと同じであり、そもそも繰延税金資産は計上されないからです。つまり繰延税金資産問題は、日本の財政が逼迫して税金を現金還付できないということが本当の原因なのです。

まずは、ここにいる国会議員の皆さんが日本の税制を改正し、税金の還付制度を復活させ、欧米と同じような税制にすべきです。その際、どうしても財政の逼迫により手元にお金がないというのであれば、特別国債を発行してそれを企業や銀行に還付すればいいのです。国民の皆さんもそれなら納得するはずです。それこそがまさに立法府である国会の仕事じゃないのでしょうか。国会議員の皆さんは、今の日本の危機的状況をどこまで真剣に考えているのかが問われているのです。

私は、今の日本経済は間違いなく沈没寸前だと思っています。国会議員は選挙で選ばれた国民の代表です。今、国民の皆さんはこの国会中継を見ているのです。銀行批判ばかりに終始するのではなく、もっと国民の代表として恥ずかしくない仕事をしてはいかがでしょうか。以上です」

直人は見事に問題の本質を明らかにするとともに、不良債問題および繰延税金資産問題の本当の原因を国民にもわかりやすく説明し、その解決策まで示して議員たちに突き付けたわけである。

議場は一瞬シーンと静まり返り、この状況が全国に実況中継された。直人は内心思った。

「日本という国は、国がちゃんと方針を示せば、全国民がその方針に沿って全力で協力する誠実で真面目な国民性を持った国である。ただし、その結論に達するまでの議論が時として的外れとなったり、責任論を振りかざして問題を混乱させるのも日本国民の特徴である。どこかの銀行と全く同じ構図である」と。

直人が帰宅すると、洋子が拍手で迎えてくれた。

「直人、今日は直人の国会での演説を聞いてスッキリしたわ。感動した。さすがは直人ね。愛以ちゃんからも電話で『よかった。今までの肩身の狭い思いも、これで少しは肩身も広がるね』と連絡があったわ」

「ああ、それはよかったね」と直人はそっけなく返事した。洋子は続けて言った。

「直人、なぜ、今日国会に行くと言わなかったの？　わかっていれば、もう少しいい背広と目立つネクタイをさせたのに。今度行くときはちゃんと言ってよ」

「もう二度と行かないよ。国会は緊張するからあまり好きじゃないし、テレビに映るのも恥ずかしいから」

この国会論戦が全国に放映されたこともあり、その後の銀行批判は一気に下火になった。

第九章　金融検査の終焉(しゅうえん)

銀行業界は不良債権処理を進めることにより自己資本を減少させ、大手銀行の北海道拓殖銀行、日本長期信用銀行、日本債券信用銀行が経営破綻、地方銀行の足利銀行も国有化されてしまった。

まさに各行ともお家の存亡を懸けたギリギリの闘いを強いられていたのである。こうした状況は銀行本体だけにとどまらず、子会社や関連会社にもその火の粉は降り注いでいた。経営者たちはこの苦境の中、グループ全体の再生を効率的に行うため、それまでの単独経営から連結経営に大きく舵(かじ)を切りはじめていた。そのための手段として一九九七年に解禁された金融持株会社が活用されたわけである。

ある日、直人に五木頭取の秘書から電話が入った。

「頭取がお呼びですが、今大丈夫でしょうか」

直人はこれから金融庁に出かけようとしていたが、頭取からの呼び出しということで、

「はい。わかりました。すぐ参ります」

と答え、金融庁への訪問を午後に延期した。直人は何の話だろうと考えながらエレベーターに乗り

込み、八階の役員室のボタンを押した。

秘書が頭取室のドアをノックした。

「山本次長が来られました」

直人は「失礼します」と言って頭取室に入った。

「おお、忙しいのに悪いね。少し話を聞きたいことがあるんだ。そんなに時間は取らせないから」

直人には頭取がいつになく疲れているように見え、

「頭取、お疲れのようですね。頭取は多くの案件を毎日決裁しなければならないので大変ですね」

と労(ねぎら)った。

「そうでもないよ。早速だけど、聞きたいのはこれからの経営の話だ」

直人は、経営のプロが自分のような一介の次長に経営の話を聞きたいとはどういうことだと驚いてしまった。

頭取は質問した。

「これからの経営は単独経営から連結経営を重視する時代だ。当行も国内外に多くの子会社や関連会社を抱えているが、連結経営の体制が必ずしも十分に整っているとは言い難い。米国の子会社の中には東京本部の指示に従わないところがあるそうだ。これからどうすれば、効率よく連結経営ができると思う?」

直人は頭取の真意を量りかねていた。そこで、直人は頭取に確認した。

「頭取が悩まれているのは、米国の子会社をどう経営したらよいかということではなく、これから予想される他行との経営統合を前提とした連結経営をどうしたらよいかという話でしょうか」

頭取は一本取られたというような苦笑いを浮かべながら言った。

「山本君、さすがに勘が鋭いね。お察しの通りだ」

つまり、頭取は次の一手として他行との経営統合を考えていたのだ。

そうなると問題はそう簡単な話ではない。多民族の連結経営には時間がかかることを、前回の東京日本橋銀行との合併がすでに証明していたからである。直人は金融持株会社による連結経営方式を提案してみた。

「頭取、当行は東京日本橋銀行と合併して、ようやく連結経営が軌道に乗り始めてきたところですが、それでも五年もかかっています。そこにまた合併で他の銀行を迎え入れることは、今のスピードが求められる金融危機という非常時の状況下では、極めて危険な賭けではないかと思います。

私は相当難しいと思いますが、どうしても避けられないとおっしゃるのであれば、一つだけ方法があります。金融持株会社を活用する方法です。つまり、まずは親会社となる持株会社を設立し、傘下の銀行・証券・信託などの子会社の企画担当者を持株会社に集めて、グループ全体を一括管理させる連結経営方式です」

「なるほど、金融持株会社か。わかった。山本君、至急その青写真を創ってくれないか」

直人は、またとんでもない仕事になるなと後悔したが、頭取の〝至急〟という言葉が気になった。

頭取はいつも「急がないから」と前置きすることが口癖であったからだ。

　経営統合の話が水面下で相当進んでいるのではないかと思いながら、頭取に冗談半分に質問してみた。

「頭取、経営統合の相手はまさか丸の内信託銀行ではないでしょうね」

　頭取は笑っていたが、それを否定することはなかった。

　普通銀行と信託銀行の経営統合であれば、合併方式は選択できない。なぜなら、合併すると消滅銀行の既得権がなくなってしまうからである。つまり、合併方式では、消滅銀行となる丸の内信託銀行は信託業務ができなくなるわけである。持株会社方式しか選択肢はない。頭取は初めからそんなことはわかっていたはずである。

　ではなぜ、そんなことを自分に聞いてきたのか。まさか、青写真を創った本人にそれをやらせようと考えられたのではあるまいか。それにまんまと乗ってしまったのではないかと後悔した。


　それから二か月後に、有楽町のビルに東京丸の内銀行の親会社となる持株会社が設立され、傘下にあの丸の内信託銀行も入った。名称は「丸の内東京フィナンシャルグループ」である。当初は「丸の内フィナンシャルグループ」という方向で進められていたが、旧東京日本橋銀行出身の高山前会長からどうしても「東京」という二文字を残してほしいという要請があったそうだ。

　直人はこの持株会社の設立に携わり、持株会社と銀行の両方の次長を兼務することになった。持株会社には東京丸の内銀行と丸の内信託銀行のそれぞれの企画担当者が集まり、総勢二十人で経営管理を担当することになった。この他に財務・リスク管理・総務・システムのそれぞれの担当者も集められ、総勢百人近くの体制となった。

そんな中、金融庁から「金融持株会社の検査を実施する」との入検通知書が届いた。設立間もない持株会社に金融検査が入るということは、どう考えても変な話であった。

検査当日の朝、金融庁の検査官たち総勢二十二名が有楽町の持株会社に入ってきた。その先頭は、なんとあの大崎であった。

「お久しぶりね、山本次長。また金融庁に出戻りよ。検査局主任検査官の大崎です。よろしくね。十時からヒアリングを始めるわよ。山本次長からね」

そう言うと、金融検査のために用意された特別検査室に入って行った。

直人は何か変だと思った。持株会社は銀行法で銀行業務を行うことはできないと規定され、子会社の経営管理が主要業務である。そんなシンプルな組織に、あの剛腕の大崎が大勢を引き連れ検査に来るとはどうしても解せなかった。

「さて、私がなぜこの持株会社に検査に来たかわかる？　山本次長」

「わかりません」

「それじゃあ、ヒントをあげるわね。東京丸の内銀行にも金融検査が同時に入っているの。私は両方見るのよ。山本次長が持株会社と銀行の両方を見ているのと同じね。なぜ、同時に検査が入ったかわかる?」

「わかりません」

「何もわかっていないのね。じゃあ教えてあげるわね。金融庁検査局では今不良債権額が大きい大口企業の格付けが適正に実施されているかどうかを検査しているの。いわゆる大口企業一〇〇社の特別検査ね。その中に丸の内自動車が入っているの。

おたくの銀行ではこの丸の内自動車の格付けを巡って要注意先（返済に注意を要する取引先）にするか、破綻懸念先（返済に懸念がある取引先）にするかで揉めたそうね。そうよね、どっちになるかで引当金が何百億円も違うんだからね。それを検査するの。当然、子会社を経営管理している持株会社でも、しっかり関与しているわよね」

「わかりました。どうぞ存分に検査してください」

こうして持株会社と銀行は同時に金融検査を受けることになった。

当時、東京丸の内銀行は金融検査になかなか屈しない、金融庁にとっては手強い相手であった。金融検査では検査官が指摘したことを銀行側が認めた場合、金融庁に念書を提出させることが慣行になっていた。これは後から検査結果が通知された時に、銀行側の反論を封じることが目的であった。

その念書の責任者が誰かによって、その事案の重要度がわかった。責任者が次長、部長、常務、専務、副頭取、頭取の順で念書の重要度が高くなる。金融庁ではこの重要度の高い念書を何枚取れたかということで、その検査官が評価された。

金融庁は過去に東京丸の内銀行からなかなかこの念書が取れなかったため、今回の検査は東京丸の内銀行から念書を取ることが最大の目的になっていたようである。

丸の内自動車に関しては、同社の格付けを担当した営業本部第一課、その格付けを検証した審査部が金融検査でヒアリングを受け、無事に終了した。持株会社でも特に問題となるようなことはなかった。

ところが、金融検査の最終日の新日本経済新聞の朝刊に「独のタイラーが丸の内自動車に対する資本支援を白紙撤回」という大きな記事が掲載され、金融庁と銀行の形勢が逆転した。

金融庁は鬼の首でも取ったかのように銀行側に丸の内自動車の格下げを迫った。なぜなら、丸の内自動車の再建計画はタイラーの資本支援を前提に作成されたものであり、この支援が白紙撤回されたということは、丸の内自動車の再建計画が成り立たなくなったからである。

攻防戦は一週間も続き、金融検査はとうとう一か月延長されることになった。マスコミも連日この話を取り上げた。万が一、格付けが引き下げられると、当社の信用がさらに悪化して破綻しかねない事態も予想され、銀行側としてもここは一歩も引けない切迫した状況にあった。

そんな中、大崎主任検査官が有楽町の持株会社に直人を訪ねてきた。大崎には、今回、東京丸の内銀行の頭取から念書を取るまたとないチャンスであり、ここはどうしても譲れないという覚悟があった。

「山本次長、これまでいろいろと対決してきたけど、今回ばかりはこっちの勝ちね。頭取に『丸の内自動車の格下げを検討します』という念書を書いてもらいたいんだけど、お願いね」

直人は、「このままだと大崎の言う通り、頭取の念書を差し出さなければならない。それを回避する手段は一つしかない」と考えていた。

「大崎主任検査官、一日だけ待ってください。頭取を説得しますから」

大崎は満足そうに頷(うなず)いた。

「一日だけよ。それ以上は待てないわよ。わかった？　山本次長」

直人は銀行に急いで戻り、これまでの丸の内自動車の格付けを巡る金融庁との交渉経緯を頭取に詳しく説明した上で、この難局を乗り切る唯一の方策を頭取に進言した。

「頭取、丸の内企業グループで丸の内自動車を支える方法しかありません。早くこの資本支援を決定しなければ、丸の内自動車は破綻してしまいます。マスコミも資本支援がどうなるか固唾を呑んで待ち構えており、万が一、資本支援ができないとわかると、丸の内自動車の格付けは破綻懸念先に格下げになると報道するでしょう。そうなった時はもう手遅れです。当行が丸の内自動車破綻の引き金を引くことになりかねません」

「わかった。山本君、一緒に丸の内企業グループにお願いに行こう。まず、丸の内重工と丸の内商事だな。手強い相手だ」

　こうして二人は丸の内企業グループの主要企業五社から、辛うじて丸の内自動車に対する資本支援の内諾を取り付けた。


　大崎主任検査官は約束通り、翌日の朝九時ちょうどに有楽町の持株会社に現れた。

「おはよう、山本次長。頭取の念書はもらえたかしら」

「残念ながら、念書はもらえませんでした」

　その答えに大崎は烈火のごとく怒りだした。

「何言っているの、念書をもらうために一日待ってあげたのよ。いい加減にしなさい。そっちがそうなら、こっちにも考えがあるわよ。本当はこんなことはしたくないけど仕方ないわね。これから霞が関に戻って長官にこのことを報告します。きっと、頭取は長官から呼び出されるわよ。それこそ、マスコミの格好の餌食になるわね。それでいいの？」

　直人にも大崎に勝るとも劣らない覚悟があった。

「大崎主任検査官、もうこんな再建に努力している企業を破綻に追い込むような検査はおしまいにしませんか。金融検査は何のために実施しているんですか。格下げを強要して企業を潰すことが検査の目的ですか。そうじゃなく、金融検査は銀行の経営管理状況を検証するのが目的でしょう。今の金融検査は行き過ぎであり、それによって企業を破綻に追い込んだら金融庁はどう責任を取るんですか。

これではもはや、金融検査ではなく恐怖検査であり、企業再生などできるわけがない。
金融庁の仕事は取引先の生殺与奪を決めることではない。もっと銀行がやっている格付けを信用すべきだ。持株会社が銀行業務を禁止されているように、金融庁も銀行がやっている取引先の格付けに口を出すことを禁止すべきだ。そうしないと、せっかく再建に努力している企業を破綻に追い込むことになる。もうこれ以上の検査はやめることだな。今すぐ霞ヶ関に戻って検査局を再建局に改変すべきだ。わかったか」

大崎主任検査官も、ここは一歩も引けなかった。

「何を小賢（こざか）しいことを言っているの。丸の内自動車の再建計画は、親会社の資本支援打ち切りにより白紙になったのよ。そうであれば、再建の可能性がなくなったことになり、今後の貸出の返済が困難になるわよね。返済が困難になった場合の格付けは何か知っている？　山本次長。破綻懸念先というの。これは世界共通のルール。東京丸の内銀行は、それでも丸の内自動車の格付けを要注意先と言い張るの？　そんな不正格付けは絶対に許さない。わかった？　山本次長」

直人は自分の携帯電話が鳴るのを、今か今かと待っていた。その時、直人の携帯電話が鳴った。「わかりました。ありがとうございました」

直人は大崎を睨みつけた。

「あなた方は検査で銀行を潰すばかりか、銀行の取引先まで潰す気か。もうこんな金融検査は終わりだ。丸の内自動車の格付けは、それでも要注意先だ。なぜなら、たった今、丸の内企業グループ五社の臨時取締役会で丸の内自動車への資本支援が決定された。再建計画はまた元に戻ったんだよ。大崎主任検査官」

大崎は驚いて金融庁に戻ろうとした。直人は大崎を呼び止めて言った。

「大崎さん、今回であなたとの対決も終わりだ。金融庁に戻ったら、早急に組織改革に取り組むことだな。金融庁検査局を金融庁再建局に」

大崎主任検査官にも金融庁としての意地があったのだろう。彼はこれを挽回するため、次のミツワ銀行の金融検査で大きな手柄を挙げた。取引先の格付けに絡み、ミツワ銀行の二重帳簿を見つけ出したのだ。

ミツワ銀行は金融検査忌避で破綻寸前まで追い込まれてしまった。大崎主任検査官はこの大手柄で国税庁の調査部長に栄転した。金融庁の組織改革で検査局が廃止されたのは、それから十年以上も後だった。

直人は帰宅して、洋子とあの宿敵大崎に勝利した祝杯を挙げていた。その時、電話がけたたましく鳴った。頭取秘書からの電話であった。

「山本次長、頭取がお呼びです。すぐ銀行に戻ってください」

過去最大で最後の経営統合がこれから始まろうとしていた。相手は金融庁検査忌避で破綻寸前に追い込まれたミツワ銀行であった。大崎との因縁の対決はまだ終わっていなかった。

第十章　租税法律主義

直人は五木頭取・黒山副頭取・和田専務（企画部の担当役員として専務に昇進していた）から矢継ぎ早に質問を受けた。時刻はすでに夜の十一時を回っていた。

ミツワ銀行グループは検査忌避により破綻寸前まで追い込まれ、同じ関西系の三越井桁銀行グループに救済を求め、両グループは救済の覚書まで締結していた。ところが、ミツワ銀行グループは検査忌避による信用不安で自社の株価が急落し、予定されていた増資が不可能となった。もはや、三越井桁銀行グループと交わした救済合意では存続が危ういことが明らかになった。ミツワ銀行グループの経営トップはこれに代わる抜本的な解決策を模索していた。

そこで窮余の一策として考え出されたのが、東京丸の内銀行グループとの経営統合であった。ミツワ銀行グループの経営トップは五木頭取に電話を入れた。そして、東京丸の内銀行グループによるミツワ銀行グループの救済合併が動き始めたのである。

五木頭取は直人に尋ねた。

「山本次長、まず、救済合併の方法だが、実務上、どのように進めるのが最も効率的な方法かを聞きたい」

　直人は即座に答えた。

「まず、持株会社同士を先に合併させ、その後に銀行・証券・カード・消費者金融などの傘下の子会社同士の合併を行うという方法が最も効率的です。なぜなら、親会社である持株会社同士が先に合併して一つになれば、その傘下の子会社同士の合併はグループ内部の再編になるので、対外的な様々な制約がなくなり、子会社同士の合併がスムーズに行えるからです」

　黒山副頭取が続いて質問した。

「なるほど、それで合併までの期間はどれくらいかかるかな。おそらく三越井桁銀行グループとの法律上の問題を解決した上でなければ、この話は進められないと思うが」

　直人は答えた。

「そうですね。その問題が解決した時をスタートとして申し上げれば、持株会社の合併までには約三か月。傘下の子会社の合併は、システム統合や店舗の統廃合などを勘案すると、それから最速でも約一年半は必要になると思います。準備期間は法律問題の解決を約半年と見込めば約二年三か月必要です。したがって最終目標のXデーは、二〇〇六年四月一日が最短となります」

　頭取が頷いた。

「わかった。それでは、その最短のXデーを目指して準備を始めよう。山本次長、その他に注意しておくことはないか」

直人は東京日本橋銀行との合併を振り返り、わざと和田専務の方を向いて答えた。

「東京日本橋銀行との合併の時は、誰が情報を漏らしたのか、新日本経済新聞に合併情報をすっぱ抜かれ、慌てて両行で臨時常務会を開いて機関決定した苦い経験があります。とにかく、情報管理が最も重要な課題です。今回は法律問題も絡んでいるので、もし相手の反対派にリークでもされれば、この話はダメになります」

和田専務は素知らぬ顔をして上を向いた。頭取はそれを聞いて提案した。

「そうだな。山本次長を合併準備委員長にして情報管理を徹底してもらうしかないな。和田専務、どうですか」

頭取は和田専務に賛成を求めたが、「異議なし」と黒山副頭取が先に答えた。和田専務は、

「もちろん、私も異議などあろうはずはございません」

とこれに続いた。直人は持株会社と銀行の次長、それに合併準備委員長と一人三役を任せられることとなった。

そして、無事に二〇〇六年四月一日を迎えることができた。

ところが、致命的な問題が合併後に起きてしまった。

ミツワ銀行は不良債権処理に伴う度重なる赤字決算によって、これまでの赤字の累積となる繰越欠損金を約二兆円抱えていた。本来であれば、この繰越欠損金は将来利益が出た時にその利益と相殺さ

れ、税金を払わずに済む節税効果をもたらすものである。

ところが、ミツワ銀行は将来の利益が少なく繰越欠損金の大半は利益と相殺できず、利用できる期限の五年で切り捨てとなる見込みであった。そこに今回の救済合併の話が持ち上がったため、切り捨てを見込んでいた約二兆円の繰越欠損金が東京丸の内銀行の利益と全額相殺できるようになった。つまり、ミツワ銀行にとっては、単なる石ころだったこの繰越欠損金が、東京丸の内銀行と合併することにより、ダイヤモンドに変わったようなものである。

和田専務はこの話を直人から報告を受けると、グッドニュースとして頭取に報告した。それもそのはずである。会計では二兆円の繰越欠損金の税効果約八〇〇〇億円（二兆円×税率四十パーセント）が新銀行の利益として認識され、将来の税金も同額少なくて済むわけである。役員全員がこのグッドニュースに「早速合併効果が現れた」と大喜びした。決算を担当する企画部の担当役員である和田も鼻高々であった。

その翌日、国税庁に栄転していた大崎から直人に電話が入った。

「山本次長、合併おめでとう。これでミツワ銀行もやっと嫁入りができたわね。私はミツワ銀行の金融検査の後、国税庁の調査部長に異動したの。知っていた？」

直人は答えた。

「知っていましたよ。ミツワ銀行の検査で大手柄をあげたご褒美で、国税庁に栄転されたんでしょう」

「そうなのよ。ところで、今日の新聞記事によると、東京丸の内銀行はミツワ銀行の二兆円の繰越欠損金を合併により引き継ぎ、何でも今期決算で八〇〇〇億円の利益が増えると書いてあったけど、それって本当の話なの？」

「そうです。今回の合併は会社法上の適格合併（資産を帳簿価格で引き継ぐことができるなど税務上の恩典が認められる合併）なので、ミツワ銀行の繰越欠損金が引き継げるんです」

「そうよね。適格合併ですもんね。ところで山本次長、あなたは法人税法第四条の三を読んだことある？」

直人は何か変な予感がした。

「改めてどうしたんですか。それは確か、合併される法人の留意点が規定されている条文だったと思いますが」

「そうよ。さすがによく覚えているわね。そこに合併する会社が連結納税を適用している場合、合併される会社の繰越欠損金の取り扱いがどうなるかが書いてあるの。連結納税を適用している東京丸の内銀行は、合併されるミツワ銀行の繰越欠損金を引き継ぐことができないとね」

直人は法人税法を急いで引っ張り出し、その条文を確認した。

大崎の言う通りだった。直人は大きなミスを犯してしまったことになる。会社法上の適格合併であれば、当然税法の恩典が認められると思っていたが、連結納税制度を適用している場合には制約が設けられていたのである。これは連結納税制度を乱用して繰越欠損金を引き継ごうとする脱税行為を防止する規定であった。

「大崎部長、ご忠告ありがとうございます。しかしながら、私には適格合併なのに繰越欠損金が引き継げないという税法がどうしても納得できません。税法がおかしいんじゃないですか」

大崎は言った。

「山本次長、あなた大学で税法を習ったことある？　税法の基本原則に租税法律主義というものがあるのよ。これ、どういう意味か知っているわよね」

直人は答えた。

「租税法律主義とは、何人も法律の根拠がなければ税金を徴収されることはないという意味ですよね」

「その通りよ。ということは、税法に規定されていれば、税務当局はその通りに税金を徴収できるということなのよ。山本次長が税法はおかしいと言っても、それが規定されている以上、それに従わざるを得ないの。それが租税法律主義よ。つまり、悪法といえども法は法なりということね」

東京丸の内銀行は連結経営を徹底するため、三年前に企画部が提案して連結納税を金融機関第一号で導入していた。この時には、まさかミツワ銀行との合併など想定外のことであったが、そんな弁解はプロの世界では通用しない。

直人は万事休すと覚悟を決めて、和田専務に報告に行った。

和田専務は直人の話を聞くと、

「山本、お前は今さら何を言っているんだ。そんなこと俺は聞きたくない。聞かなかったことにするからな。本件はお前が最後まで一人で責任を取れ。いいな」

「自殺でもしろと言うんですか」

「その通り、自殺でもして責任を取ってくれ。私は全くこの件は聞いていませんから、そのつもりで」

「わかりました。私一人で責任を取ります」

そう言って直人は専務の部屋を出た。

席に戻って、もう一度条文を読み直した。何度読んでみても、この規定はおかしいと直人は確信した。つまり、一パーセントに過ぎないであろう脱税者を封じ込めるため、九十九パーセントの善良な納税者に不都合を強いる規定としか思えなかった。直人は怒りに震えながら何とか解決方法がないかと思案した。

そこで、直人はまず外堀から埋める作戦に出た。つまり、本丸の相手は税務行政全般の総合的な運営方針を企画・立案する国税庁であるが、その前に現場事務を行う行政機関である東京国税局の意見を聞いてみようと考えたのだ。お互い現場同士でこの問題を話し合うことから始めようとした。これが直人流の「現場第一主義」である。

大手銀行は毎年六月から約半年間にわたり、国税局が最も重要と位置付けている第一着手企業として税務調査を受けていた。この税務調査は場合によっては一年に及ぶことさえあった。

今年の調査班のヘッドである特別統括官、通称「特官」は、東京国税局内で切れ者と言われていた加藤健一（かとうけんいち）であった。年の頃は五十代後半で、直人より一つか二つ年上であった。

直人は調査が開始されると、すぐにこの話を特官に相談してみた。

「特官、東京丸の内銀行は三年前の連結納税制度の解禁初年度に、金融業界第一号でこれを導入しました。当時は丸の内信託銀行と経営統合したばかりで、連結経営を早く軌道に乗せることが喫緊の課題でした。連結納税は連帯意識が持てる最良の方法だと考え、企画部が提案して導入したんです。

ところが、今回ミツワ銀行の救済合併という想定外の出来事が起こり、連結経営は振り出しに戻ってしまいました。現在、システム対応や国内外の店舗の統廃合など大変な統合作業を行っています。ミツワ銀行の規模は丸の内信託銀行の十倍以上ですから、連結納税の対象も急増し、連結納税システムの大幅な変更が必要になっております。

ところが、新銀行が最優先で対応しなければならないのは、最も重要で巨大な顧客情報システムの統合であり、マンパワーは大半がそれに投入され、連結納税システムの変更などはすべて後回しです。国税局からは正確な税務申告を要求されており、まさか連結納税を手作業で行い不正確な申告になることは許されません。

そこで、ご相談です。連結納税を一旦取りやめたいんですが、どうでしょうか」

特官は直人の話を聞いてしばらく考えていた。そして直人に鋭い質問をしてきた。やはり、噂通りの切れ者であった。

「次長、それは少しおかしくないか。すでに連結納税システムは三年前に完成して稼働していたわけだよね。別に新しい連結納税システムを作る必要はないんだよね。今回は今稼働しているシステムにミツワ銀行グループの会社を連結納税対象先に加えるだけでしょう。そんな大がかりなシステム変更は必要ないんじゃない」

そこで、直人はミツワ銀行の二兆円の繰越欠損金が連結納税を適用しているため、これを引き継げないことを正直に話した。

すると、特官から予想もしなかった発言が飛び出した。

「そうですか。そういうことなんですね。実は、私は国税庁が三年前に連結納税制度を解禁した時に、これは時期尚早じゃないかと思ったんです。時期尚早という意味は制度自体の話ではなく、それを規定する税法の条文作りが、時間の制約からあまりにも拙速であったため、将来、企業に不都合なことが起きるんじゃないかと危惧していました。実際、この連結納税は期の途中に税法が改正され、期の初めに遡って適用することが出来るという、後にも先にも例のない初めてのケースでした。

やはり、現実に問題が起こりましたか。おそらく、税法を作成する段階で、今回のような事態は想定されていなかったんでしょう」

直人は、この特官の話を聞いて千軍万馬の援軍を得たような気持になった。

「そういうことだったんですね。しかしながら、国税庁のある方が、租税法律主義を持ち出して、法律に書かれている以上はどうしようもないとおっしゃっているんです」

特官は続けた。

「そう言っているのは国税庁の調査部の連中でしょう。彼らは法律を作ってしまえば、それで仕事は終わりなんです。後は現場の徴税事務を担っている我々に責任を押しつける。どこの組織にもよくある話ですよね」

そこで、特官は直人に重要な解決のヒントを与えた。

「山本さん、租税法律主義を逆手に取ったらどうですか。連結納税の条文をよく読んでみてください。私はこれから国税局で会議がありますので、今日はこれで失礼します」

と言って特官は部屋を出て行った。

直人は急いで税法を読み返した。すると、法人税法第四条の五に、

「連結法人は、やむを得ない事情があるときは、国税庁長官の承認を受けて連結納税の適用をやめることができる」とあった。

直人は思わず、

「これだ。これで何とかこの問題は解決できるかもしれない」と叫んだ。


それから一週間後、直人は国税庁長官にアポイントを入れた。

「東京丸の内ミツワ銀行企画部の山本と申します。長官に面談のアポイントをお願いしたいんですが。時間は三十分ほどで結構です」

長官の秘書が尋ねた。

「明後日の午前十時からでしたら大丈夫ですが？」

「それで結構です」

「お見えになるのは頭取様ですか」

「いいえ、私が頭取の代理で参ります」

「それでご用件は」

「租税法律主義に関してのご相談です。よろしくお願いします」

「わかりました。そう長官に伝えておきます」

直人はこの問題を、和田専務以外の誰にも話していなかった。万が一の場合を想定して、誰にも迷惑をかけずに自分一人で責任を取るつもりでいたのだ。

面談の当日はあいにく土砂降りの雨になった。霞ヶ関に着くと後ろから誰かに声をかけられた。

「山本ちゃん、今日はどうしたの。まさか国税庁長官との面談でもあるのかな」

「その通りです。よくわかりましたね」

「そうよ。その面談に私も同席するのよ」

直人は嫌な予感がしたが、ここまで来たらもう怖いものなしと思いながら財務省の建物に入って行った。

エレベーターで五階に行き国税庁の受付で名前を言うと、すぐに長官室に案内された。

応接室に座って待っていると、話し声がして長官が入ってきた。予定通り、大崎部長がお供をして一緒に入ってきたが、もう一人お供がいた。なんと特別統括官の加藤であった。

直人は加藤特官が長官に繰越欠損金の話も含めてすべてを話してくれたんじゃないかと思い、最初から真っ向勝負に出た。

「長官、東京丸の内銀行は連結納税を適用しているため、ミツワ銀行の繰越欠損金が引き継げません。これは会社法が認めている適格合併とは明らかに相反する規定であり、税法の不備ではないかと思います」

大崎部長がすぐに反論した。

「だけど、租税法律主義が大原則であり、税法に規定されている以上、それは不備だから適用しないというわけにはいかないわよね。それこそ脱法行為よ」

直人は国税庁の失態だと怒りをぶちまけたいところであったが、長官と特官の手前、冷静さを失わなかった。直人は長官に続けて話した。

「租税法律主義、よくわかりました。その租税法律主義を踏まえて長官にお願いがあります。東京丸の内ミツワ銀行は先般の合併を受けて、現在両行のシステムを統一するため、本格的な統合作業を行っております。先日、稲穂銀行グループの三行統合に伴う顧客情報システムの統合作業で、大きなシステム障害が発生し、取引先に大変迷惑をかけてしまいました。我々はそれを教訓として、金融庁から間違っても業務改善命令などを受けないように、全行員が気を引き締めて毎日統合作業を慎重に進めているところです。

こうした状況では、合併前に東京丸の内銀行が銀行業界で他に先駆けて導入しました連結納税制度のシステム変更に、当面マンパワーを投入できません。つきましては、システム対応ができるようになるまで一旦、連結納税を取りやめさせていただきたい。これは、やむを得ない事情がある場合は国税庁長官の承認を受けて連結納税の適用を取りやめることができると、法人税法第四条の五に規定されています。大崎部長のおっしゃる通りの租税法律主義に基づいたお願いです」

直人は加藤特官が頷いているのが視線に入った。

長官は一言だけ直人に話した。

「東京丸の内銀行は、連結納税の適用開始からまだ三年しか経っていない。通常は新制度を適用してから、少なくとも五年以上経過していないとこうした事情変更は認められない。当庁でよく検討した上で結果を後日通知します」

直人は日比谷線の霞ヶ関駅に向かいながら、勝負は五分五分だなと思った。来るときの土砂降りの雨はすっかり上がり、眩(まぶ)しい日差しが降り注いでいた。

銀行に戻ると人事部長から呼び出しを受けた。

「山本君、長い間お疲れさまでした。ご存じの通り、当行は五十七・五歳が定年になっている。君も八月十日で五十七・五歳だ。次の職場を斡旋(あっせん)するけど、銀行のグループ企業と一般企業のどっちがいい？　君の希望を聞くように、和田専務からくれぐれもよろしく頼むと言われているから」

直人は今回の問題の責任を取れということだなと怒りが込み上げてきたが、冷静に答えた。

「銀行の斡旋は結構です。自分で第二の職場を探しますから」

直人は、サラリーマンとは最後は孤独なものであり、企業は決して最後まで護ってくれるほど甘いものではないと痛感した。

直人は入行してからこれまでのことを振り返った。

初めての配属店で何もわからず、先輩に何度も助けてもらった福岡支店。商店街の人々とお祭りで騒いだ次の元住吉支店。そしてバブル崩壊に伴う不良債権処理と経営統合に翻弄された企画部時代。様々な出来事が頭の中を走馬灯のように駆け巡った。

自分の半生を過ごしてきた銀行員生活、一方で家庭のことはほとんど顧みずに洋子に任せっきりであった。洋子は三人の子供たちを一人前に育て上げてくれた。ただただ感謝、感謝である。

そして、最後で最大のミスを起こしてしまった。しかし、これまでどんな仕事にも全力投球してきたので、その結果に何の後悔もない。確かに成功したと思えることは全体の三割もなかったかもしれないが、野球で三割バッターといえば凄いことである。自信を持って次の職場を探そう。

東京丸の内ミツワ銀行という背中の大看板を下ろして、自分だけの力で果たしてどこまでできるかという期待と、洋子の悲しむ顔を想像しながら東京駅に向かった。

直人が定年退職してから数日後、企画担当の和田専務の秘書から企画部の税務担当者に、ある書類が下りてきた。それは国税庁長官から企画担当役員宛に届いた一か月前の消印のある封書であった。

その中に「連結納税の取りやめを承認する」という国税庁長官からの承認通知書が入っていた。

この承認通知書は和田専務の指示により、頭取に上げられることもなく、連結納税のファイルに綴じ込まれた。

終　章　家族の人生

直人は半生に及ぶ銀行員生活を終え、東京丸の内ミツワ銀行を退職した。振り返ってみると、それは日本経済のバブルの醸成からその崩壊までをしっかり見届け、三回もの大きな経営統合や数知れない金融庁との闘いなど、まさに銀行の激動期を身をもって体験させてもらった波乱万丈の半生であった。

その間、洋子は看護師という天職を続けながら、三人の子育てをしっかり仕上げてくれた。本当に感謝以外の言葉がない。

それに引きかえ、直人は銀行の仕事に没頭し、結婚の時に約束した海外旅行に洋子を連れて行くことも「そのうちに、そのうちに」と言うだけで、とうとう最後までその約束を果たせなかった。

長男翔太が誕生した時も、いつも洋子に任せっきりだった。翔太はアレルギー体質で小児喘息を患い、直人はこれから先、翔太が本当に生きていけるんだろうかと心配したものだ。

ある日、喘息の発作で一晩中眠れなかった翔太が、

「苦しいよ、苦しいよ。パパ早く殺して、殺して」

と耳を疑うようなことを言ったことがある。直人はその時初めて翔太がそんなに苦しかったのかということに気づいた。直人は急いで翔太を抱きかかえ、近くの大学病院へ走った。

その途中で翔太が「パパごめんね。パパごめんね」と何度も謝ってきた。直人は翔太が自分を抱えて病院に走ってくれていることに「ごめんね」と謝っているのかと思った。

ところがその後、翔太が「死なない、死なないからね、パパ」と言ってきた。翔太は「殺して」と自分が言ったことを直人に謝っていたのだ。直人は思わず、翔太を抱きしめた。すると、翔太は「パパ、苦しいよ、苦しいよ」と今度は笑いながら直人に訴えた。

そんな翔太も少年野球を始めた頃から少しずつ体も強くなり、社宅の近くにあったホテルエムシーのレストランに連れて行くと、いつも決まって大盛りのカニピラフを注文していた。

中学では、野球部に入ると言い出したが、翔太はもともと左利きであったのを、直人がこれからのことを考え無理やり右利きに転向させたこともあり、野球部ではなかなか芽が出なかった。

そのうち翔太は、直人が学生時代にやっていたバスケットをすると言い出した。ただ、その時の翔太の身長は一六〇センチにも届かず、この時もレギュラーにはなれなかった。ところが、高校に入ると身長が一八二センチにも達し、バスケット部のキャプテンとして活躍した。

翔太は勉強よりもスポーツが好きで、大学も全国体育大学に進学したが、その頃から仲間と夜遊びをするようになり、洋子に心配をかけた。翔太は毎晩、家に帰って来なかったが、朝になるとちゃんと自分の布団で寝ていた。洋子は怒って玄関の鍵を翔太から取り上げたが、翔太はいつも屋根に上り、ベランダから家に入っていた。

ある時、直人は翔太と一緒に鷺沼のバス停で並んでバスを待っていたところ、若いチンピラのお兄さんが、並んでいる大勢の乗客を無視して一番前に割り込んできた。それを見ていた翔太はそのお兄さんのところに急いで走って行き、

「みんな並んでいるんだ。後ろにちゃんと並べ」と大きな声で窘めた。隣の乗客が直人に「いい息子さんですね」と褒めてくれた。直人はその時の頼もしい翔太を見て、

「翔太はいつの間にか、一人前の男に成長したな」と驚いたものである。

その後、翔太は大学を六年もかけてやっと卒業し、名古屋に本社のある上場企業に就職することができた。東京での支店勤務を経て海外営業部でインドネシア担当となり、インドネシアに出張した時に、現地の女性が悪い日本人の結婚詐欺に遭い、二人の子供を抱えて路頭に迷っていたのを助けたそうだ。翔太は日本とインドネシアの国際親善だと言って、その子供たちを引き取り彼女と結婚した。

翔太は変に正義感が強く、無鉄砲なところは直人そっくりであった。翔太は現在福岡で五人の子供の父親として頑張っている。子供の数ではもうとっくに直人を上回り、直人と違って子供たちの面倒もよく見ている。もう一人前の父親である。

次男燕も、小学三年から少年野球を始め、スポーツが好きで水泳、バスケット、マラソン、陸上と何でも器用にこなしていた。マラソンでは少年野球の先輩たちにも負けてはいなかった。中学ではバ

スケットで県大会に出場し、高校では陸上部に所属して一五〇〇メートルで関東大会に出場した。

燕も大学を卒業するのに翔太の真似をして六年もかかり、卒業後は派遣社員として外資系の化学薬品メーカーで働いた。しかし、上司との折り合いが悪く、そこを辞めて今は大手町の不動産関係の会社に勤めている。結婚して子供も二人授かり、新築のマンションも購入した。燕も二児の父親となって頑張っている。

長女の久美も無事に大学を卒業した後、現在は保育園で働いている。三人の子供の中では、久美が一番しっかりしており、大学もちゃんと四年で卒業した。

大学四年の時に洋子と些細なことで喧嘩となり、家を飛び出した。その時、久美は洋子に「誰も産んでくれと頼んでいない」と親に言ってはいけない啖呵を切った。

洋子も「選んで子供が産めるんなら、あんたなんか選んでいない」と負けてはいなかった。久美も直人に似て短気で、兄二人に喧嘩でも負けてはいなかった。

直人は、久美がそもそも洋子と仲が悪くなった理由を知っていた。それは久美が親友と一緒の高校に行くのを楽しみにしていたのに、洋子が自分の通った長崎の純心高校への進学を勝手に決めたことであった。

直人は洋子にそうさせた理由は、女手一つで四人の子供たちを苦労して育ててくれた長崎の母への感謝の思いを久美に託したかったのだと思っていた。

ところが、直人は最近、洋子にそうさせた本当の理由を知った。それは若くして原爆症で亡くなった洋子の姉の久美だけが純心高校に行けなかったため、自分の娘である同じ名前の久美をこの高校に通わせることで、若くして亡くなった姉の夢を叶えさせたかったのだ。

直人の半生は、家庭のことは全て洋子に任せっきりで、ただただ銀行の仕事に没頭し続けた三十五年であった。その間、洋子は天命であった看護師を続けながら三人の子どもたちを一人前に育て上げ、家庭をしっかり守ってくれた。直人がこれまで仕事を続けて来られたのは、洋子の支えがあったからにほかならない。これからは直人が洋子を支えていく番である。

直人は最後の最後で大きなミスを犯し、これまで育ててくれた銀行に恩返しをすることは出来なかった。しかし、これはまだまだ自分の修行が足りなかったという証拠であろう。これからもっと精進し果たせなかった恩返しをしていくつもりである。

直人の「人生の百倍返し」はまだまだこれからである。

第一部　完

第二部　教育編（教育財団）

序章　採用面接

直人は銀行を退職した後、すぐに次の職場を探した。ある日、新聞に「事務局長求む」という求人広告を見つけた。それは会計教育財団の事務局長職であった。

早速、履歴書を送って面接の連絡を待ったが、一か月経っても何の連絡もなかったので、こちらから電話してみた。

「山本と申します。先日の会計教育財団の事務局長の募集の件ですが、もう決まったんでしょうか」

電話に出た女性は「少々、お待ちください」と言って保留電話の音楽に切り替わった。一分、二分、三分が過ぎた。直人はもう待ちきれずに電話を切って、もう一度かけ直した。電話に出たのは別の女性のようだった。

「はい。全国会計士協会です」

直人は電話番号を間違えたかと思って聞き返した。

「そちらは会計教育財団ではないんですか」

女性は答えた。

「こちらで結構です。会計教育財団は全国会計士協会の外郭団体で、同じ建物の中ににあるんです」

「ああ、そういうことなんですね。先日の財団の事務局長の求人に応募した山本と言いますが、もう事務局長は決まったんでしょうか。まだ何の連絡もないんですが」

「まだ決まっておりません。現在、書類審査を行っており、書類審査が通った方々には面接のご連絡をしますので、もうしばらくお待ちください」

と彼女は答えた。それにしても、その前の女性のマナーはなっていないなあと、直人はこの財団の社員教育は大丈夫かと少し不安になった。

それから二日後に、会計教育財団から面接の通知が届いた。


直人の採用面接は、全国会計士協会の五階の会議室で午後三時から始まった。

直人が面接室に入ると、二十人ほどの役員たちが待ち構えており、ほとんどが直人の知っている顔ばかりであった。一番中央には全国会計士協会会長の増山浩二（ますやまこうじ）、その隣が前の会長の平沼誠一（ひらぬませいいち）、次が監査法人トーマスの専務理事の大野康雄（おおのやすお）、その隣に全日本監査法人の元会長の太田哲（おおたさとし）、あすなろ監査法人の前会長の外山英世（とやまひでよ）、あおぞら監査法人の前会長の村上徳二（むらかみとくじ）と、四大監査法人のお歴々も勢揃いしていた。

監査法人トーマスの大野は、旧東京日本橋銀行の会計監査チームのヘッドをしていたので、直人はよく彼と議論を戦わせた仲であった。大野は横浜国大の金時計（首席で卒業）で優秀な会計士であった。

全国会計士協会ということもあり、関西の大手監査法人の会長たちもいた。監査業界関係者以外では、全国経済団体連合会の事務局長、井桁商事の元副社長、関東電力の元副社長、全日本製鉄の常務、佃島重工の前会長など、こちらも錚々（そうそう）たる顔ぶれである。

もちろん、これらの役員たちが直人の顔を知っているわけではなかった。唯一知っていたのは監査法人トーマスの大野だけであったが、彼は素知らぬふりをして座っていた。

司会役と思（おぼ）しき赤ら顔の中年男が話を始めた。彼はこの後に直人の直属の上司となる協会の山下忠司（やましたただし）専務であった。

「それでは山本さん、初めに当財団の事務局長に応募された理由からお話しください」

直人は、

「私は銀行員生活三十五年間の中で会計や税務にかかわる仕事にも携わっておりましたので、この経験が活かせるんじゃないかと思って事務局長に応募しました」

大阪監査法人の会長が最初に質問をした。

「銀行では、どんな仕事をしておられたんかな」

直人は銀行での仕事の内容を話した。

「支店の預金・貸付業務や外回り業務を経験した後、本部の企画部で銀行全体の企画・管理業務を行っていました」

全員が企画・管理業務に興味を持ったようだった。各役員から次から次に速射砲のように、企画・

管理業務に関する質問が飛んできた。

「企画・管理業務で最も苦労したことは何か」

「監督当局との交渉は得意か」

「企画・管理業務で最も重要なことは何か」

「部下の教育指導で一番大事なことは何か」

「海外経験はあるか。英語は話せるか」

「ビジネス文書を書く能力はあるか」

直人は、この人たちは自分自身がこれまで組織の中で苦労したことを質問しているのではないかと思った。

質問が一巡すると、中央に座っていた一番偉い協会の会長と隣の前会長が、直人の知識のレベルや経験の内容を確認するように鋭い質問をしてきた。平沼前会長が先に質問した。

「君は会計・税務に関する仕事を経験してきたとおっしゃったが、会計士と税理士には大きな違いがあると思います。どんなところに違いがあると思いますか」

直人は即座に答えた。

「会計士は大半が監査法人に所属し、主に大企業や中堅企業を中心とした法人の会計監査を行っているのに対して、税理士は個人事務所を構え、どちらかというと中小・零細企業や個人、それも富裕層を中心とした個人の税務を担当するというビジネス相手の違いですかね。当然、監督官庁も会計士は金融庁、税理士は国税庁とそれぞれ違いますよね。お互い犬猿の仲でしょうが」

と、最後に余計な一言を付け加えてしまった。平沼はその言葉を聞き逃さなかった。

「ほう、よくこの業界のことを知っておられますね。じゃあ、お尋ねしますが、会計士と税理士はどちらがエライと思いますか」

直人はエライの意味を二通り考えて答えた。

「偉人のエライであれば、どちらも個人事業主という一国一城の主で実力をお持ちである点では、甲乙付け難い偉い職業人だと思います。一方、つらい方のエライであれば、やはり、税理士の方がつらいんじゃないかと思います。なぜなら、税理士は作成した税務申告書に一人で責任を負うのに対し、会計士は複数で監査するため、担当箇所が分担されており、それぞれの責任はある意味では限定的だからです」

平沼は続けて質問した。

「なるほど。それでは、君は職業とするとどちらを選択しますか」

直人は、即座にはっきりと答えた。

「私は、職業としてはどちらも選択しません。私にはどちらも務まる職業ではないと思っているからです。ただし、知識としては会計および税務はどちらも必要だと思います。銀行時代の仕事でもこれらは車の両輪でした。どちらが欠けても、あるいはどちらが速くとも遅くとも、車は真っすぐに進めませんから」

最後に増山会長が質問を締めくくった。

「あなたの銀行員生活の中で、一番つらかったことは何ですか。反対に一番良かったと思うことは何ですか」

直人はつらかったことはすぐに頭に浮かんだが、良かったことはなかなか浮かばなかった。

「一番つらかったことは、やはり仲間が過労で亡くなったことでした。これは完全に労務管理者としての私の責任でした。ただし、責任を取ったからといって、亡くなった仲間が生き返るわけではありません。ご遺族の方々に謝罪しても、決して許されないつらい思いをしました。

それ以来、私はどうすれば仕事の生産性を高め、残業をなくすことができるかを考え続け、ある解決方法を見つけました。それは、その日の各自の仕事内容を朝一番で全員が共有できるようにする早朝連絡会でした。良かったことは、その早朝連絡会により残業が削減でき、みんなの健康が損なわれずに済んだことでしょうか」

こうして一時間以上に及ぶ面接はやっと終了した。

帰宅して夕飯を済ませると、洋子が痺（しび）れを切らして面接のことを聞いてきた。

「直人、ところで面接どうだった？　上手くいった？」

直人は心配そうに浮かぬ顔をして答えた。

「うん。なかなか厳しい質問ばかりで、あまりよく答えられなかった。多分ダメだな」

「そうなの？　そうよね、まだ最初の面接だからね。そのうちにだんだん慣れてくるわよ。そんなに心配しないで。まだまだ求人はたくさんあるから、次の面接で頑張ればいいのよ。直人は銀行でいろんな大きな仕事を成し遂げてきたんだから自信を持ってよ」

洋子は洋子なりに直人の再就職を心配しているようであった。

それを見て直人は、正直に洋子に話した。

「ごめん、ごめん。さっきの話は全部冗談。面接は上手くいったよ。面接の相手は全国会計士協会や大企業の偉いさんたちだったけど、質問にはほぼ合格点で答えられたと思う。これも前職で苦労をさせてくれた銀行のおかげだな」

それから三日後に直人に採用通知が届いた。来週からはこれまで二十年以上通った東京駅ではなく、第二の職場となる会計教育財団のある市ヶ谷駅に通うことになる。直人はまるで新人の時のような緊張感が高まっていた。

二〇一一年二月、直人の第二の人生が始まった。

直人は銀行時代の習慣で朝早く出勤した。市ヶ谷の全国会計士協会に着いたのは七時を少し回った頃で、予想より随分と早く着いた。まだ入り口は閉まっていて、ガラス張りの建物の中は真っ暗だった。そうか、銀行とは違うんだと思いながら、近くのコンビニでコーヒーを買って、公園を散歩しながら時間を潰して戻ってきた。もう八時を過ぎていたが、それでもまだ誰も出勤して来ない。直人は前もって今日何時に出勤すればいいか確認しておけばよかったと悔やんだ。

直人は電車の中で読みかけていた新日本経済新聞を読み始め、最後のページの連載小説を読み終えたところで、協会の守衛さんに声をかけられた。

「協会に何かご用ですか。協会は九時からですよ。みなさんが出勤されるのは九時ぎりぎりですよ」

今、八時四十五分であった。その時、後ろから声がした。

「山本さんですか？　財団の派遣社員の船田です。中にご案内します」

と言って、自分のセキュリティカードで職員専用の通用口のドアを開けてくれた。直人は、ここは正社員より派遣社員の方が早く出勤するんだと驚いた。正社員たちは確かに九時のチャイムが鳴る直前に一斉に建物に駆け込んできた。直人は銀行との出勤風景の違いにカルチャーショックを受けてしまった。しかし、こんなことはまだまだ序の口であった。

直人は派遣社員の船田康弘（ふなだやすひろ）に案内されて三階の会計教育財団の部屋に入った。十坪ほどの狭い部屋の中央に机が九台と窓際に二台、合計十一台の机があった。九台は全国会計士協会からの出向者五人と四人の派遣社員の机で、残りの二台のうち一台が事務局長、もう一台が森田健介（もりたけんすけ）という協会からの役付き出向者の机で、二人の机は窓際に並んでいた。森田は九時ちょうどに缶コーヒーを飲みながら出勤して来た。

「おはようございます、事務局長。協会から出向して来ています森田です」

と言って直人の隣の席に座った。室内はシーンと静まり返っていて、社員たちがパソコンのキーボードを打つカチャカチャという音だけが響いていた。

その後、直人は午前中に森田課長から会計教育財団に関するレクチャーを受けた。財団の事業は三つあり、公認会計士試験に受かった会計士の卵に監査実務などを教える実務補習事業、公認会計士の資格維持を目的として行われている継続的専門研修事業、それに会計教育財団設立の大きな目的であった、企業の会計実務家も研修の対象にした会計実務家研修事業である。

銀行の業務と比べると至ってシンプルだったが、直人はこの三事業に携わる人数を聞いて、またしても驚いた。実務補習に六名、継続的専門研修に二名。一方、会計実務家研修には担当者がいなかったのだ。直人は森田課長に質問した。

「森田さん、会計実務家研修は、一体誰がやるんですか」

森田は悪びれた様子もなく、平然として答えた。

「それは事務局長が一人でやることになっています」

直人は返す言葉を失った。後で聞いた話では、前任の事務局長はどうもそれができなくて途中で辞めたようだった。

直人は銀行の企画部の時は一〇〇人以上の部下がいたので、部下の管理には大変な労力を使ったが、この財団ではそんな心配は全くなかった。ただし、事務局長とは名ばかりで、あらゆる仕事を自分一人でやらなければならなかった。

銀行の部長経験者は第二の職場では使えない、潰しがきかないとよく言われる。つまり、ピラミッド型のしっかりした銀行組織の中では、仕事が細かく分担されており、部長は仕事が下から上がってくるのを待っていればよかった。そういう部長経験者は、第二の職場でも仕事より自分の部屋や専用車を要求したりするそうで、中小企業や零細企業ではとても務まらない厄介な人種であった。

しかし、直人はそういう人種とは違っていた。むしろ、彼は疑問に思えば自ら動いて解決するタイプであり、この財団でも誰かに頼るようなことはなかった。森田は、前任者と全く違うタイプの事務局長に驚いているようだった。

直人は午後から森田に財団の財務状況の説明を受けた。説明を聞いて驚いたことは、一般企業の資本金に当たる財団の出資金が、八六〇〇万円と極めて少額であったことである。その理由を森田に尋ねたところ、彼はこう説明した。

「そうなんです。会計教育財団設立までは各業界が『そうだそうだ、これからは企業と会計監査業界が一緒になって日本の会計教育を強力に推し進めていく必要がある』と勇ましかったんですが、いざ具体的に人材はどうするのか、どこに設立するのか、出資金はどうするのかと、人・物・金の話になると、各業界は腰が引けて、口は出すけど人・物・金は出さないと無責任極まる対応に終始したんです。結局、全国会計士協会が全部責任を取り、人は協会からの出向者、物は協会からの無償貸与、そして金は協会役員の個人的な出資という方法しかなかったんです。結果的に、会計教育財団の出資金は八六〇〇万円しか集まらなかったというわけです」

直人はこれを聞いて嫌な予感がした。過小資本の財団が設立初年度に赤字になると債務超過の恐れがある。直人は財団の設立初年度の利益を恐る恐る財務諸表で確認したところ、そこには二七〇〇万円に▲のマイナス表示がされてあった。直人はびっくりして森田に質問した。

「森田さん、この財団は設立初年度の決算で二七〇〇万円の赤字が出ており、出資金八六〇万円を食い潰して一八四〇万円の債務超過となっている。今期もあと二か月足らずですが、大丈夫ですか」

森田は平然として答えた。

「今期は理事会（一般企業の取締役会）に赤字決算の計画を諮り、その決算計画は評議員会（一般企業の株主総会）で承認されていますから大丈夫ですよ」

「いやいや、そんな社内のプロセスの話ではないんです」

直人は森田に一般財団法人の法律を見せて、

「一般法人法第二〇二条第一項では、一般財団法人は二期連続で純資産が三〇〇万円未満となった場合は解散しなければならないんです。さらにその第二項ではその解散時期が定められており、今年六月の定時評議員会が終わった時なんです」

森田は目が点になった。

会計教育財団は二つの大きな法律違反をしていたことになる。一つは事務局が第二期決算の計画において一〇〇〇万円の赤字決算案を理事会に諮ったこと。これは事務局が財団を事実上解散する案を諮ったことになり、事務局の責任である。もう一つはその赤字決算計画を評議員会が誤って承認してしまったことである。これは本来であれば、理事会に再検討するように差し戻さなければならなかった。結果的に評議員会は財団の事実上の解散を承認してしまったことになるわけである。

この難局を乗り切るためには、今期の赤字見込み▲一〇〇〇万円を解消した上で二一四〇万円の黒字を出すしか解散を免れる方法はない。しかしながら、今期はもうあと二か月足らずしか残されておらず、どのようにしてこれから三一四〇万円の利益を稼ぎ出すのか、問題はそんなに簡単な話ではなかった。

直人は第二の職場でまたしても火中の栗を拾うことになった。それも初出勤日に。

第一章　財団解散の危機

直人は翌日も朝早く出勤した。今度は自分のセキュリティカードがあるので何時でも財団に入ることが出来た。直人はどうすればあと二か月足らず、正確に言うと三十二営業日で三一四〇万円を稼ぎ出せるかを通勤電車の中で考えた。

「三一四〇万円を三十二日で割ると一日約一〇〇万円となる。これを財団の法人会員を獲得することにより達成するためには、年会費が一社十万円だから一日平均十社以上の会員を獲得しなければならない。一日十社以上の会員を獲得するためにはヒット率三割として、十社割る〇・三で約三十四社となる。つまり毎日三十四社以上の企業を訪問勧誘しなければ達成できないわけである。もちろん、訪問勧誘するためには事前にアポイントを取る必要がある。今日からの仕事はアポ取りだ」

これが直人流の目標達成の方程式である。やるべきことは決まった。

直人は再就職した二日目から一週間、企業の経理部署に終日電話をかけまくった。午前中に約三十社、午後に約五十社、合計約八十社である。そのうちアポイントが取れたのは、こちらもヒット率約三割の二十五社であった。そして一週間で合計一二三社のアポイントが取れた。

次の一週間は、これらのアポイント先への訪問勧誘である。最初にアポイントが取れた企業は、東京丸の内ミツワ銀行の子会社である丸の内オートリースだった。

品川駅前ビルに着いたのは九時を少し回った頃であった。丸の内オートリースの本社はこのビルの八階に入っていた。約束の時間十時までには少し時間があったので、他の階の入居企業を入り口の案内板でチェックした。十三階に丸の内ファクターという、これも東京丸の内ミツワ銀行の子会社が入っていた。直人は思った。

「これは幸先がいいぞ。ひょっとすると午前中に二社法人会員を獲得できるかもしれない」

そう考えながら入居企業の案内板を再び確認した。すると十五階に品川監査法人のネームプレートがあった。直人は今日の三社目はここだなと思いながら、携帯でまず丸の内ファクターの電話番号を調べて電話した。

「もしもし、丸の内ファクターさんですか。私は丸の内銀行の企画部にいた山本と申します。経理部長さんはいらっしゃいますか」

電話に出たのは感じのいい女性だった。

「はい。銀行の山本さんですね。ご用件をお伺いしてもよろしいでしょうか」

「私、銀行を退職しましたので経理部長さんにご挨拶に参りました。銀行グループの連結納税導入の時に大変お世話になりました企画部の山本とお伝えください」

直人はとっさに用件を考え出したが、これが思いも寄らぬ幸運をもたらした。すぐに経理部長が受付に来てくれたのだ。

「山本さん、片岡です。その節は大変お世話になりました。うちのような小さな子会社が、グループの連結納税のため銀行の本部に呼ばれた時は光栄でした。あの時は、うちもれっきとした東京丸の内銀行の子会社なんだと嬉しかったですよ。山本さん、もう銀行を退職なさったんですか。お疲れさまでした。それで、今どちらの会社にお勤めなんですか」

直人は財団に再就職したことを話し、できれば財団の会員になってほしいと片岡にお願いした。片岡はそれを二つ返事で応諾してくれた。直人は丸の内銀行グループの人の繋がりの有難さに感謝した。

直人は同じように丸の内オートリースにも財団の会員になってもらった。二時間足らずのうちに、なんと二社の法人会員の獲得に成功したのであった。

その後、直人は三社目の品川監査法人を訪問してみた。直人は受付でアポイントがないことを断って、会長に新任のご挨拶に参りましたと受付嬢に話した。受付嬢はすぐ会長秘書に電話を入れてくれた。

「会長は今来客中ですので、しばらくお待ちいただくことはできますか」

「はい。待たせていただきます」

五分もしないうちに受付嬢が声をかけてきた。

「山本様、お待たせしました。会長室にご案内いたします」

直人は会長室に入った。

「初めまして、このたび、全国会計士協会の外郭団体である会計教育財団の事務局長に就任し、これから大変お世話になります山本直人と申します。お忙しいところ、アポイントもなくお伺いしまして誠に申し訳ありません」

会長は直人の顔をじっと見て、

「山本さん、どこかでお目にかかっていませんか。ああ、そうだあの時だ。うちは以前丸の内信託銀行の監査をやらせてもらっていましたが、東京丸の内銀行との経営統合により丸の内信託銀行も米国会計基準での財務報告の作成が必要になったため、トーマスに監査を交代してほしいと、お見えになりましたよね。あの時は正直言って、うちは米国会計基準の監査などできませんでしたから、これはどうしようもないなと諦めましたよ」

直人はそう言われてあの時のことを思い出したが、もう後の祭りであった。

「いやいや、その節は大変失礼なお願いをして申し訳ありませんでした」

直人は平謝りであった。ところが、会長は笑いながら話を続けた。

「あの時、山本さんが話してくれた、『これからの会計監査は日本会計基準だけでなく、米国会計基準の監査にも対応できるようにしないと厳しい競争に生き残れませんよ』というアドバイスをいただいたおかげで、その後うちの社員に米国公認会計士の資格を取得させ、今は三社ほど米国会計基準の財務諸表の監査を行っております。こちらこそ、あの時は貴重なアドバイスをいただきありがとうございました」

直人は恐縮して、財団の会員勧誘をすっかり忘れていた。

「それで、今日は挨拶だけでお見えになったのではないでしょう。何か他の用件がおありじゃないんですか」

「お察しの通りです。実は当財団の法人会員がまだ少なく、会員勧誘をお願いして回っております。会長のところにもぜひ財団の会員に加入していただきたいというお願いもありまして」

と直人はセールストークも上手かった。

「貴職自ら勧誘訪問ですか。それは大変ですね。うちで良ければ加入させていただきますよ」

「ありがとうございます。本当に助かります。何と言ってお礼申し上げればいいか」

直人はこれで午前中に法人会員を三社獲得した。この調子で行けば何とか目標は達成するかもしれないと、期待で胸が膨らんだ。

ところが、直人が財団に戻ると大変なことが起きていた。

あの大崎が財団に来ていたのだ。それも五人の部下を引き連れて。

「あら、どこかで見た顔ね。山本次長じゃないの。こんなところで何しているのかしら」

「大崎課長こそ、ここで何をしているんですか。私は今月からこの財団に事務局長としてお世話になっているんです。東京丸の内ミツワ銀行はもうとっくに退職し、この財団に再就職したんです」

大崎は驚いたように、

「あら、そうなの。私には何の挨拶もなかったわね。私もそろそろ定年退職が近いから、国税庁から金融庁に戻ったのよね。さて、金融庁のどの部署に戻ったでしょう。ヒントは今私が来ているこの財団よ」

「まさか、公認会計士・監査審査会ではないでしょうね」

「そのまさかよ。公認会計士・監査審査会は金融庁の組織の中にあり、公認会計士試験を担当する総務試験室と、監査法人の監査状況を検査する審査検査室の二つの業務室を持っているの。その両方を束ねているのが事務局長であるワタシなの。そこで今日は抜き打ちでこの財団の検査に来たっていうわけよ」

直人はどこまで大崎との腐れ縁が続くのかと呆(あき)れ果ててしまった。

「それでは山本事務局長、試験に受かった公認会計士の卵を教育している実務補習事業と、公認会計士の資格を維持するために実施している継続的専門研修事業が適正に運営されているかどうか、しっかりと検査しますからヨロシクね」

直人は午後にアポイントを貰っていた企業に急遽(きゅうきょ)面談の延期をお願いして、大崎と五人の検査官の相手をすることになった。直人はうちのような零細な財団に六人も検査に来るとはどうもおかしいと思い、大崎に質問した。

「大崎さん、こんな設立間もない小さな財団の検査に六人もの人数は多くありませんか」

「そうかしら」と大崎は何かを隠すような気のない返事をした。

検査は実務補習事業から始まり、大崎は直人に指示した。

「山本事務局長、まず、二〇〇九年七月に設立された財団の概要を詳しく説明してちょうだい。その後に財団の財務状況もちゃんと説明してね」

直人は、あの頭のいい大崎のことだ、おそらく何かを嗅ぎつけ、明確な目的を持ってここに検査に来たはずだと思った。直人はそれは一体何なのか、すぐに森田課長に尋ねたが、森田は能天気だった。

「山本事務局長。公認会計士・監査審査会の大崎事務局長と懇意な仲だとは、さすがに銀行員は顔が広いですね」

直人はそんなことはどうでもいいと本題に入った。

「森田課長、この財団は全国会計士協会から実務補習と継続的専門研修の二つの事業を引き継いだだけですよね。なぜそんな財団に検査が入るんですかね」

「なぜでしょうね。私にもわかりません。そもそも、これまでにその二つの研修事業を行っていた全国会計士協会でも金融庁の検査を受けたことなどないんです。やっぱり、何かおかしいですね」

「そうですか。森田課長でもわかりませんか。ところで、大崎さんに財団の概要と財務状況を説明してほしいと言われたので、資料を準備してください」

森田は財務状況と聞いて何かを思い出したのか、財団設立当初の金融庁の担当者とのやり取りについて直人に報告した。

「事務局長、そういえば、財団設立の時に金融庁の担当者から変な質問を受けたことがあるんです。『実務補習を行う団体は十分な財務基盤がないと認可できないが、この財団は大丈夫だろうね』って。その時、協会の山下専務が、『純資産が一〇〇億円以上ある全国会計士協会が全面的にバックアップしますから大丈夫です』と答えたんです。それを聞いて金融庁の担当者も納得したようでした」

それを聞いて直人には今回の検査の目的がわかってきた。直人は、「大崎はおそらく協会のバックアップの仕方が適正に行われているかどうかを検査するためにまず財団を調べに来たのではないか。つまり、本当の検査対象先は協会であり、財団の検査はあくまで反面調査（調査対象先の取引先や子会社などを調査すること）ではないか」と考えた。直人の第六感は見事に的中していた。

財団の概要は森田課長が設立目的や事業内容などを詳しく説明し、特に問題となるようなことはなかった。次に直人が財団の財務状況を説明した。

「財団は設立初年度に二七〇〇万円の赤字決算となりましたが、今期は回復基調にあります」

大崎事務局長がそれを聞いてすぐに質問した。

「今期は黒字になるということね？　山本事務局長」

直人は言った。

「黒字にすべく、現在法人会員の獲得を強力に推し進めているところです」

大崎は財団の問題を見抜いていた。

「それじゃあ、視点を変えて質問するわね。今期の財団の利益計画は黒字なの？　それとも赤字なの？　それに今はもう二月中旬だから、今期も残すところあと一か月半しかないわよね。一月までの十か月間の累計利益は一体どうなっているの？」

直人は正直に答えた。

「今期の利益は計画段階では一〇〇〇万円の赤字だったんですが、これを何とか二一四〇万円の黒字に持って行けそうな状況です」

それを聞いて大崎は、また鋭い質問を投げかけてきた。

「二一四〇万円とはまた細かいわね。二一四〇万円の利益を上げれば、何とか財団の純資産を三〇〇万円に回復させることが出来るってことね？　山本事務局長」

大崎は何もかもお見通しだったのだ。

「その通りです」

直人は答えた。大崎はいよいよ本丸を攻めてきた。

「では、最後の質問ね。今期の赤字▲一〇〇〇万円を黒字二一四〇万円に持って行くためには、あと一か月半で三一四〇万円の利益が必要になるわね。これを全国会計士協会から出してもらうの？　そんなことをすれば、それは税金等を優遇されている公益法人の協会が禁止されている寄付行為に当たるのよ。だからと言って、協会からの支援がないと財団は純資産三〇〇万円を二期にわたって維持できなくなり、解散させられるわね。さあ、どうするの」

大崎はとうとう今回の検査の最終目的を告げた。そして、大崎はその理由を直人に説明した。

「山本事務局長、私は財団や協会をいじめに来たわけじゃないのよ。私は国税庁調査部長のときに公益法人の脱税事件をたくさん扱ってきたの。特に宗教法人が収益事業で利益を上げていながら、公益法人という隠れ蓑のおかげで税金を一円も払わずに私腹を肥やしてきた事実を知り、公益法人の税制改革が必要だと思っていたの。そうしないと税の公平性を著しく阻害することになるわよね。だから絶対にそんなことは許さないの」

直人は「官僚の大崎にも大崎なりの正義感があるんだ」と、大崎という人間を少し見直した。

直人は協会に支援を求めるのではなく、自助努力によってこの難局を乗り越えると大崎に断言した。

「これから法人会員を三一四社以上獲得します。法人会員の年会費は一社十万円だから、三一四社獲得すれば三一四〇万円の会費で今期は黒字になり、純資産も三〇〇〇万円をクリアすることになります」

大崎は追及の手を緩めなかった。

「あらそう。ちなみに、現在の法人会員は何社あるのかしら」

森田が大崎の意図も読めずに堂々と答えた。

「法人会員は現在ゼロですが、個人会員は七名います」

大崎はあざ笑った。

「二年間で法人会員を一社も獲得できなかったわけね。それをあと一か月半で三一四社獲得できると言うの？　それはいくら何でも無茶苦茶な話よ。さすがに山本事務局長でも、それは無理じゃないの？」

直人はとうとう怒り出した。

「大崎事務局長、黙って聞いていればいい気になって、こんな陰湿なやり方は許せない。財団では何とか解散だけは回避しようと全員一生懸命やっているんだ。あと一か月半、死に物狂いで法人会員を三一四社獲得して見せる。よく見ておけ。

銀行の検査の時にも言った通り、あなた方の検査は企業を破綻させるために、そして今度は財団を解散に追い込むためにやっているのか。財団はこれからの日本の会計監査を背負って立つ公認会計士や企業の経理を担っている会計実務家を育成していく重要な教育機関なんだ。本来、金融庁は財団を後押しする立場にあるんじゃないのか。公務員は一体誰のために仕事をしているんだ。よく考え直せ。わかったか」

大崎も負けてはいなかった。

「それじゃあ、結果が出る三月末にまた来るわね。その時に吠え面かかないでね」

直人は、何としてもあと一か月半で絶対に三一四社の法人会員を獲得してみせると決意を新たにした。

大崎への説明に使った書類の中に、財団が設立時に協会から引き継いだ二つの事業の受け入れた時の資料があった。

財団は二〇〇九年七月六日に設立された。なぜ七月六日なのかというと、公認会計士法が制定された一九四八年七月六日の記念日に合わせて設立されたからである。

財団が金融庁から実務補習団体としての認可を受けたのは、二〇〇九年十一月二日であった。直人は不思議に思った。十一月に金融庁から認可を受けて業務を開始したのであれば、設立初年度に実施した実務補習業務は僅か五か月しかないのに、このたった五か月間で二七〇〇万円も赤字が出たことになる。

ところが、その前の協会が実務補習を行っていた時の決算では、十二か月で五五〇万円の赤字にとどまっている。またその前の決算でも六三〇万円の赤字である。

直人は銀行の合併の時のことを思い出していた。合併は当時一〇〇年に一度あるかないかと言われており、合併で資産などを受け入れる会計処理を過去に経験している者など誰もいなかった。急いでその手の本を購入して独学で勉強するしか方法はなかった。おそらく、協会が実務補習事業を財団に引き継いだときも同じような状況だったはずだ。

直人はこの時の引き継ぎ処理の内容を急いで精査した。すると案の定、引き継ぎ漏れが判明した。その金額はなんと三七〇〇万円もあった。これは公認会計士試験の合格者が実務補習所に入所するために支払う入所料（大学の入学金に相当する）が、財団に引き継がれていなかったのである。協会の経理担当者が入所料は一括収益計上と勘違いして、期間配分するのを失念して協会側で収益を全額計上していたのである。実際、入所料は三年間にわたり講義を実施するための費用を賄うものであり、期間配分する必要があったのだ。

直人は、これで今期の財団の純資産は三〇〇〇万円以上を十分クリアできると、ほっと胸を撫で下ろした。しかし、こんな脆弱な純資産では、再びこうした解散の危機に見舞われてしまうと、会員の増強は喫緊の課題であることを再認識し、翌日からまた訪問勧誘を再開した。

直人は結局三月末までに一〇五社の法人会員を獲得した。その中に古巣の東京丸の内ミツワ銀行は入っていなかった。東京丸の内ミツワ銀行を訪問し、後任の森山次長に財団の法人会員加入をお願いしたが、森山は忙しそうにこう言った。

「山本さん、今日は経営計画会議がこの後控えていまして、ゆっくりお話をお聞きする時間がありません。また改めて来てもらえませんか」

直人は、「自分は東京丸の内ミツワ銀行にとっては、もう過去の人間になってしまったんだなあ」と、目の前の厳しい現実を思い知らされた。

ところが、三越井桁銀行の勧誘訪問では担当者がわざわざ西部頭取の秘書に連絡してくれ、アポイントもないのに西部は直人に会ってくれた。

彼は昔の不良債権処理に明け暮れていた頃を思い出し、懐かしそうに直人に話した。

「山本さん、あの時に御行が関東銀行協会の会長行で本当に良かった。うちには山本さんのように大きなリスクを負ってまで、金融庁と丁々発止のやり取りができる人材は残念ながらいなかった。本当に銀行業界のためによくやってくれましたよね。財団の会員の件、喜んで加入させていただきますよ。うちの子会社にも財団への会員加入を薦めておきますから」

直人は「東京丸の内ミツワ銀行とのこの違いは一体何なんだ。もう古巣の銀行はトップバンクになったことに胡坐（あぐら）をかいて、先輩たちの過去の苦労を忘れてしまったのか」と悔しさを噛（か）み締めた。

直人は久しぶりに定時に退勤した。帰宅すると洋子はまだ病院から帰っていなかった。

「よーし気分転換に、とんかつでも作るか」と思い、近くのスーパーに買い物に行った。

洋子はこの二〜三年前から「味覚を感じない」と直人に料理の味見を頼むことが多くなり、直人はこれがきっかけで料理に興味を持ち始めていた。

豚肉は軽く包丁でたたき、筋を切って塩コショウを振りかける。次に牛乳と卵をボウルに入れ豚肉をそれに浸す。小麦粉をまぶして一八〇度に熱した油にそっと入れる。その後こんがり小麦色になるまで、ゆっくり弱火で揚げる。そろそろ出来上がる頃に洋子が帰ってきた。

「直人、ただいま。何作っているの？　とんかつか。美味しそうだね」

「お帰り。お疲れさま。今晩はとんかつと豚汁です」

豚汁は直人の十八番の料理であった。大根、人参、牛蒡、長葱、蒟蒻をどれも大きめに切り、まずはみんな一緒に煮込み、その後に豚肉の細切れと厚揚げを入れて、煮立ったらあく抜きをする。最後に味噌を溶いて出来上がり。

「直人のとんかつと豚汁の定番料理は久しぶりね。どう、新しい仕事には慣れた？」

「まあ、何とかなっている」

直人は大崎が検査に来たことも、古巣の銀行のつれない対応も、洋子には話さなかった。再就職してまだ一か月も経っていなかったが、もう一年以上経ったような気がするのはなぜだろうと思いながら、豚汁を啜った。

第二章　正社員と派遣社員

財団の陣容は、全国会計士協会からの出向者が森田課長を含めて六人、派遣社員が四人、事務局長一人の合計十一人で構成されていた。協会からの出向者は、実務補習事業に五人が携わり、一人は継続的専門研修事業を担当していた。出向者はどちらかというと森田課長を別にして、協会での人事評価は高い方ではなかったようだ。

一方、派遣社員の方は直人を初出勤日の朝に案内してくれた船田康弘、実務補習のシステムを担当していた山田彩夏（やまだあやか）、継続的専門研修をサポートしていた松尾佳代子（まつおかよこ）というベテランの派遣社員、そして経理を担当していた細川恵（ほそかわめぐみ）の四人であった。

朝早く出勤して夜遅くまで仕事をしているのは、決まって派遣社員の方だった。協会の正社員である出向者たちは、面倒な仕事は全部派遣社員に任せていた。

直人は財団に出向で来ている協会の正社員と派遣社員の仕事ぶりを、一週間ずっと観察していた。その結果、この財団の仕事を実質的に回しているのは、正社員ではなく派遣社員の方だとわかった。

正社員は、何かトラブルが発生すると、その問題解決を派遣社員に丸投げしていたのだ。これでは正社員はいつまで経っても成長は望めない。一方、仕事を振られた派遣社員は、それによってどんどん問題解決のノウハウを蓄積していたのである。

直人は職員の実績評価や人事評価をどうしているのか森田課長に尋ねた。森田は自慢気にこう言った。

「協会からの出向者の実績評価は、私が責任をもって実施し、その結果を人事評価に反映させています。派遣社員の方も、私が彼らの実績評価を派遣会社にちゃんと伝えています」

直人は財団の社員が、なぜ自分よりも森田課長の指示に忠実に従うのかという疑問が解けた。財団では森田課長が人事権を持つ実質的なヘッドであることがわかった。

そんな中、今期の決算期末の三月三十一日を迎えた。

大崎が約束通り、財団に部下を二人引き連れて再びやって来た。

「山本事務局長、法人会員の獲得はどうだった？　三一四社獲得できたの？」

直人は答えた。

「残念ながら一〇五社しか獲得できませんでした」

「じゃあ、財団は解散ね。残念でした」

「いやいや、純資産の方は三〇〇万円をクリアしましたから解散する必要はないんです。実は、財団の初年度決算で協会から引き継いだ実務補習事業に関して三七〇〇万円の収益の引き継ぎ漏れが判明したんです。これは今期の決算に取り込むことになりますので、純資産は私が獲得した法人会員の年会費一〇五〇万円を加えて一九一〇万円となり、三〇〇万円を大幅に上回ることができました」

大崎は怒り心頭に発して言った。

「一体、初年度決算で何が引き継ぎ漏れになっていたの。ちゃんと説明してちょうだい」

直人は期間配分しなければならない入所料が誤って協会側で全額収益に計上され、財団に引き継がれていなかったことを詳しく説明した。

さすがの大崎も直人のこの説明には反論できなかった。大崎は財団のこの事務ミスと決算の監査の甘さを容赦なく追及したが、そのことだけでは財団を解散に追い込むことはできなかった。大崎はイライラした様子で、

「ちょっと、トイレに行ってくるわね。そのまま待ってなさいよ」

と言って席を立った。大崎はそのトイレの中でとんでもない話を耳にした。

トイレの中では総務課と企画課の職員が用を足しながら、外部の人間がいることも気にせず大きな声で話していた。

「さっき、森田課長が総務部長に、第六回の考査試験の解答用紙がなくなったようだと報告していたんだけど、大丈夫かな。何でも採点者の先生が転居していたのに、前の住所に解答用紙を送ったとか」

大崎はこれを立ち聞きして思わずニヤリと微笑んだ。

「これで財団が実務補習団体として金融庁から受けている認可は、間違いなく取消しになるわね」

大崎は勇んで財団の検査室に戻り、直人に指示した。

「山本事務局長、最近の考査試験の実施状況を検査するから至急資料を出してちょうだい」

直人は先ほどの腹いせなのかと思いながら、森田に考査試験の資料を持ってくるように依頼した。

直人が森田が持ってきた資料を大崎に渡すと、彼はすぐにその資料を確認した。

「第六回の考査試験の結果が入っていないようだけど、どうなっているの。私はこれから会議で金融庁に戻らないといけないから、明日の朝一番で第六回の考査試験の資料を出してちょうだいね」

と言い残して金融庁に帰って行った。

ところが、森田はその後何かそわそわして落ち着かない様子であった。

「森田課長、何か体の具合でも悪いんですか」

森田は報告するのを少し躊躇していたが、どうせすぐにわかることだと観念したのか、第六回の考査試験の解答用紙が行方不明になっていることを直人に報告した。

直人はその話を聞くと、急いで関係者を集めて事実をまず確認した。考査試験は協会から出向して来ていた井上明子（いのうえあきこ）が担当していたが、彼女は今にも泣き出しそうな顔をして直人に言った。

「事務局長、申し訳ありません。私が採点者の先生から転居届が出ているのを確認せずに、転居前の住所に解答用紙を送ってしまったんです」

森田は急いでその話を訂正した。

「いや、転居届は解答用紙を発送した後に届いたんです。先生が転居届を出すのが遅かったんです。だから、悪いのは採点者の先生の方です」

と言って森田は解答用紙を間違って転居前の住所に送った責任は、採点者の先生の方にあると主張した。

直人は事実関係を確認すると、その解答用紙は今どこにあるのか尋ねたが、ここでまたしても森田がそれに対して責任転嫁を始めた。

「悪いのは採点者の先生ですから、私は井上に『先生に連絡して前の住所に届いている解答用紙を取りに行ってもらうように頼め』と指示したんです」

井上はその後の話を補足説明した。

「先生は担当する企業の期末監査の事前準備で、今忙しくて手が離せないということでした」

直人は再び森田に聞いた。

「彼女のその報告を受けて、森田課長は前の住所に解答用紙を探しに行ったんですよね」

森田は呆れたように答えた。

「なぜ、私がそこに行く必要があるんですか。何度も言っているようにミスを犯したのは採点者の先生の方ですよ。先生が行くべきでしょう」

直人はとうとう怒り出した。

「今は内部で責任のなすり合いをしている場合ではないだろう。今一番重要なことは解答用紙を取り戻すことではないのか。誰に責任があるかを追及するのはその後だ。それから報告があまりにも遅すぎる。悪いニュースほど早く上司に報告するようにしないと、上司は次の対策が打てず、結果的に選択肢が少なくなり、解決できるものもできなくなってしまうんだ。これからは全員が上司に早く報告するルールを徹底してほしい」

　直人は話し終わると、すぐに次の行動を起こすため、井上に尋ねた。

「採点者の先生の転居前の住所はどこだ」

　井上が転居届を見て答えた。

「川崎市中原区武蔵小杉一丁目五番地、インペリアルハイツ六〇五号室です」

「わかった。私がこれからそこに行きます」

　直人はその住所が以前住んでいた社宅に近かったことから、そのマンションを探すのに時間はかからないだろうと思いながら急いで市ヶ谷駅に向かった。

　武蔵小杉のそのマンションには四十分ほどで到着した。入り口のインターホンで六〇五号室のボタンを押したが、何の応答もなく不在のようだった。

　直人は住人が帰ってくるまで玄関で待っていたが、そのうち日が暮れてしまった。その時、年の頃は三十代後半と思われる細身の女性が入り口のドアを開けて中に入って行った。直人はエレベーターが六階で止まったのを確認すると、もう一度六〇五号室のインターホンのボタンを押した。

「はい。どちら様ですか」と今度は返事があった。直人は「ああ、これで助かった」と思って言った。

「全国会計士協会の山本と申します。ちょっとお尋ねしたいことがありまして、少しだけお時間をいただきたいのですが」

　玄関の入り口のドアが開き、直人はエレベーターで六階に上がり六〇五号室のドアをノックした。

ドアが開いて先ほどの女性が出てきた。直人はこれまでの経緯を彼女に話し、解答用紙がここに届いていないか尋ねたところ、その女性が答えた。

「私は見ていませんね。私も主人も日中は仕事でいませんから、多分メールボックスに投函されていたんじゃないかな。でも、さっきメールボックスは見ましたけど入っていなかったですね。もしかすると、昨晩主人の方が早く帰っていましたので、主人に聞けば何かわかるかもしれません。主人はもうすぐ帰ると思いますから、帰ったら連絡しますので電話番号を教えてください」

直人は携帯電話の番号を教えて近くの喫茶店で待機していた。夜十時を過ぎた頃にやっと携帯が鳴った。

「はい。山本です」

「先ほどの方ですか。主人が帰ってきたので聞いてみましたが、メールボックスには何もなかったと言っていますけど」

直人は喰い下がった。

「近くにいますので、すぐにそちらに参ります。少しだけご主人と話をさせてください」

直人は一個八〇〇円もする高いケーキを二個買って、すぐにマンションに向かった。

「山本と申します。夜分に申し訳ありません。メールボックスに届いていた資料の入った封筒を探しているんですが、ご存じではありませんか」

男性は角刈りで、シャツの首筋から入れ墨が見えた。その筋の人のようであった。

「何や、こんな夜遅う。あんた刑事か。令状あんのか。そんな黄色の封筒なんか知らへんで。帰れ」

関西弁のお兄さんは、やっぱりその筋の人のようであった。直人はとんでもないとこに来てしまったと途方に暮れたが、せっかく買ってきたケーキをお兄さんに差し出してみた。

「つまらんものですが、召し上がってください。そうですか。封筒はご存じゃないですか、それは失礼しました」

直人は半ば諦めかけていたが、さっきのお兄さんが言った「黄色」という言葉が気になった。自分は封筒とは言ったが、黄色の封筒とは一度も言ってないのにと。財団の専用封筒は黄色だったのである。

直人は恐る恐るもう一度質問してみた。

「資料の入ったＡ４の大きさの黄色の封筒なんですけど」

お兄さんはケーキの箱を受け取ると、すぐに箱を開けて中を見た。お兄さんは甘党だったのか、値段の高いケーキを見て顔が綻んだ。ケーキの効果が覿面(てきめん)に現れた。

「そんなものは知らんが、昨夜間違ってうちのメールボックスに入っていた黄色の封筒ならゴミ箱に捨てた」

「どこのゴミ箱でしょうか」

「エレベーターの横のゴミ箱」

直人はお礼を言って部屋を出て、急いでエレベーターの横のゴミ箱を漁(あさ)った。

しかし、黄色の封筒は見つからなかった。そもそもゴミがほとんど入っていなかった。ゴミは管理人がすでに集めたんだと思い管理人室を覗いたが、もう真っ暗で誰もいなかった。直人は明朝出直すことにした。

帰宅したのはもう午前零時を回っていた。洋子は起きて待っていてくれた。

「珍しいわね。久しぶりの午前様ね。ご飯はどうする？」

直人は喫茶店でサンドイッチを食べたが、またお腹が空いていた。

「もちろん、食べるよ」

「今日はぶり大根を作ったんだけど、冷めていると美味しくないから少し温めるわね」

「じゃあ、久しぶりにビールでも飲もうか」

直人は洋子のグラスにもビールを注ぎながら、今日あったことを洋子に話した。

「そう。それは大変だったわね。武蔵小杉も最近タワーマンションがいくつも建って、昔の面影はなかったでしょう」

「そうだね。でも、東横線側はまだ昔の商店街が残っていたよ」

「そう。ところで、直人の財団は派遣社員が四人もいるの？　うちの病院にも派遣看護師がいるけど、派遣の方が確かに仕事はできるわね。やっぱり、いろんなところに派遣で行っているから知識もノウハウも幅広く持っているのよね。派遣の方が頼りになるかもね」

「そうか、うちの財団もその通りだよ。派遣社員の方が朝も早く出勤するし、夜遅くまで仕事をしている。洋子も今の副看護師長を後輩に譲って、派遣看護師として働いたらどうだ？　愛以ちゃんも派遣看護師として働いているんでしょう。やっぱり派遣の方が自由でいいよ」

「そうね。愛以ちゃんのように転職しようかな。そうすれば念願の海外旅行に行けるかもね、直人」

「そうだね。そのうちに」

「また、いつもの〝そのうち〟ね」

やっと、ぶり大根が温まった。

直人は翌朝再びそのマンションを訪れ、掲示板で燃えるゴミの回収日が月曜日と木曜日と書いてあるのを見て、おかしなことに気づいた。今日は水曜日だ。月曜日の夜にエレベーター横のゴミ箱に捨てられた封筒は、火曜日の朝に管理人が集めたんだ。火曜日の夜に自分がゴミ箱を漁ったがゴミはほとんどなかったのはそのためだろう。ところが、燃えるゴミの収集日は明日の木曜日だ。とすると、ゴミはまだこのマンションのどこかに残っているのではないか。

直人はすぐに管理人室に駆け込んだ。これまでの経緯を説明して、火曜日の朝に管理人が集めたエレベーター横のゴミが今どこにあるかを尋ねた。

管理人は答えた。

「それなら明朝ゴミに出しますから、入り口の横の倉庫にまだありますよ」

直人はこれで財団に戻れると胸を撫で下ろした。倉庫の中に新聞紙やチラシなどのリサイクルできる紙類が山積みされていた。そしてその中に探していた黄色の封筒が見つかった。

財団に戻ったのは午前十一時を少し過ぎていた。森田課長が大崎の怒りに耐えていたが、もう限界のようだった。

「事務局長、大崎さんが第六回の考査試験の結果だけが、なぜまだ出ていないのかと厳しく指摘され、すぐに採点結果を持ってくるようにと、しつこいんです。何とかしてくれませんか」

森田は泣きそうな顔をして懇願した。直人は、

「わかりました。選手交代しましょう」

と言って大崎のいる検査特別室に入った。

直人は武蔵小杉から市ヶ谷に戻ってくる電車の中で、勘の鋭い大崎に今回の件をどのように説明しようかと考えていた。

「大崎事務局長、第六回の考査試験の結果は、現在採点しておりますのでもうしばらくお待ちくださ い」

試験の解答用紙がなくなったことをトイレで耳にしていた大崎は、自信満々で直人を追及した。

「第七回や第八回の考査結果はすでに判明しているのに、なぜその前に実施された第六回の結果が遅れているの。おかしいわよね、山本事務局長。まさか、解答用紙をなくしたんじゃないでしょうね。

そんなことにでもなっていれば、実務補習の運営が不適切だということになり、財団は金融庁から受けている実務補習実施団体の認可を取り消されるわよ」

直人は大崎のあまりにも自信あり気な話し方に何か掴(つか)んでいるのではないかと疑ったが、まずは採点が遅れている理由から大崎に説明した。

「大崎さん、実は第六回の試験結果が遅れているのは、担当の先生の母親が先日心筋梗塞で倒れ、急遽岡山の実家に戻ったため、採点ができなくなったからなんです。誰か他の会計士に採点してもらおうと思ったんですが、試験問題を作成した会計士が一人で全部を採点する方が、公平性の観点からも適切だろうと考え、戻って来るのを待っていたんです。幸い彼の母親もようやく回復し、彼は昨日東京に戻ってきて今採点を行っているところです。今日中には終わりますので、採点結果は明日の朝一番で提出します」

直人は電車の中でこの大崎対策を考え、あらかじめ採点者にこのシナリオを電話で伝えてあった。

大崎は案の定、直人のこの説明に疑問を持ったようだ。

「その採点者はどこの監査法人で働いているの？　連絡先を教えて、私が直接確認するから」

直人は採点者の携帯番号を伝え、大崎はその携帯にすぐに電話を入れた。

「金融庁の大崎だけど。会計士の杉山さん？　今、財団の検査に入っているの。あなたが採点している第六回の考査試験の結果はまだ出ないの？」

杉山は答えた。

「採点はもう少しで終わりますので、終わったら財団にすぐ届けます。私の母が心筋梗塞で倒れたんで、急遽実家に帰っていたんです」

「あらそう、それは大変だったわね。ところで、あなたの実家はどこなの」

杉山は直人と打ち合わせた通りに答えた。

「岡山です」

それを聞いた大崎は机を叩いて悔しがった。

「山本事務局長、わかったわ。今回の件は見逃してあげるわ。だけど二度とこんなトラブルは起こさないようにね」

直人はとぼけて返事した。

「何のトラブルですか？」

大崎はこれ以上追及することはしなかったが、検査終了後、直人は二度とこんなことが起きないように森田課長を呼んで対策を指示した。

「森田課長、これから試験の採点はすべて財団に来てここでやってもらうようルールを変えましょう。そうすれば解答用紙を間違って郵送するようなリスクはなくなります。万が一、採点者が何らかの事情で財団に来ることが出来ないというのであれば、私が直接その採点者に解答用紙を持って行きます。いいですか」

この後、解答用紙が行方不明になるようなことはなくなった。これを機に正社員も派遣社員も山本事務局長に一目置くようになり、森田課長の指揮命令権は完全に直人に移った。正社員も派遣社員と同じように朝早く出勤するようになり、正社員と派遣社員のコミュニケーションも格段に良くなった。ようやく財団は全員が一丸となって仕事に専念できる体制が整った。

帰宅すると、洋子が相談があると直人に話しかけてきた。

「直人、私は川崎労災病院を退職することに決めました。これからは派遣看護師として働くつもりです。直人も賛成してくれるわよね。

実は愛以ちゃんと同じ派遣会社に行こうと思っているの。愛以ちゃんに聞いたら今の病院よりも給料はいいし、福利厚生もあまり変わらないの。だったら、自由に働ける派遣看護師の方が絶対いいわよね。

そこで、相談があるの。私の退職金でパーッと海外旅行に行かない？　近くの旅行会社でパンフレットを貰ってきたの。花の都パリ、霧の町ロンドン、水の都ヴェニス、古代遺跡の町ローマ、やっぱり歴史のあるヨーロッパがいいよね。でもカナダの夕日も捨てがたいかな。ねえ、どこにする？　直人」

洋子の心はもはや「アテンション・プリーズ、アテンション・プリーズ」と海外旅行の飛行機の中にあった。直人は答えた。

「今は再就職したばかりで忙しいから、またそのうちにね」

第三章　実務補習生

日本の三大国家資格と言われているのは、医師、弁護士そして公認会計士の資格である。

公認会計士になるためには、国家試験である公認会計士試験に合格する必要があるが、合格しただけでは公認会計士にはなれない。公認会計士試験の合格者は、その後監査法人などで二年間の実務経験を積みながら、三年間にわたって実施される監査実務を中心とした夜間講義を受講し、定められた単位を取得した上で最終試験に合格して初めて公認会計士になれるわけである。

現在、この公認会計士は三万二〇〇〇人弱いる。その約七割が四大手監査法人に勤務しており、残りの三割は中小監査法人に勤務している会計士か個人事務所を構えている会計士である。

公認会計士試験は毎年五月に短答式試験が実施され、その一次試験合格者が八月に実施される二次試験の論文式試験を受験することができる。公認会計士試験は毎年一万五〇〇〇人以上が受験し、最終合格者は一五〇〇人程度で、合格率は現在約十パーセントと難易度の高い国家試験である。

この最終合格者が、財団の運営する実務補習所に入所して来るわけである。ここで三年間監査実務を中心とした夜間講義を受講することになる。財団には毎年一五〇〇人前後の新入生が入って来て、三年間実務補習所に通うことから、財団には常時四五〇〇人ほどの実務補習生が在籍することになる。

実務補習生が過去最も多かった時は、実務補習所に今の倍の九〇〇〇人が在籍していたこともあった。ちょっとした総合大学の規模と言っても過言ではない。

これに対して実務補習に携わっている財団の事務局職員は、東京の六人、名古屋・大阪・福岡の職員が六人の総勢十二人で、先輩会計士たち約二〇〇人がボランティアで講義や試験などの業務を担当している。講義は原則、実務補習生が仕事を終えてからの夜間（18：30～21：30）講義で、講義内容を理解したかどうかを確認する考査試験が土日・祝日に実施されている。

実務補習生が四五〇〇人もいると、中にはとんでもない跳ね返りがいて、事務局や先輩会計士たちに迷惑をかけることもしばしば起きた。

ある日の夜間講義で日中の監査の仕事で疲れていたのか、最初からずっと寝ている補習生がいた。講義の先生や事務局の職員が何度注意しても起きようとしなかった。森田課長がたまりかねてその補習生を起こしに行った。

「おい、いい加減にしろ。補習所は寝るところじゃないぞ。そんなことでは、今日の履修単位は付与しないぞ」

と怒り、この補習生の頭を小突いた。それでやっとその補習生は目を覚ました。

「日中の仕事でこき使われて疲れているんだ、ここで寝て何が悪い。実務補習の規則に、講義中は寝ていけないとは、どこにも書かれていないだろう」

温厚な森田課長もさすがに頭にきた。

「それじゃあ、廊下で寝ろ。今日の講義の履修単位は付与しないからな。お前、名前は何という。所属監査法人はどこだ。答えろ。お前が講義中に寝ていたことを勤務先の上司に報告するからな。上司の名前も言え」

「寺田毅（てらだたけし）、トーマス勤務。これでいいか。上司の名前は鈴木健（すずきけん）」

森田はそれをメモした。

「じゃあ、講義室から出て廊下で寝ろ」

と森田が言ったところで寺田は立ち上がった。

講義はこの騒ぎで一旦中断し、補習生全員がこの騒ぎがどう決着するのか、興味津々で注目していた。すると、今度は寺田が森田に反論してきた。

「後ろの席でずっとスマホをいじっている補習生がいるが、あれはいいのか？　また、右側の柱のそばの補習生は、ずっと電卓を叩いて何か別の仕事をして講義など聞いていないぞ。それに、あの講師の話は監査実務の本に書いてあることをそのまま話しているだけで、聞かなくても全部わかっている。最後に事務局に質問するが、実務補習規則のどこに、講義中に寝ている補習生には単位を与えないと書いてあるのか」

森田課長は再び怒り出した。

「屁理屈を捏（こ）ねるんじゃない。お前のために講義が中断してみんなに迷惑をかけているんだぞ。早く廊下に出ろ」

寺田も負けてはいなかった。

「俺はみんなに迷惑がかからないように静かに寝ていたんだ。何が悪い」

直人はこのやり取りを聞いて、これは一体どっちの主張に分があるのかと思った。直人は急いで事務局の部屋に戻り、この寺田毅という補習生のこれまでの成績を調べてみた。ほとんどの考査試験は九十点以上でトップクラスの成績であった。

直人は講義が終わって戻ってきた森田に尋ねた。

「あの後どうなりましたか。寺田という補習生は納得して講義室から出て行きましたか」

「とんでもないんです。あの後、ふてくされてまた寝たんです。講義が終了した後も起きなかったので、そのままほうっておきました。全くとんでもない補習生ですよ。事務局はこんな不良の補習生は決して許さない。毅然とした対応で臨みますから」

直人は続けて質問した。

「森田課長、あの寺田の言っていることは一理あると思うんですがね。まず、講義中に寝ているが、誰にも迷惑はかけていない。寝ているようでは試験の結果も良くないだろうと彼のこれまでの試験の結果を確認したところ、ほとんどが九十点以上でトップクラスの成績なんです。それから、彼は講義の内容は本を読んでもうわかっていると言っていましたよね。そうであれば、講義の内容に問題があるのではないでしょうか。

つまり、彼は間違ったことは一つも言っていない。最後に補習所の規則に講義中に寝てはいけないとはどこにも書かれていない。したがって、講義中に寝ていたからといって履修単位を付与しないという森田課長の主張は通らない。どうですかね」

「何を言っているんですか、事務局長まで。あんな不良の補習生の肩を持つなんてどういうことですか。事務局長もこれから補習生をどう管理していくか、もっと勉強してくださいよ。腐ったリンゴは他のリンゴまで腐らせますよ」

それから一か月くらい経ったある日の講義で、講師の先生が講義の直前に腹痛を起こし、病院に救急搬送されてしまった。その時、すでに補習生が一〇〇人近く講義室に集まっており、森田課長は直人にこの対応について相談した。

「事務局長、困ったことになりましたが、過去にもこうしたケースがあったんです。その時は講義の代わりに自習させて履修単位は付与した実績があります。その対応でいかがでしょうか」

「森田課長、講師の急病ということでやむを得ないと思いますが、講義をせずに履修単位を与えるのはいかがなものですかね。どうでしょう、私がピンチヒッターで講義をしましょうか。幸い、今日のテーマは決算実務ですから、企業が実際に行っている決算の具体的な実務を話しますよ」

「そうですか。そうしていただければ助かります。ぜひお願いします」

直人は急いで講義室に向かった。講義室に入ると、この前の寺田毅がすでにいびきをかいて寝ていた。直人は講師の変更理由を説明して講義を始めた。

直人は、寺田が起きて自分の話を聞くはずだと信じていた。なぜなら、これから話す内容はどの講師も話したことのない、企業が実際に行っている最新の決算実務だったからである。

まず、寺田を起こすために補習生全員にある質問を投げかけた。

「それでは皆さんに一つ質問します。あなた方が初めて企業の決算期末の監査に行ったと想定してください。あなた方は最初に何をしますか」

突然の質問に補習生たちがざわめき始めた。するとその騒ぎに、予想していた通り寺田が目を覚ました。

「わかった人は挙手して自分の意見を言ってください」

直人は補習生に意見を求めた。いろんな意見が出された。

「決算仕訳を確認する」

「いや、在庫をまず調べる」

「決算のワークシートを検証する」

「前期決算と変わったところを分析する」

「制度変更への対応が間違っていないかを確認する」

その時、あの寺田が手を挙げた。直人が指名すると寺田は答え始めた。

「その答えはケースバイケースで違うと思います。それは企業の業種や規模によって異なると思うからです。まず、製造業で大企業の場合、初めに予算計画と実績の乖離を確認し、乖離している理由が妥当かどうかを検証します。一方、流通業やサービス業などで、その企業が中小企業の場合は、しっかりした予算計画が作成されていないケースが多く、その場合は前年との対比で増減分析を行い、その増減が妥当かどうかを確認します。特に今小売業は、アマゾネスのような巨大な外資系企業が参入しており、業績があっという間に大きく変動することもあるため、注意深く分析する必要があります」

やはり、寺田は普通の補習生とは違っていた。

直人は自分が出した質問に補習生が興味を持ち、一生懸命考えていたのを見て、これが本来の講義の姿だと確信した。つまり、一方通行の講義ではなく、双方向のコミュニケーションを通して補習生に興味を持たせ、実際にその場で考えさせる講義だ。

直人は意見が出尽くした頃合いを見て、補習生に話しかけた。

「いろいろな意見が出ましたが、正解は一つではありません。皆さんの意見はすべて正解です。ただし、私は〝最初に何をしますか〟と質問しました。〝最初に何を監査しますか〟とは尋ねていません。そこで、あえて私の意見を言わせてもらえば、企業に初めて監査に行ったときに最も重要で最初に行うことは、『挨拶』です。あなた方は難関の試験に合格して、俺は偉いんだと勘違いしている者もいるかもしれないが、実はそうじゃないんです。

会計士の仕事は、企業側が作成した財務諸表が適正かどうかを監査することです。企業の担当者に財務諸表を作ってもらわなければ、あなた方は会計監査などできません。さあ、どっちが偉いか。答えは明らかですね。したがって、最初にあなた方が企業の担当者に挨拶することが極めて重要なんです。

会社の経理担当者に『おはようございます、大変お忙しいところ恐縮ですが、一つ教えていただけませんか』という謙虚なお願いをして、それを拒否するような人はいません。この挨拶が補習生の皆さんに欠けているビジネスマナーです。相手に気配りして自らはへりくだってお願いする、まさにこの謙虚さがあなた方には必要なんです。

今度、企業に監査に行った時にぜひこのビジネスマナーを実践してください。お互いの信頼関係ができてしまえば、監査はきっとスムーズに行くはずです」

補習生全員、目が点になっていた。

すると、今度は寺田が逆に直人に質問してきた。

「事務局長、私は監査に行った企業の経理担当者から『監査報酬をたくさん払っているんだから、そんな些細なミスは見て見ぬ振りをしろよ』と言われました。確かにその経理担当者の言うことも一理あるなと思ったんです。弁護士報酬を貰って弁護を引き受けた弁護士が、依頼人にそんな弁護はできませんとは言えませんよね。それと同じことじゃないかと。事務局長はこれをどう考えますか」

寺田は、現実に起きている問題の本質を捉えていた。思っていた通りの面白い補習生であった。しかし、直人は即座に反論した。

「それは違います。いくらたくさん監査報酬を貰っているからといって、本来指摘すべきことを躊躇すれば、その企業は間違ったまま暴走することになります。監査法人はこっちの言う通りに認めてくれるんだと勘違いされてしまうと大変なことになります。そして、それによって何か問題が起きれば、その責任は監査法人に向けられるはずです。

さらに、投資家がその誤った財務諸表を信じて投資してしまったらどうなりますか？　監査法人は損害賠償責任を免れません。同時に証券市場の信頼は地に落ちることになります。そうなると、その企業の信頼も地に落ち、信用不安から倒産に追い込まれてしまうことだってあり得る話です。つまり、監査報酬を貰っているからこそ、監査法人は企業側の間違いを正すことが求められるわけです。

しかしながら、あなたが言うように現実はそんなに簡単にはいかないこともあるでしょう。そこで、これからの会計監査業界を背負って立つあなた方は、どうすればこの問題を抜本的に解決できるかを考えていく必要があります。皆さん、解決策を考えてみてください。わかった人は挙手して発表してください」

補習生たちは真剣に考えていたが、なかなか手は挙がらなかった。直人は自分の考えを補習生たちに話した。

「それは今のように監査法人が企業から監査報酬をもらっているから起きる問題なんです。したがって、企業からも監査法人からも独立した、例えば証券取引所のような中立な機関が、企業からその規模に応じて上場コストである監査報酬を徴収し、それを、監査実績に応じて監査法人に払うようにすればいいんです。そうすれば、企業と監査法人の癒着や馴れ合いがなくなるはずです」

補習生たちは全員目から鱗という顔をして頷いていた。

その後、事務局長の話は補習生の間で評判になり、補習生からの講義の要請が殺到した。

ある時、事務局長の講義で一番前に陣取った寺田が、全員に静かにするように声をかけ、事務局長に言った。

「俺たちは本で監査の実務は勉強してきたが、企業側の実務はわかっていない。俺たちはもっと企業の実務を知りたいんだ。それが会計監査の第一歩であると思う。そこで、俺たちの教育をサポートしてくれている事務局に、ぜひとも講義内容の刷新をお願いしたい。みんなどうだ」

補習生全員から拍手喝采が起きた。

直人は、「こうした補習生たちが将来の日本の会計監査を背負って立つ時代が必ず来る」と確信した。

その後、直人は毎年新しい補習生を迎える入所式に出席し、補習生に財団の設立目的や事業内容などを話して財団の啓蒙活動を行うとともに、その後のセミナーで補習生全員に企業側の実務の実態を講義した。公認会計士試験に合格して期待に胸膨らむ新入生たちの目は、しっかり未来を見据えて輝きを放っていた。

もちろん、最初の話は「ビジネスマナー」であった。直人は三年間で三〇〇回を超えるセミナーを全国各地で開催し、延べ人数二万人以上の参加者を集めた。その中に一万人以上の実務補習生がいた。

直人は出張から戻って、全国各地で開催したセミナーの様子を洋子に話して聞かせた。

洋子は、

「そうなんだ。直人は大学の教授にでもなった方が良かったんじゃない？　そうすれば、私も大学教授夫人として鼻高々になっていたわ。友達に主人は財団の事務局長をしていると話すと、ちょっと怪しまれるのよね。何かいかがわしい団体の事務局長じゃないのって」

直人は答えた。

「おいおい、財団の事務局長をそんなに馬鹿にするなよ。それに洋子は今でも鼻は十分高いよ。それ以上鼻が高くなる必要はないよ」

洋子は、直人がまた以前の銀行の時のように仕事に燃えてきたことが何より嬉しかった。

第四章　前例踏襲

　ある日、実務補習の講義が終わった後、寺田が事務局に来て、直人にこんなことを質問した。

「事務局長、私たち実務補習生は、公認会計士試験では会計の勉強は誰もが一生懸命やってきたんですが、税務に関してはあまり勉強しなかったというのが正直なところです。税法は難しすぎて何回読んでもよくわからないんです。税務はどういうふうに勉強すればいいんですかね」

　直人は説明した。

「税務は税法だけ読んでいても難しくてよくわからないだろう。なぜなら、その税法の条文がどのような理由で作成されたのかがわからないからなんだ。税務に限らず、いろいろな問題が発生し、それらを解決しようとする時に最初に考えなければならないことは何だ？　寺田君」

「それは、どこに問題があるのかという問題の所在ですかね」

「そうだね。それも重要なことだ。しかし、その前に考えなければならないことがある。それは問題が起きた背景だ。これがあらゆる問題を解決するために最初に考えなればならないことだ。つまり、問題が発生した背景がわからなければ、その問題の本質を見失ってしまうんだ。

　税法を理解するためには、まずその条文がなぜ作られたのかという背景を知ること。その上で、その税務の問題はどこにあるのかを考えること。最後にその問題はどうすれば解決できるかを考える。要するに、問題の背景・所在・方策の三つが重要なんだ」

寺田はなるほどと納得して次の質問をした。

「事務局長、そこで次の質問です。税務の中で法人税と消費税の考え方は全く異なっていますよね。法人税が売上から仕入や費用などを差し引いて課税所得を算出し、それに税率を掛けて税額を計算するのに対して、消費税は売上そのものを課税の対象としている。企業の中で法人税に詳しい税務担当者でも、消費税についてはどうも苦手だと言う人が多い。

会計士でも同じことが言えますよね。監査法人の先輩に消費税の問題を尋ねても、俺は消費税はわからないと胸を張って答える先輩会計士ばかりです。こんなことでは企業も監査法人も、消費税がブラックボックスとなって、大変な間違いが起きても誰も発見できなくなりますよ。この消費税が敬遠される問題をどのように解決すればいいんですかね」

直人は寺田のここまでの話を聞いて、やっと寺田の意図がわかった。

「寺田、それは『消費税と法人税の違いについて述べよ』という今回の課題論文のテーマじゃないか。それは自分でちゃんと考えろ。人の意見を丸写ししちゃ絶対にダメだぞ」

と言いながら、直人はこの論文はいくら寺田でも一筋縄では書けないと思い、一つだけ論文を書くためのヒントを与えることにした。

「それじゃあ寺田、一つだけ参考例を教えよう。うちの全国会計士協会の中の話だから身近な問題だ。

あなた方実務補習生は補習所に入所する時に、三年間の講義の受講料として入所料を二十万円ほど払っているよね。この入所料には消費税はかかっていないんだ。ところが、公認会計士がその資格を維持するため、受講する継続的専門研修であるＣＰＥ研修（ＣＰＥ：Continuing Professional Education）の受講料には消費税がかかっているんだ。なぜだ？」

寺田は頭を捻った。

翌日、寺田はこの問題を自分なりに調べて直人に報告した。

「事務局長、調べてきました。両者は消費税がその対象としているサービスに対する対価としての手数料に該当し、どちらも消費税の課税対象です。ところが、消費税の対象には消費税法第六条第一項により、政策的に消費税をかけないような手数料があります。国等の行政手数料がまさにそれです。公認会計士は国家資格だから、この資格を取得または維持するために受講する研修の手数料はこれに該当します。したがって、本来は両者の受講料には消費税がかからないというのが結論です」

「よく調べたね。その通りだ、寺田君。それでは、なぜＣＰＥ研修の受講料には消費税がかかっているの？」

「そうなんです。どちらも消費税がかからない手数料なのに、ＣＰＥ研修の受講料には消費税がかかっているんです。これは間違っているんじゃないですかね」

「それを調べないと、この問題を理解したことにはならないね。寺田君、残念でした。あなたの論文は五十点で落第点だな。課題論文の提出期限は明日までだから、もう一日しっかり調べてください。

健闘を祈っています」

　今回、直人は寺田を突き放した。

　寺田はその日の夕方、全国会計士協会のＣＰＥ研修を担当している部署に行って質問した。

「お忙しいところ申し訳ありません。私は実務補習生の寺田と言いますが、一つだけ教えていただけませんか。ＣＰＥ研修を受講した時に支払う受講料には、なぜ消費税がかかっているんですか」

　さすがに先日の直人の講義を受講した効果が現れ、寺田はちゃんと担当者に謙虚にお願いしていた。

ところが、その担当者は寺田の質問にいい加減に答えた。

「いや、それは以前からそうしているんだ。なぜと聞かれても最初から消費税がかかっていたんじゃないかな。細かいことは考えたこともないよ」

　いわゆる役所でよく見られる「前例踏襲」の典型のような回答であった。

　寺田はここぞとばかりに反論した。

「研修を運営する事務局がそんなことでいいんですか。もし、ＣＰＥ研修に実務補習の受講料と同じように消費税がかからないとすれば、事務局は会員から集めた会費を、払わなくてもいい税金に使ったことになり、会員に対する背任行為になりますよ」

　京都大学法学部出身の寺田の本領が徐々に発揮されてきた。担当者は寺田の正論に返す言葉を失い、無視することにしたようだ。

「何を言っているんだ、実務補習生には関係ないだろう。引っ込んでいろ。こっちは忙しいんだから」

寺田はこれでは埒が明かないと思い、自分でもう一度消費税法を徹底的に調べることにした。

まず、消費税法第六条第一項では、

「国内において行われる資産の譲渡等のうち、別表第一に掲げるものには消費税を課さない」となっている（研修の受講料はこの資産の譲渡等の「等」の中で読み込むことになる）。

次にその別表第一で消費税を課さない手数料を見ると、（五）に「国等の行政手数料等」と記載されており、研修の受講料はこの「手数料等」の中に含まれる。

ここまでは誰が読んでも理解できるが、この後の規定が寺田には全く理解できない。わざと税務の専門家でないとわからなくしているのかと思われるほど複雑怪奇である。

わかりやすく説明すると、国等の行政手数料等かどうかは、その手数料の徴収根拠が法令によって定められているかどうかで区別されている。法令で定められている場合は、明らかにこれに該当するとして消費税は非課税となる。ところが、実務補習やＣＰＥ研修の受講料の徴収根拠は、どちらも法令で定められていない。

そこで、その場合の規定が（五）のロにある。すなわち、その研修が法令で定める資格を取得または維持するための研修であれば、消費税は非課税となっている。この規定により実務補習の入所料は非課税と判断される。

一方、ＣＰＥ研修は公認会計士としての資格を維持するための研修ではあるが、これまではＣＰＥ

研修が会員に厳しく義務付けられていなかったので、会計士はＣＰＥ研修を受講しなくても資格が維持できたため、こちらは課税扱いとされてきた経緯があったのだ。

寺田は何とかここまで調べて、現在の両者の取り扱いに違いがあることをやっと理解できた。この論文を直人に見せて合格ラインの六十点をもらおうと、勇んで事務局長に論文を提出した。

直人はこの論文を読んで寺田に言った。

「寺田君、これでは五十九点で合格点の六十点にあと一点足りないな。なぜなら、あなたは現在のＣＰＥ研修が今どうなっているのかという事実を確認していないだろう。つまり、消費税が新設された当時はこの取り扱いで良かったのかもしれないが、現在のＣＰＥ研修は本当にその時と変わっていないと言えるのか」

寺田は答えた。

「多分変わっていないでしょう」

直人は寺田を叱りつけた。

「多分では済まされないぞ。ＣＰＥ研修で支払っている消費税は年間一億円以上あるんだ。これを払わないで済むなら財団に三十人以上の職員を追加で雇うことができるんだよ」

寺田はその影響額に驚いた。直人は寺田に「前例踏襲で思考停止になるな、自分の目で確認し、納得いくまで調べろ。それが本当の実務というものだ」と教えたかったのである。

「寺田君、いいか、企業の仕事も監査法人の仕事も、あらゆる仕事には実務を回している縁の下の力持ちが必ずいるんだ。その人たちが毎日地道に実務を行っているから、会社は回っているんだ。この問題で言えば、ＣＰＥ研修の毎日の実務が今どのように行われているかを確認することが重要なんだ。

結論から言うと、このＣＰＥ研修の受講は今年から厳しく義務化され、この研修を受講しなければ公認会計士としての資格を維持できなくなったんだ。つまり、ＣＰＥ研修は完全に実務補習と同じ位置付けとなったことから、今年から消費税はかからなくなるんだ。したがって、事務局は速やかにこれを会員に連絡するとともに、事務手続きを早急に変更しなければならない。これが実務というものなんだ。決して前例踏襲になり思考停止してはいけない」

直人は銀行時代に自分が様々な取引先や先輩たちから教えてもらった実務者としての心得を、寺田に伝授したかったのである。寺田が自分と同じように実務を大切にする人間になるように。

第五章　国家プロジェクト

直人はある日、全国会計士協会の山下専務に呼ばれた。

「山本さん、あなたもご存じの通り、監督官庁である金融庁が中心となり、国際会計基準を日本に導入するため、全国会計士協会だけでなく、全国経済団体連合会、関東証券取引所、会計基準機構などの関係団体に協力を要請してきています。さらに自由民衆党が安野総理の掲げる〝日本に海外からの投資を呼び込むプロジェクト〟を推進するためにも、この国際会計基準の導入が必要であると、政治家までもこれに加わり、まさに国を挙げて国際会計基準を導入しようとする動きが加速しています。

先日、金融庁は我々会計監査業界にこの国家プロジェクトの旗振りをするように要請してきたんです。そこでご相談ですが、会計監査業界を代表して財団にこの旗振り役をお願いできないでしょうか。明日、金融庁で関係者全員が集まりこのミーティングがありますので、ぜひそれに参加してもらいたいんです。よろしくお願いします」

青天の霹靂(へきれき)とはまさにこのことである。直人はやっと財団の運営が軌道に乗りかけてきたこの時期に新たな仕事、それも国家プロジェクトの旗振り役を務めることなど到底できないと思い、すぐに反論した。

「専務、それは無理と言うものです。今の陣容でもアップアップしている財団に、国家プロジェクトの旗振り役などできるわけがありません」

専務はさらに説得した。

「山本さん、私も財団の厳しい状況はよくわかっています。しかしながら、これは先程も申し上げたとおり、金融庁から会計監査業界に要請があったものなんです。会計監査業界を代表してこれを推進していくためには、企業での経験と行動力のある人材が必要であり、山本事務局長がまさに適任なんです。全国会計士協会の中には、残念ながら企業と互角に渡り合えるような人材はいません。頼みますよ、山本さん」

直人は、

「明日、金融庁の会議に行って話だけは伺ってきます。それを踏まえた上で、この話をお受けするかどうか判断させてください」と即答を避けた。

専務は薄笑いを浮かべながら頷いた。

翌日の十時から金融庁の大会議室で、この「国際会計基準推進プロジェクト」と題するミーティングが始まった。出席者は金融庁長官、全国経済団体連合会会長、関東証券取引所社長、会計基準機構理事長、それに全国会計士協会会長と錚々たるメンバーであった。

直人は金融庁長官の隣にあの大崎が座って、こちらに手を振っているのに気づいた。大崎は公認会計士・監査審査会の事務局長として、公認会計士試験に国際会計基準の問題を取り入れなければならないため、直人と同じく金融庁側の会計教育の推進という立場で参加していた。

その時、自由民衆党の塩谷衆議院議員が会議室に入ってきた。塩谷議員は、

「遅れて申し訳ありません。出かける時に安野総理からこの国家プロジェクトは自分の肝いりのプロジェクトであり、くれぐれもよろしくと頼まれましてね。皆さんのご協力を得て、ぜひとも、このプロジェクトを成功させましょう」と挨拶した。

直人は机上に配布された資料を開いて驚いてしまった。そこには会計監査業界が中心になりこのプロジェクトを進めると最初に掲げられ、その下に各団体の役割分担とメンバーが記載されていた。この国家プロジェクトの全体推進役が全国会計士協会、そしてその中心となるメンバーが財団の理事・事務局長の山本直人とすでに決められていたのだ。直人は理事でもないのに、理事と記載されているのを見て、ようやく専務に騙し討ちに遭ったことに気づいた。その日の午後の財団の理事会で直人は理事に推薦され、翌週の評議員会において全会一致で理事に承認された。直人にはもう逃げ道は残されていなかったのだ。直人は「やるからには中途半端なことはできない」と覚悟を決めた。

国家プロジェクトに記載されていた直人の役割は、「企業の国際会計基準導入を推進すること」と「国際会計基準の会計教育を推進すること」の二つであった。この時、日本の上場企業で国際会計基準を導入していたのは僅か一社で、米国会計基準を適用していた企業が八社、残りの三五〇〇社近くの企業はすべて日本の会計基準を適用していた。直人は、

「銀行の時は銀行業界のことだけを考えて行動すればよかったが、国家プロジェクトということになれば、オールジャパンを考えて行動する必要がある。これは大変なことになった」

と、引き受けたプロジェクトは並大抵の努力では達成できるものではないと覚悟を新たにした。

その翌日、大崎から電話がかかってきた。

「山本事務局長、今回は今までのような敵対関係ではなく、国際会計基準の会計教育を推進するという志を同じくする同志になるのよね。山本事務局長は、とにかく一日も早く主要な上場企業に国際会計基準を導入させてちょうだい。国際会計基準が企業に浸透したところで、私はそれを公認会計士試験の問題に取り入れるから。ヨロシクね」

直人は大崎に「いい気なもんだ。人のふんどしで相撲を取るんじゃない」と言いたかった。

国際会計基準は、米国会計基準に対抗して英国を中心とするＥＵ諸国が、世界会計戦略として考え出した会計基準であり、すでにＥＵ諸国や中国・韓国・香港なども導入を決定していた。

日本はバブル崩壊に伴う景気の悪化などにより導入の検討がかなり立ち遅れていた。世界の会計基準は米国会計基準と国際会計基準に二極分化され、日本会計基準は日本の中だけでしか通用しないローカル基準となっていた。米国会計基準と国際会計基準はどちらがグローバルスタンダードになるか、お互いに鎬（しのぎ）を削っていたわけである。

のちの話になるが、二〇二〇年九月末現在、日本企業で米国会計基準を適用しているのは八社、国際会計基準を適用している企業は二三六社と、勝敗はすでに決着している。どちらの会計基準も時価会計が中心で、考え方には大きな違いはないが、米国会計基準はルールを細かく規定する細則主義であるのに対し、国際会計基準は原則主義を採用しており、細かいルールは企業側の裁量に任せるという運用方法に違いがあった。

直人には、困った時に相談できる大先輩が三人いた。一人目は全国会計士協会会長の増山浩二、二人目は同じく前会長で現在は国際会計基準審議会の評議員であった平沼誠一、そして三人目が白山学院大学で監査論を教えていた名誉教授の初田進一（はつだしんいち）である。直人はまず、この三人の国際会計基準に対する考えを拝聴させていただくことから始めた。

最初に訪ねたのは増山浩二であった。増山は直人が財団に来て四か月後に全国会計士協会会長の三年の任期が到来し、後進にバトンタッチして現在は神田に会計事務所を構えていた。直人は何度かこの事務所を訪ねたことがあり、増山に著名な作家や落語家たちの行きつけだった有名な蕎麦（そば）屋でお昼をご馳走になったこともあった。増山は新潟大学出身で直人と同じく地方大学出身者ということもあり、お互い波長が合った。

直人は増山に言った。

「お久しぶりです。体調はいかがですか」

増山はこの一か月ほど前に胃潰瘍の手術を受けていた。増山はお酒が好きで、実は、その手術の検査の前日に、直人と大手町の居酒屋で酒を酌み交わしていた。直人はそんなこととは露知らず、夜遅くまで増山に付き合ってもらった。手術の後に病院にお見舞いに行った際に「実は、その翌日は検査だったんだ」と増山に言われて恐縮してしまった。

増山は財団の設立発起人であり、なぜ財団を設立する必要があったのか、なぜ協会が実務補習と継続的専門研修の二つの事業を財団に引き継ぐことにしたか、財団の本来の役割は何かなどこれからの会計教育の本質的な問題を考え尽くし、確固たる信念と将来ビジョンを持っていた。いわゆる、日本のサムライ会計士であった。直人は本題を尋ねた。

「増山先生、財団は国際会計基準を日本に導入するという国家プロジェクトの旗振り役を任せられました。そこで、一つ教えていただきたい。私は財団の大きな設立目的の一つは先生のお考えのとおり、企業の会計教育を担うことだと思っています。そういう意味で今回の大役はまさにその趣旨に合致しているわけですが、今の日本企業に国際会計基準の導入をお願いしても時期尚早ではないかと危惧しております。私も銀行時代に米国会計基準を導入した経験がありますが、そのコストとマンパワーは並大抵のことではありませんでした。今のような不況の中、企業が国際会計基準を受け入れてくれるとは到底思えません」

増山はそれに答えた。

「山本さん、さすがに企業で実務を経験していただけに、あなたの言うことは的を射ているね。しかしながら、国際会計基準の導入は日本として避けて通れない道であることは間違いない。なぜなら、どう転んだって日本の国内でしか通用しない会計基準がグローバルスタンダードになることは不可能だ。そうであるならば、一刻も早く国際会計基準の研究をして導入に繋げていくことが、企業の現実的な選択肢だと思う。

そのサポート役をあなたが担ったわけじゃないの。これは例えるならば、日本に開国を迫った坂本龍馬の役割ではないかと私は思う。坂本龍馬は道半ばで凶刃に倒れてしまったが、山本さんなら最後までやり通すことができると信じていますよ。頑張ってください」

直人は増山の〝坂本龍馬説〟になるほどと思わず納得してしまった。直人の正義感に火がつき始めた。

次に訪ねたのは平沼誠一であった。平沼は国際会計基準審議会の日本代表の評議員を務めていた。平沼は海外経験が長く、英語が堪能で以前はよく日本を代表にして数多くの会計に関する国際会議に参加していた。増山がサムライなら平沼は英国紳士であった。平沼は長身で細身、増山は背が低くずんぐりしていて体型は対照的であったが、二人の国際会計基準に関する考え方は一致していた。

「山本さん、今回の大役ご苦労さん。君ならやってくれると期待しているよ。それで今日は何か聞きたいことでもあるの」

平沼は直人が訪ねて来ることを予想していたようであった。

「平沼先生、実は、この不況下、どうすれば企業が国際会計基準を導入してくれるのかと悩んでいるんです」

平沼は、その質問に想定範囲内とあっさりと答えた。

「山本さん、それは簡単だよ。企業は国際会計基準に興味津々なんだ。しかし、それを導入すると今と何が変わるかということがわからないから不安でもあるんだよ。したがって、その不安を取り除いてやればいいいんじゃないか」

直人はなるほどと思いながら続けて質問した。

「しかし、その不安を具体的にどうやって取り除けばいいんですか」

平沼は、この質問も想定していたかのように即座に答えた。

「それはね、国際会計基準審議会の議長であるデイビット・トゥデイを日本に呼んで、国際会計基準のセミナーをやってもらえばいいんだよ。君はそれを出しに使って企業をセミナーに呼び込んだらどうだ。坂本龍馬がペリー提督を呼んで徳川幕府の幕閣たちにペリーの世界ビジョンを聞かせて、開国を迫ったのと同じような役割を山本さんがやればいいんだよ」

奇しくも、ここでもまた坂本龍馬だ。直人は本当に坂本龍馬役が自分に務まるのかと不安を募らせていた。

最後に訪ねたのは、白山学院大学の初田進一であった。初田は財団の理事で、理事会でも論客として一目置かれていた。初田の正鵠を得た考えと歯に衣着せぬ話し方は、聴衆をぐんぐん惹き付けた。

初田のセミナーは好評でいつも満席となるほど盛況であった。

直人は以前初田からセミナーの講師をする時のアドバイスを受けたことがある。

「山本さん、セミナーで一番大切なことは、ここぞという時にははっきりと大きな声で言い切ることです。多少間違えてもいいんです。大声で言い切れば聴いているほうは、ああそうなんだと納得してくれるから」

それ以来、直人はこの教えをセミナーで使わせてもらっている。直人は本題に入った。

「初田先生、今回の財団に与えられた大役をどう思いますか。私は困っているんですが」

初田は笑って答えた。

「山本さん、あなたがやってダメだったら誰もが納得するでしょう。あなたは大手銀行で三十年以上も活躍し、米国会計基準にも詳しく、主要な企業にも人脈を持っておられる。まさに適材適所とはこのことですよ。みんな山本さんがどう進めていくか興味津々ですよ」

直人は質問をした。

「初田先生、先生は白山学院大学の名誉教授として活躍されている。先生の講義ではいつも会場から受講者が溢れていますよね。先生は国際会計基準が日本に浸透してきた場合、先生の専門である監査論をどう変えていこうとお考えですか」

初田はそれにこう答えた。

「山本さん、わかっていますよ。私も金融庁のお偉方から『国際会計基準の導入は国家プロジェクトなんだから、大学の会計教育に国際会計基準を取り入れてほしい』とよく言われてきました。個人的にはまだまだ時期尚早と思っていましたが、そろそろ潮時かなと最近考えるようになりました。大学の講義内容を、国際会計基準の導入を前提として抜本的に改革しましょう。もちろん、私の監査論もね」

直人は会計大学院全体を主導している初田に協力してもらうことにより、日本全国の会計大学院を味方につけることができるんじゃないかと考えていた。初田はそれを見抜いていたようだ。

こうして、直人の企業に開国を迫る坂本龍馬としての仕事が始まったが、企業側もなかなか一筋縄ではいかない手強い相手であった。

まず、銀行のＯＢが役員をしている大手企業の中から、二十社にターゲットを絞って交渉を開始した。同時に平沼先生からアドバイスを受けていた国際会計基準審議会の議長のデイビット・トゥデイに連絡し、日本でのセミナーの開催の可能性を探った。

直人は大手上場企業のセコンから攻めた。

「寺西副社長にアポイントを頂いております会計教育財団の山本と申しますが」

受付嬢は「伺っております。お部屋にご案内します」と言って直人を応接室に案内した。

「お待たせしました。久しぶりだな。十年ぶりくらいになるかな。相変わらず元気そうじゃないか。今何しているの？　今日の用件は国際会計基準の導入に関するお話と伺っているが」

「そうなんです。私は現在、会計教育財団にお世話になっているんですが、国際会計基準の導入が国家プロジェクトになっていることはご存じですよね。うちの財団がそのプロジェクトの旗振り役のご指名を受け、本日そのお願いに参りました」

「それはまた大変だね。銀行の時よりも大役じゃないか。うちはまだ日本基準で十分だと思っているんだがね。国際会計基準を導入して何かいいことでもあるの」

直人は、これが企業の経営者の現実的な考えなんだと思い知らされた。企業にとって〝何かいいこと〟がないと経営者は動かない。

「確かに導入にはコストもマンパワーもかかりますから、いいことよりも悪いことのほうが多いかもしれません。しかし、今後どんどん国際会計基準の導入が進めば、導入した同業者に後れを取ることになりかねませんよ。早くこの導入を開始した企業が最後は勝ち組になると思います。御社のように業界で先頭を走っておられる優良企業が最初に導入してもらえれば、後に続く企業がどんどん出てきて、こちらも助かるんですが」

副社長は、最後にこう言って直人に忠告した。

「山本さん、私は銀行のOBということであなたのアポイントをお受けしましたが、今回の用件では、おそらくほとんどの企業が会ってくれませんよ。日本の大半の企業は開国派ではなく、鎖国派だよ。みんなこの不景気で経営が大変なんだから」

直人は現実の厳しさを思い知らされた。

帰りの電車の中で、これから何か対策を考えないといけないと思いながら有楽町の駅に向かった。

余談であるが、セコンは同業者に先駆けて国際会計基準を二〇一七年に導入している。

帰宅すると、洋子が話しかけてきた。

「お帰り。今日は早いわね。いつもこれくらいだと私も助かる。ところで、愛以ちゃんの旦那さん、退職して今度セコンに行くそうよ。セコンは丸の内企業グループだよね。いい会社に行くわね、直人と違って」

直人はセコンと聞いて、さっきの嫌な話を思い出した。

「ああ、そうなの。確かにセコンは丸の内企業グループの中でも超優良企業だよ。平塚もいいところに再就職したな。今度訪ねてみよう」

と言いながら、腹の中では二度と行くもんかと思った。

「そういえば、来月は愛以ちゃんと同じ派遣会社に行くんだろう。どこの会社に派遣されるんだろうね。訪問看護師だからいろいろな派遣先があっていいね」

「そうね。これまでの病院の経験だけでなく、いろんな派遣先で新たな経験ができると思うとワクワクするわ」

洋子は直人と違って新天地の仕事に期待を膨らませていた。

第六章　特別講演会

直人は先日の平沼先生のアドバイスを受け、「国際会計基準の導入」というテーマで特別講演会を開催する準備に入った。直人は人生で初めて主催する側の責任者として、講演会を取り仕切った。もちろん、財団に経験者は誰もいなかった。

講演会を開催するためには、最初にやるべき重要なことが三つある。会場の手配と開催日の決定、それに基調講演者であるメインスピーカーの選定である。

直人はまず会場を決めるため、十数か所のホテルに照会して三つに絞った。利用料の安い方から「ホテルメルパルメルパル東京」「プリンセスパークタワー東京」「グラドンホテル赤坂」であった。ホテルメルパル東京は実務補習生の入所式などに利用していた実績があったが、交通の便と建物が古いことがネックとなり、最終候補先から消えた。

残る二つの会場は、同じプリンセスホテルが経営するホテルであった。直人はそのグループを統括しているプリンセスホテルの営業部に電話をかけた。

直人はプリンセスホテルの担当者と話しているうちに、ふとあることを思い出して尋ねた。

「つかぬことをお尋ねしますが、そちらに東京丸の内ミツワ銀行から再就職された勝谷さんという人はいらっしゃいませんか」

「勝谷なら、うちの常務です。お知り合いですか。今ここにおりますので代わりましょうか」

「ぜひお願いします」

直人は「しめた」と思った。勝谷は二年後輩で、武蔵小杉の社宅で一緒だった。彼は京都大学出身でアメフト部に所属し、ライスボウルの学生チャンピオンになった時のキャプテンだった。当時彼の奥さんと洋子が親しくしており、お互いの子供を連れて少年野球の応援に玉川グラウンドによく来ていた。その後、勝谷は横浜の一戸建て住宅を購入して引っ越して行った。洋子は横浜の勝谷の家に何度かお邪魔したそうである。

「もしもし、勝谷です。武蔵小杉の社宅で一緒だった山本さんですか。お久しぶりですね。その後お元気でしたか。相変わらずご活躍のようですね」

「いやいや、勝谷さんほどではありませんよ。ところで、現在、第二の職場の教育財団にお世話になっておりまして、近いうちに特別講演会の開催を計画しているんです。そこで、御社の会場をお借りできないかと思いましてお電話したしだいです。電話の途中で勝谷さんがここに再就職されていたことを思い出しましてね」

「それはどうもありがとうございます。うちでよかったら全面的に協力させていただきますよ」

話はすぐにまとまった。先方はやはりその道のプロであり、計画している講演会の概要を聞くとすぐに「グラドンホテル赤坂」を推薦してきた。会場の利用料を尋ねたところ、このホテルは来年建て替えの計画があることから、今回の利用料金は格安で提供できるとのことであった。直人はすぐにここを仮予約した。二月に会場を利用できるのは二月八日だけであった。

次はメインスピーカーであるが、これは平沼先生ご推薦の通り、国際会計基準審議会の議長であるデイビット・トゥデイにお願いした。直人は彼にメインスピーカーとして講演してほしいとeメールで依頼した。開催日は二〇一一年二月八日、時間は午後一時三十分から五時までの三時間半の予定であることを記載した。その翌日の夜九時過ぎに自宅に電話が入った。

直人がちょうど風呂に入っていた時に洋子が呼びに来て、大声で直人に言った。

「直人、外国人から電話だよ」

直人はロンドンとの九時間の時差を考えて、念のため自宅の電話番号も書き添えていたので、その電話がトゥデイからだとすぐにわかった。急いで風呂から上がると、思った通り彼からの電話で、講演会のメインスピーカーを引き受けてくれるとのことであった。洋子は直人の英語を初めて耳にして驚いた。

「直人、英語がちゃんと話せるんだね。これで海外旅行も通訳なしで大丈夫だね。それにしても、夜の九時過ぎに自宅に電話してくるなんて、失礼な外国人だよね」

「いや、ロンドンからの電話だから時差が九時間あり、向こうは今お昼の十二時過ぎだ」

「あら、そうなの。それにしても私がハロー、ハローと言っても『Naoto, Naoto』と言って、私のことを完全に無視しているのよ。失礼しちゃうわね」

これで講演会の会場と開催日、それにメインスピーカーが決まった。直人は明日からやるべきことを書き出してみた。

・協会会長の挨拶原稿作成
・講演会全体のスケジュールと全体のシナリオ作り
・司会者の手配と進行原稿の作成
・メインスピーカーとパネリスト五人の説明資料の作成
・パネリスト五人の人選と原稿依頼
・パネルディスカッションのシナリオ作り
・チラシのデザインと原稿の作成および印刷の手配
・新聞広告の原稿作成
・メール配信の原稿作成
・ウェブサイトの掲載原稿作成

開催当日までにやるべきことは山ほどあった。これらはすべて通常業務を行いながら直人一人でやらなければならない。準備期間は一か月もなかった。

直人はパネリスト五人を選定して山下専務に相談した。井桁商事の副社長、井桁化学の常務、三越井桁銀行の頭取、それに国際会計基準をすでに導入していたオーストラリアのメーカーの社長、最後に国際会計基準審議会の副議長の五人であった。

専務は「日本側は井桁グループのオンパレードだな」と冗談を言ったが、この五人の案に同意した。直人は早速、三社にアポイントを取って訪問し了承を得た。外国人二人にはとりあえず依頼のeメールを打った。数日後に二人から了解の返信を受け取り、これで最も難しい対外交渉はすべて完了した。あとは直人が得意とする原稿の作成であり、二～三日で完成させた。残る仕事は開催日当日の運営をどうするかであった。

その中で最も困ったのは、参加者をどのように会場まで誘導するかであった。なぜなら、赤坂駅には銀座線・丸ノ内線・有楽町線・南北線・半蔵門線の五本の電車が入っていて、参加者はこれらのどの線の電車で来るかわからないからである。したがって、各線の出口に案内係が必要となり、事務局八人のうち五人が取られると、会場の交通整理は三人でやらなければならない。まず、鞄やコートを預かるクローク、会場内の案内係、役員やパネリストの送迎係、待機室での接待係、その他トラブルが発生した場合の対応係など、とても三人では対応が難しく、直人は困り果ててしまった。

その時、あの実務補習生の寺田が現れた。

「事務局長、何かお手伝いすることはありませんか。参加料を無料にしてもらえれば何人でも集めますよ」

寺田は抜け目がなかった。結局、寺田は当日のサポートに二十人以上の仲間を集めてきた。実務補習生たちも講演会のテーマに大いに興味を持っていたのだ。

こうして特別講演会の当日を迎えたが、最初のハプニングはその日の朝に起きた。

メインスピーカーのデイビット・トゥデイから直人に電話が入った。本当ならもうすぐ羽田空港に到着する時間であったことから、直人は彼がてっきり羽田空港から電話してきたものと思った。

「Ｎａｏｔｏ、今まだヒースロー空港にいる。機材交換のトラブル解消が長引いて飛行機の出発が大幅に遅れたため、今から飛行機に乗るところだ。羽田空港までは十二時間かかるから講演会の開催時刻にはとても間に合わない。申し訳ない」

と言ってきた。講演会の主役であるメインスピーカーのデイビット・トゥデイが参加できないとなると大騒ぎになる。なぜならほとんどの参加者は彼の基調講演を聴くことが目的だったからである。

直人はすぐに代替案を考え専務に相談した。

「専務、メインスピーカーを国際会計基準審議会の副議長のガーネルにやってもらいましょう。ガーネルの代わりのパネリストには、私が入るようにします。どうですか」

専務は答えた。

「やむを得ないな。よしそれで行こう。ところで、山本さんはパネリストとして、一体何を話すつもりだ」

「私は企業の財務実態と会計基準というテーマで話をします。資料はありませんが、常日頃から考えていることを話そうと思います」

「わかった。参加者には私から変更理由を説明してお詫びしましょう」

この変更が思わぬことを巻き起こすことになった。


ガーネルの基調講演が無事に終了し、続いてパネルディスカッションが始まり、パネリスト五人は活発に議論を戦わせた。司会者の山下専務は、その議論の調整役として上手く交通整理を行った。

議論が出尽くしたところで、打ち合わせ通り、司会者が直人にパネルディスカッションを締めくくるように合図した。その時、会場の後方入り口から屈強な男たち五、六人に囲まれ、突然あの安野総理が会場に現れたのである。会場全体がざわついた。


塩谷衆議院議員が総理を案内して壇上に上がってきた。塩谷がまず口火を切った。

「皆さん、こんばんは。安野総理のお友達内閣の一人、塩谷です。国際会計基準の日本への導入は、安野政権が強力に推進している国家プロジェクトです。今日は総理がどうしても皆さんにお願いしたいことがあるということで突然参りました。それでは総理どうぞ」

「皆さん、こんばんは。今、塩谷議員が申し上げた通り、本日の講演会のテーマとなっている国際会計基準の導入は、私の肝いりで強力に推し進めている国家プロジェクトです。今日の講演会を踏まえ、企業の皆さんにはぜひとも国際会計基準の導入を推し進めてもらいたい。国際会計基準が日本に浸透することにより、日本の証券市場が一層グローバル化し、海外からの投資をどんどん呼び込むことができます。それにより、日本経済はさらに活性化するわけです。どうか皆さん、よろしくお願いします」

と、そう言って安野総理は会場を後にした。

このハプニングは、安野総理も国際会計基準の導入に極めて強い関心を持っているというデモンストレーション以外の何ものでもなかった。直人はとんだ茶番劇だと呆れ果てた。

司会者の山下専務も呆気にとられていたが、我に返ると、先ほどの発言をもう一度繰り返した。

「それでは山本さん、よろしくお願いします」

直人は立ち上がった。

「それでは最後に私の個人的意見を述べさせていただきます。私は安野総理の考えとは少し違います。まず、会計基準とは企業の財務実態を測るモノサシだと私は考えています。モノサシをいくら変えたところで企業の財務実態が変わるものではありません。本日の講演会は、このモノサシに国際会計基準を使うのはどうかという提案だったわけです。

私はこの国家プロジェクトの旗振り役として多くの企業を訪問し、国際会計基準の導入を提案して参りましたが、大半の企業は正直言って否定的でした。その理由は会計基準を変えても財務実態は何も変わらないし、この不況で厳しい経営環境下、会計基準の変更に人・物・金を投入できないというのが経営者の共通した認識でした。

一方、金融庁は、国際会計基準の導入は総理の肝いりの国家プロジェクトということから、庁を挙げてこのプロジェクトを推進しています。金融庁が国際会計基準は世界で最も優れている会計基準だと言うのであれば、なぜそれを諸外国のように企業に強制適用させないのでしょうか。つまり、金融庁は国際会計基準が最も優れた会計基準であるかどうかを判断できないのではないでしょうか？

それは最初に申し上げた通り、会計基準は所詮、企業の財務実態を測るモノサシであり、そのモノサシが最適かどうかを判断できるのは、金融庁でも監査法人でも会計学者でもなく、モノサシのユーザーである企業自身だからです。国際会計基準がいいという企業もあれば、米国会計基準がより適していると考える企業もあるでしょう。そして日本企業の大半が適用している日本の会計基準がやはり最適だと考える企業も多いでしょう。だから金融庁にはこれらのどの会計基準が最適かどうかを判断できないし、強制もできないんです。

もう皆さんは結論がおわかりだと思います。本日の講演会の目的は、国際会計基準の導入を推奨するものではありません。本日の講演会の真の目的は、どの会計基準が自分の企業にとって最適かどうかを判断してもらうための情報を提供することなのです。どうか皆さんは本日の講演会で聴かれた情報を基に、これからどの会計基準を採用することが自分の企業に最も適しているかどうかをご判断いただきたいと思います。以上です」

会場の企業の関係者を中心に拍手が沸き起こった。特に若い人たちの集団は拍手喝采だった。それは実務補習生の集団であった。その先頭に立って、あの実務補習生の寺田が立ち上がって直人にエールを送っていた。この講演会には一〇〇〇人以上の参加者があり、大盛況のうちに幕を下ろした。

ところが、その日の夜、直人に明日の午前十時に総理官邸に来るよう呼び出しの電話が入った。

永田町の総理官邸に着いたのは、呼び出し時刻の十時少し前であった。直人はなぜ呼び出されたのか察しがついていた。昨日の講演会で国に喧嘩を売ったことがその原因であろう。

総理官邸は五階建ての鉄筋コンクリート造りで、敷地面積は約一万四〇〇〇坪もあり、総理が居住している総理公邸と繋がっている。正面入り口から入ろうとしたところ、警備員三人が直人を制止させ名前を聞いた。「財団の山本です」と答えると、あらかじめ連絡されていたのか、すぐに二階の応接室に連れて行かれた。

しばらく待っていると三人が入ってきた。内閣総理大臣補佐官、内閣広報官、金融庁長官であった。最初に補佐官が、昨日の講演会での直人の発言の真意を問い質してきた。

「昨日の講演会で、国際会計基準の導入に水を差すような発言をしたそうだが、君の真意は何だ」

直人は正直に答えた。

「私は自分の個人的な考えを申し上げただけです。別に国際会計基準の導入に反対しているわけではありません」

続いて広報官が質問した。

「あなたは本件が安野総理肝いりの国家プロジェクトと知っていて、あのような発言をしたのか。ましてや、わざわざ総理がハプニングで登場され、国際会計基準の導入をアピールされた直後にそれに水を差してしまうなんて、とんでもない」

直人は答えた。

「先ほども申し上げた通り、総理の発言に水を差すようなことは一切申し上げておりません。私は会計基準は所詮、企業の財務実態を測るモノサシだと申し上げただけです」

金融庁長官が直人の昨日の発言について追及した。

「君は金融庁が企業に国際会計基準を強制させられないのは、金融庁自身が国際会計基準が最適な基準だと考えていないからだと言ったそうだね。金融庁は最初から国際会計基準が最適だと考えているんだよ」

直人はとうとう頭に血が上ってきて反論を開始した。

「さっきから大人しく聞いていたが、あなた方は一体何が言いたいのか。私の発言のどこが気に喰わないのかはっきりしろ。こっちも忙しいんだから。そもそも、私は国際会計基準が世界で一番優れた会計基準だとは思っていない。どの会計基準が最適かどうかを判断できるのは、企業自身であり、官邸でも金融庁でもない。

うちの財団はこの国家プロジェクトの旗を振るように金融庁に指示されているが、会計基準の適用を最終的に決めるのはあくまでも企業自身である。財団が旗を振るという意味は、企業が最終判断するための情報を提供することだと私は考えている。したがって昨日の講演会ではこの情報を企業に提供したんだ。何か問題があるのか」

補佐官はイライラして直人を叱責した。

「もう屁理屈はいい。とにかく総理はご立腹なんだ。君には国際会計基準導入の旗振り役を降りてもらうからな」

財団に戻ると多くの電話が鳴り響いていた。多くの企業から「財団の会員に加入したいんだが、どうすれば会員になれるのか」と会員加入の申し込みの電話が殺到していた。

新日本経済新聞の朝刊には、昨日の講演会の記事が「国際会計基準は果たして最適な基準か」と題して大きく掲載されていた。

「平成二十三年二月八日に会計教育財団が主催して国際会計基準の導入というテーマで特別講演会がグランドホテル赤坂で開催された。前半は基調講演、後半はパネルディスカッションが実施され、著名な内外の公認会計士や大企業の役員が国際会計基準の導入に関して議論を戦わせた。パネルディスカッションの終了間際に安野総理が突然登場し、政権の力の入れようが半端ではないことをアピールした。

その後、この国家プロジェクトの旗振り役に指名されている会計教育財団の山本事務局長が、そもそも会計基準の採用・変更を判断できるのは企業自身であることを強調し、そのためにも企業が講演会での情報を活用して早くこの国際会計基準の検討に着手する必要性を説いた。

会場には経済界から約一〇〇人、企業の関係者など産業界から約五〇〇人、会計監査業界から約一〇〇人、マスコミ関係者約五十人に加え、将来の公認会計士予備軍である実務補習生が約三〇〇人、総勢一〇〇〇人以上が参加していた」

　直人は総理官邸で啖呵を切ったこともあり、これで晴れて国家プロジェクトの旗振り役を降りることができると清々していた。

　昨日は遅かったから、今日はケーキでも買って早く帰ろうと思った。明日二月十日は直人の五十八歳の誕生日であった。

　直人が帰宅すると、洋子がケーキを見て、

「何それ。直人の誕生日は明日だよね。間違えているんじゃない」

と言ってきた。

「今日は誕生日の前祝だよ。クリスマス・イブと言うだろう」

と直人は切り返した。

「久しぶりにワインで乾杯と行こうか。ワイングラスを二つ持ってきて」

　今晩の料理はステーキだった。

「ちょうどいい。赤ワインも買ってきたから」

　やっと肩の荷が下りた直人は、久しぶりのお酒で酔いが回り、ソファで寝てしまった。

　洋子が毛布を掛けようとしたその時、電話が鳴った。直人は心地よい夢の中で、また嫌な予感がした。

第七章　大手町移転

丸の内地所の長谷部専務が、直人の自宅に電話してきたのは夜の九時半過ぎであった。長谷部は直人が事務局長を務めている会計教育財団の理事でもあった。

「もしもし、山本さん。夜分遅く申し訳ありません。丸の内地所の長谷部です。至急ご相談したいことがありまして、明朝九時に大手町の弊社ビルの八階にお見えいただけませんか。詳細はその時にお話ししますが、財団にとっていい話ですから」

長谷部は少し声を弾ませていた。

「はい。わかりました。それでは明朝九時にお伺いします」

と直人は答えた。

翌朝、九時少し前に大手町の丸の内地所の本社がある丸の内ビルに着いた。エレベーターで八階まで上がると、そこに長谷部専務が待っていてくれた。

「山本さん、おはようございます。朝早くから申し訳ありませんね。こちらにどうぞ」

と言って長谷部は直人を応接室に案内した。

直人が椅子に座ると、すぐに長谷部は話を始めた。

「山本さん、ご存じだと思いますが、旧全国経済団体連合会の跡地に建築中の大手町金融センタービルが、今年十月に完成します。このビルの五階には、東京金融ビレッジという東京都が推進している金融教育交流センターが設置されます。

実はここに、ロンドンに本部がある国際会計基準審議会のアジア・オセアニア地区のサテライトオフィス（出先機関）を誘致しようと亀田金融担当大臣が音頭を取り、官民一体で誘致活動が進められています。現在、中国とシンガポールが同じように誘致に名乗りを上げ、激しい誘致合戦が繰り広げられています。

そこで亀田金融担当大臣が、先日来日した国際会計基準審議会のデイビット・トゥデイ議長を赤坂の料亭に招いて、日本への誘致を強力に要請したそうです。そこには金融庁長官、全国経済団体連合会会長、関東銀行協会会長の三人が同席していたそうです。

トゥデイがのらりくらりしてはっきりしなかったため、亀田大臣が痺れを切らし、『全部面倒見るから日本へのサテライトオフィスの設置を決めなさい』と詰め寄ったところ、やっとトゥデイがその気になったそうです。

ところがその時に、トゥデイが受け入れるに当たり一つだけ条件を付けたそうです。何だと思いますか、山本さん」

「さあ、全くわかりません」

長谷部は話を続けた。

「山本さん、あなたの財団がそこに一緒に入ることを条件に出してきたそうです。金融庁長官が嫌な顔をしてトゥデイに『なぜだ』と尋ねたそうです。そうしたらトゥデイが、『ミスター山本は、日本の企業に国際会計基準を導入させることができる唯一のキーマンだ』と言ったそうです。

金融庁長官が『山本は国際会計基準に関してはズブの素人だ』と言うと、関東銀行協会の会長である三越井桁銀行の西部頭取が『そうじゃありませんよ』と珍しく反論したそうです。何でも彼は、三越井桁銀行がニューヨーク証券取引所に上場するプロジェクト・リーダーを担当していた時に、東京丸の内銀行にヒアリングに行ったそうですが、そのヒアリングでアドバイスしてくれたのが山本さんだったと言ったそうです。

西部頭取はその時の『ニューヨーク証券取引所上場は簡単だが、その上場を維持していくことが大変なんだ』という山本さんのアドバイスを今でも覚えていると言ったそうです」

直人はその当時のことを思い出した。東京丸の内銀行は一九八九年九月に銀行業界第一号でニューヨーク証券取引所に上場したが、その後に続く銀行はどこもなかった。すべての銀行がバブル崩壊に伴う不良債権処理に追われ、そのようなコストとマンパワーをかけることはできなかったというのが実情であった。

次に米国上場を果たしたのは三行統合後の稲穂銀行で、それから十七年も後の二〇〇六年であった。

三越井桁銀行はそのまた四年後の二〇一〇年に米国上場を果たした。この時に米国上場プロジェクトのリーダーを務めていた企画部の次長が、今の西部頭取だったのである。

直人は西部と同期であったこともあり、西部からのヒアリング要請を喜んで引き受けた。

西部はヒアリングの最後に直人にある質問をした。

「山本さん、御行が当時ニューヨーク証券取引所への上場に際して、最も苦労されたことは何ですか」

直人は正直に答えた。

「西部さん、米国上場プロジェクトは上場するまでが華です。周りの役員を含め、みんなが応援してくれる。しかし、上場した後はもう誰も興味を示してくれない、応援団がいなくなるわけです。ただし、上場した後には上場を継続する義務だけが残るんです。この上場を維持していくことが最も苦労したことですね。上場を維持していくためには、それ相応のコストと人材の確保が必要でした。やはり、ちゃんと将来を見据えた対応が必要ですよ」

西部はこの時、上場に際して採用する会計基準を米国会計基準にするか、国際会計基準にするかを悩んでいたが、この直人の一言で考えは決まった。将来、この上場を継続していくためには国際会計基準がベターだと。

直人と西部は当時、お互いライバル銀行の企画部の次長同士ではあったが、こうした信頼関係から西部頭取は先日の直人からの講演会のパネリスト依頼を二つ返事で引き受けてくれたのである。通常、パネルディスカッションに大手銀行の頭取が参加することなど前代未聞のことであった。

長谷部は話を続けた。

「西部頭取は、関東銀行協会の会長としてその席で金融庁長官の意見に反して、『山本さんはその当時、米国会計基準に関しては銀行業界でナンバーワンの識者だった』と言ったそうです。それを聞いてトゥデイも『I knew it』（やっぱりね）と頷いていたそうです。

そこで、本日、山本さんに来ていただいたのは、トゥディが出してきた条件をクリアするため、財団にこの大手町ビルに来てもらえないかというご相談なんです」

直人は、その話を聞いて即座にこう言った。

「専務も財団の理事としてご存知の通り、財団の財務状況はまだまだ脆弱で、現在全国会計士協会の建物の中に間借りして支援を仰いでいるような状態です。まだまだ大手町のような一等地に事務所を構える身分ではありません。少なくとも、まだ十年は早いと思います。

それよりも財団の会員を増やして、財務体質を強化することが喫緊の課題なんです。この話は私に言わせてもらえば、財団にとっていい話ではなく、危ない話です。申し訳ありませんが、お断りさせてください」

長谷部も自分の会社のテナントの話でもあり、そう簡単に引き下がるわけにはいかなかった。

「山本さん、それではせっかくサテライトオフィスを日本に誘致することに成功した亀田金融担当大臣が承知しませんよ。財団の財務問題に関しては、他にいろいろな対策があるでしょう」

直人はこの「いろいろな対策」という長谷部の言葉を聞き逃さなかった。長谷部が何らかの譲歩をしてくるのを待ち構えていたのである。

「いろいろな対策というのは、具体的にどういうものが考えられますか」

直人は長谷部が譲歩してくるのを誘導した。長谷部はそれにまんまと引っ掛かってしまった。

「例えば、大手町の家賃を安くするとか」

直人は、待っていましたとばかりに具体的な価格交渉に入った。まるで「売手よし、買手よし、世間よし」という三方よしの考えを持つ近江商人のような賢さであった。

直人は言った。

「大手町の新築ビルの家賃は坪五万円が相場ですよね。国際会計基準審議会は、サテライトオフィスを坪いくらで借りるんですか」

長谷部は正直に答えた。

「坪一万円です。サテライトオフィスは七十坪ありますから、月の家賃は七十万円です」

「それは破格な安さですね。さすがに亀田大臣は太っ腹ですね」

長谷部は説明した。

「サテライトオフィスの日本誘致は国家戦略の一環ですからね。誘致合戦を展開していた中国やシンガポールでは無償で提供するようだったと聞いています」

直人はいよいよ具体的に打診した。

「それでは財団も坪一万円でお願いできますか。それなら十坪で月十万円と法人会員を毎月一社獲得していけば採算は取れます。それでいかがですか」

長谷部は直人が仕掛けた罠にまんまと引っ掛かってしまった。

「わかりましたよ。その方向で社内稟議を上げますから、大手町への移転を頼みますよ」

こうして財団は、市ヶ谷の全国会計士協会から大手町の金融センタービルに移転することになった。直人はこれを機に財団の運営を抜本的に改革するつもりであった。要すれば「財団の独り立ち」である。

具体的には財団の陣容を強化するために新たに五人の新人を採用し、次に協会からの出向者五人を三人に減らし、二人の新人を追加採用した。さらに派遣社員四人を財団の正社員にした。つまり、直人は「組織運営は人なり」という自らの信念に基づき、財団の正社員を増強したのである。

すぐにハローワークに求人広告を出して、一〇〇人以上の応募者から七人を選定し、財団の正社員として採用した。採用基準はこれもまた直人流であるが、「元気・誠実・謙虚」の三つを判断基準にした。直人はこれに合わせて、毎朝八時から一時間、早朝勉強会を開いて新入社員七人の教育指導を開始した。

勉強会の内容は最初にビジネスマナー、簿記、会計、税務、英会話、自分の失敗事例を使った具体的なケーススタディなど多岐にわたり、約二年間続けた。こうして財団は、直人が来てから二年余りで一般財団法人として相応の財務基盤を確保することができた。

会員数は最初の七会員から一五〇〇会員になり、毎年の利益の蓄積である純資産は▲一八四〇万円の債務超過から約三億円の資産超過に改善した。

しかしながら、「出る杭は打たれる」という諺にあるとおり、こうした財団の積極的な活動をよく思わない連中からの杭打ちが始まったのである。

ある日、全国会計士協会の定例会議に行ったときのことである。協会の活動状況を監査する監事の山脇太郎（やまわきたろう）が直人を呼び止めた。

「山本事務局長、明日、財団の監査を行いますのでよろしく」

直人は協会の監事がどうして財団の監査をするのか理解できなかったが、

「はい。わかりました。お手柔らかにお願いします」

と協会の監事に一応敬意を表した。

翌日の朝から協会の監事による監査が始まった。監事は二人で財団の活動状況や財務状況などを監査し、午後四時から監査結果の講評が始まった。先方は山脇監事と田中監事、こちらは直人と森田課長のお互い二対二であった。

山脇監事が報告を始めた。

「まず、財団のこの一年間の活動状況だが、組織立った運営がなされていない。何でもかんでも事務局長が一人で行っており、それをチェックする内部管理体制が極めて脆弱である。事務局長が不正を働いてもそれをチェックできる者が誰もいない。早急に内部管理体制を整備する必要がある。

次に、財団は協会から実務補習事業と継続的専門研修事業を引き継いでおり、この二つの事業を行っていくために協会は出向者を派遣して財団を支援しているわけである。言ってみれば財団は協会の子会社のようなものである。協会の監事に対しても定期的に報告する義務があるにもかかわらず、これを怠っている。これは由々しき問題であり、事務局長の責任問題である。

最後に財務状況であるが、設立当初からすると改善が見られるが、そもそも財団は公益を目的として設立されており、ただ単に純資産を増やせばいいというものではない。これ以上純資産が増加するようであれば、これまでの支援相当額を親会社である協会に返戻（へんれい）すべきである。田中監事、他に何か指摘しておくことはありませんか」

田中監事は答えた。

「私の方は特に指摘することはありません。財団はよくやっておられると感心しておりました」

その発言に山脇監事が噛みついた。

「田中監事、何を言っているんですか。私は財団のこれ以上の勝手な行動は、協会のためにならないと言っているんです。財団は本来、協会のために活動する団体なんです。事務局長、あなたはもっと勉強しないと、とんでもない法律違反を起こしかねませんよ」

直人はそれでも我慢してじっと聞いていたが、山脇の次の発言にとうとう怒りを抑えられなくなった。

「私も財団設立時には大変苦労したんです。どうすれば上手く運営していけるかと」

直人はついに立ち上がって山脇監事を睨みつけ、反論を開始した。

「黙って聞いていれば、いい気になって、お前は一体何様だ。そもそも、協会と財団は別法人である。協会の監事がその別法人である財団の監査を、一体どんな法律に基づいて行えるんだ。まず、法的根拠をきちんと示せ」

山脇も負けていなかった。

「財団は協会の実質子会社であり、親会社には子会社の調査権があるのは当たり前だ。法的根拠は親会社の子会社に対する調査権だ。これは会社法第三八一条第三項に規定されている」

直人は嘲笑った。

「その条文は株式会社などに適用される会社法の規定だ。協会は一般の法人ではなく、公益法人である。協会は公益法人の中でも最も税金などが優遇されている特別民間法人である。特別民間法人は、子会社を利用してこの優遇された税金を外に流出できないよう、監督当局の指導基準により子会社を持つことが禁止されている。財団が協会の子会社だと言うのであれば、協会が法律違反をしていることになり、あなたがた監事は監督責任を問われることになる」

山脇は反論した。

「うるさい、それがどうした。誰が何と言おうと財団は協会の実質的子会社なんだ」

直人はさらに追い打ちをかけた。

「それでは協会が法律違反をしていることを監事は認めるわけだな。そうなると法律違反により協会の信用が失墜した場合、監事は協会の会員から損害賠償責任を追及されることになる。それればかりではなく、この監事の怠慢には罰則規定がある。罰則金一〇〇万円以下、もしくは懲役三年以下だ。

次に、私が不正行為をした場合、それをチェックする体制が整っていないとの指摘だが、私は活動状況を財団の監事に毎月報告している。財団の監事はあなたがたのような身内の監事と違って、会計検査院の元委員長でプロ中のプロだ。どっちの内部管理体制が優れているか明白である。

それから〝財団設立時の苦労話〟は聞いて呆れた。初年度の債務超過の原因は、実務補習事業の引き継ぎの際の事務ミスだ。こんなことも監事は発見できないのか。監事失格だ。

最後に、〝純資産は増やせばいいというもんじゃない〟だと？　ふざけるのもいい加減にしろ。二期連続赤字によって財団解散の危機に直面したというのに、協会の監事はそれを警告することすらしなかった。よくもそんな無責任なことが言えるな。とにかく、あなたがたには財団に対する調査権はない。直ちに出て行け」

直人はここまで言ってやっと興奮が収まった。

財団いじめは監事だけではなく、協会の中で活動が上手く行っていない他の部署の責任者も、財団の活躍ぶりを煙たがっていた。

ところが、協会の職員たちは協会で働くよりも、財団で働きたいと異動を希望する者が続出した。また、大手監査法人の人事部から財団にクレームが来るようになった。自分の法人に所属するかなりの実務補習生が財団への転職を希望していて困っているというクレームであった。

そうした実務補習生の中に、あの寺田毅がいた。直人はこれも華の大手町への移転効果だろうと安易に考えていたが、ある日、寺田が真剣な顔をして財団にやって来た。

第八章　財団の自立

寺田は真剣な顔をして事務局に入って来て直人に言った。

「事務局長、私は監査法人を辞めようと思っています。財団で雇ってください」

直人は驚いて、寺田に冷静になるように言った。

「寺田君、あなたは東京実務補習所の補習生だよね。財団の職務規定では実務補習生が事務局職員になることはできないんだ。頭のいい君ならなぜだかすぐわかるよね。財団は実務補習生の成績を管理するところだから、成績を管理されている実務補習生が管理する側には入れないんだよ。あと二年待って晴れて公認会計士になれば、財団に入れるかもしれないな。残念でした」

寺田は直人の講義を受講するようになって、自分がやりたいことは財務諸表を監査する仕事ではなく、企業の中で実際に業務に携わり、その業務を理解した上で財務諸表を作成する仕事に就くことだと考えるようになっていた。

直人は寺田に三十数年前の自分を見ているような気がしてならなかった。しかしながら、寺田もこのままで引き下がるような補習生ではなかった。

「わかりました。それでは、財団に正社員で就職することは二年待ちますが、アルバイトなら今でも採用してもらえるんじゃないですか」

　直人はなるほどと思ったが、寺田の頭の回転の良さをよく考えた上で反論した。

「そうだね、財団の職務規定では、実務補習生を正社員として採用することは禁じられているが、臨時雇用のアルバイトであればその制約はなく、あなたの言うことは確かに一理ある。しかし、実務補習生である限り、正社員であろうとアルバイトであろうと関係ないんだ。補習生が財団が行っている成績管理に携わること自体に問題があるんだ。だからアルバイトでも採用できないな」

　寺田は諦めなかった。

「わかりました。それでは財団の三事業のうち、実務補習事業ではない企業向けの会計実務家研修事業に限定したアルバイトということにすれば、いいんじゃないですか」

　直人は寺田の頭の回転の速さに舌を巻いた。

「わかったよ。じゃあ、会計実務家研修専属のアルバイトとして採用することにしよう」

　寺田は勝ち誇ったように笑った。直人も釣られて笑ったが、直人の笑いは別の意味があった。会計実務家研修事業に限定するのであれば、正社員での採用も可能だったのにという笑いであった。さすがの寺田もそこまでは頭が回らなかったようだ。

　直人は次の日から、新人研修を終えた職員二人とアルバイトの寺田の三人を引き連れて、午前中三社、午後五社の一日八社を目標に企業の経理部署を訪ね、財団の法人会員の勧誘を行った。

ある日、大手上場企業の全日本製鉄を訪れた。寺田は気を利かせて全員の入館記帳をするため受付に向かったが、入館証が貰えずに、待っていた直人のところに戻ってきた。

「事務局長、受付嬢が私に名刺を二枚頂けますかと言うんで、アルバイトに名刺はありませんと答えると、他の方の名刺でも結構ですからと言うんですが」

直人は自分の名刺を二枚寺田に渡した。寺田は今度はちゃんと入館証を貰って戻って来た。そして直人に尋ねた。

「なぜ名刺が二枚必要なんですか、事務局長」

直人は反対に寺田に質問した。

「寺田君、一枚しか名刺を持っていない人と、二枚以上持っている人の違いは何だ？」

「仕事の準備ができていない人と準備万端な人の違いですかね」

直人はこの常識のなさが、やはり社会人一年生なんだと思った。

「そうじゃない。一枚しか名刺を持っていない人は、他人の名刺を使っているかもしれないだろう。二枚以上持っていれば、それは明らかにその人本人の名刺だと判断がつく。これは企業の知恵というものだ」

寺田はなるほどと「企業の知恵」とやらに感心した。他の二人の新人も頷いていた。

経理部署のある十二階に着くと、受付から連絡があったのか、経理部署の女性と思しき女性がエレベーターの前で待っていてくれた。

「財団の山本様ですか。お待ちしておりました。こちらの応接室にどうぞ」

四人は応接室に通された。

「すぐに経理部長が参りますので、しばらくお待ちください」

新人三人は、いきなり経理部長が来ると聞き驚いている様子であった。

経理部長が部下二人と一緒に応接室に入ってきた。

「お待たせしました。経理部長の塚田です。よろしく」

と言って直人と名刺交換した。そして、それぞれが名刺交換をして席に着いたのを見計らって直人が話した。

「本日は決算でお忙しいところ、お時間をちょうだいしましてありがとうございます。このように大勢で参りましたが、実は今これらの三人をＯＪＴ（On the Job Training：実務を通して行う職業教育）教育しておりまして、こんな大勢で参りましたことをご容赦ください」

「いやいや、こちらも同様で、この二人は今年入った新人なんです。目下、社会人一年生としてこちらも教育指導中なんです。お互い苦労しますね。

ところで、この前の国際会計基準の講演会で山本さんのお話を拝聴しましたよ。この人が言っていることは実務を経験されているだけあって正論だなと感心しましたよ。今日は会員加入のお話ですか。私はあの講演会の話を聴いて、すでに会員加入を決めておりました」

直人は恐縮して言った。

「ありがとうございます。うちの財団は設立してからまだ三期目ということで、財務基盤が脆弱なんです。鉄鋼業界で先頭を走っておられる御社のような超優良企業に会員になってもらえれば、この後の企業の勧誘にも弾みがつき、大変助かります」

塚田は、

「会員に加入させてもらって新人を研修にどんどん参加させますので、よろしくお願いします」と言って直人に頭を下げた。

「ありがとうございます。こちらも最新の会計・税務情報を企業の皆さんに提供して参りますので、今後ともよろしくお願いします」

直人もそれに応えて頭を下げた。

直人はこの後、中堅の鉄鋼会社である関東製鋼を訪問し、全日本製鉄に会員加入してもらったことを話して会員獲得に繋げた。こうして鉄鋼業界のほとんどの企業に会員になってもらった。

直人たちは次に商社を訪れた。こちらも最初の井桁商事に会員になってもらい、それをきっかけに丸の内商事、三越物産、角紅、佐藤忠商事、双月など、ほとんどの大手商社の会員加入に成功した。

そして、次のターゲットは直人の古巣の銀行であった。ここでまた思わぬトラブルが発生した。

直人は新人三人と東京丸の内ミツワ銀行の本店を訪れたが、まだ銀行を退職してから三年余りしか経っていないのに、なぜか古巣の銀行に妙に懐かしさを感じた。

直人が入行した一九七六年には、この二十四階建ての本店ビルはまだ建っておらず、竣工はその四年後の一九八〇年であった。このビルは高さ一一〇メートルで、当時は超高層ビルと言われていた。目の前に皇居がよく見え、じっと皇居を見ていると、双眼鏡でこちらを警戒している皇居の警備員に、ブラインドを閉めるようにマイクで警告されたものである。このビルも周りにさらに高層のビルが建ち並び、今となっては低い方のビルになってしまった。

十階の企画部に行くと、知っている顔は一人も見当たらなかった。

経理担当の丸田という若い次長が応接室に入ってきた。丸田は二〇〇〇年入行で、直人より二回りも年下である。当然、直人の武勇伝など知る由もなかった。

直人は丸田と名刺交換をした後、財団への会員加入をお願いした。ところが、丸田に思いもかけないことを言われた。

「現在の東京丸の内ミツワ銀行は、山本さんの時代と違って大変厳しい収益環境にあり、寄付金とか会員権の購入などは原則すべてお断りしています。山本さんが過去にうちの銀行にいらっしゃったということでお話だけは承りますが、会員加入は難しいと思います」

直人は以前にも丸田の前任者に忙しいからと言われて、門前払いされたことがあった。

「そうですか、それは残念です。ところで、経理部署には今年新人は何人入られましたか」

「五人ですが、それが何か」

「いや、収益環境が厳しい割には人員には余裕がおありですね。今時、経理部門に五人もの新人が入って来る企業など、そんなにないと思いますよ。新人教育はどうなさっていますか」

「新人教育は特にやっていません。専ら自己啓発ですね」

直人は言った。

「うちは零細財団ですから、銀行のようなエリートは採用できません。自己啓発と言っても限界がありますから、私がＯＪＴで教育指導をしています。ここにいる三人がその新人たちです」

「ああ、そうですか。大変ですね。それでは時間もないので財団の資料だけでも拝見しましょうか」

丸田は財団のパンフレットを見ると、またしても、とんでもないことを言ってきた。

「山本さん、おたくの財団は設立初年度に赤字が出て債務超過になっているじゃありませんか。こんな財務状態ではとても会員加入など出来ませんよ。もう少し財務基盤を立て直してから来てくださいよ」

直人は釈明した。

「だから、こうして財務基盤を立て直そうと会員加入をお願いしているんです。初年度こそ赤字でしたが、昨年、今年と順調に純資産も増加しているんです」

「いや、うちでは過去に一回でも債務超過になった先に投資することはできないルールになっているんです」

直人はこの話に怒りが爆発しそうになったが、三人の新人の手前、怒りを抑え冷静に反論した。

「それではお尋ねしますが、二〇〇六年に東京丸の内銀行はミツワ銀行を救済合併しましたよね。その時の合併比率は一：〇・六二だったはずです。これを当時の時価総額に換算すると、ミツワ銀行を買収した時の投資金額は五兆円を超えていたんですよ。ミツワ銀行は公的資金を受け入れていましたので、これを除くと実質債務超過だった。それにもかかわらず東京丸の内銀行は五兆円以上投資したんですよ。うちの財団の法人会員の年会費は僅か十万円ですよ」

丸田はそれとこれとは別問題だと言って、会員加入の依頼を断った。

直人はこの時、丸田に「百倍返し」を決意した。

銀行業界の大手は、四大銀行グループと郵便貯金である。四大銀行グループとは稲穂銀行グループ、三越井桁銀行グループ、りそう銀行グループ、それと東京丸の内ミツワ銀行グループである。直人は古巣の銀行に財団の会員に加入してもらうため、東京丸の内ミツワ銀行以外の三大銀行グループと郵便貯金の会員獲得に成功した。さらに関東銀行協会および全国地銀協会の二団体にも財団の会員になってもらい、完全に東京丸の内ミツワ銀行の外堀を埋め孤立させてしまった。大手銀行グループで財団の会員になっていないのは、とうとう東京丸の内ミツワ銀行だけとなった。

関東銀行協会の会長であった三越井桁銀行の西部頭取は、協会で開催された全国の頭取たちが集った会合の場で、東京丸の内ミツワ銀行の頭取にわざと質問した。

「東京丸の内ミツワ銀行は、どうして財団の会員に加入しないんですか。財団の山本事務局長は御行の出身ですよね。彼はバブル崩壊に伴う不良債権問題で金融危機が起きた時、銀行業界を取り巻く様々な問題に果敢に挑戦してくれ、金融庁と丁々発止と渡り合いその後の銀行破綻を何とか喰い止めた、言わば銀行業界にとっての功労者ですよね」

東京丸の内ミツワ銀行の頭取は、驚いて弁解した。

「ええ？　私は財団の会員加入の話は全く聞いておりませんでした。もちろん、うちもすぐに加入しますよ」

丸田次長はその後頭取からこっぴどく怒られ、すぐに担当を替えられたそうである。

こうして財団の会員数は確実に増加していった。

毎月開催される財団の理事会ではその業務活動実績ばかりではなく、財団の事務局運営も称賛され、もはや誰もが財団のこれからの成長を確信していた。ただし直人はとりあえず、これで普通の財団の仲間入りはできたものの、目標としている到達点は、まだまだ先であり、今はその通過点にすぎないと思っていた。

直人は新人の教育指導を完了したことから、全国の企業の会計実務者・実務補習生・公認会計士を対象に、東京以外の全国各地でも毎月セミナーを開催した。

直人はセミナーを効率的に行うため、出張のスケジュールを工夫し、まず福岡に飛び、その後新幹線で東上して最後に東京というパターンと、札幌に飛んで新幹線で南下して最後に東京という二パターンで出張した。こうすれば最低でも一日に四回のセミナーが開催できた。１クールで四、五日かかることもあり、その間はホテルに宿泊することになる。

そんなある日、セミナーを終えてホテルに戻った夜に、初めて洋子から電話がかかってきた。

「直人、今どこにいるの？　早く帰って来て。最近暗くなるとどうしようもなく怖いの。自分でも、なぜかわからないの」

直人は洋子が冗談を言っているのかと思ったが、どうも息遣いが普通ではなかった。直人は洋子に深呼吸をさせて気持ちを落ち着かせた。ところが、その深夜また発作が起き、洋子は近所で親しくしていたアームエリ子さんに連絡し、ご主人に桜田門病院の夜間外来に連れて行ってもらったそうだ。当直の先生が精神安定剤の点滴をして何とか治まったようだ。

翌朝、直人は新幹線で家に戻り、すぐに桜田門病院の主治医に洋子を診てもらったところ、夜間恐怖症が原因の過呼吸じゃないかと言われた。そこで、直人は主治医に質問した。

「先生、過呼吸が夜間恐怖症からきているのはわかりましたが、夜間恐怖症の原因は何ですか」

主治医は困った様子で直人に答えた。

「山本さん、夜間恐怖症がなぜ起きるのか、はっきりした原因はわかりませんが、人間は多かれ少なかれ、みんな何らかの不安を抱えて生きています。おそらく、奥様はこの不安を夜にコントロールすることができなくなって、恐怖症を発症したんじゃないかと思います。これは、奥様の体が助けてというSOSを出しているということなんですよ。ですから、その不安を和らげてやることしか治療方法はないんです」

直人は、この時点で洋子の脳に異常があることがわかっていたのだから、もっといろんな脳の検査をしてもらえばよかったと後悔した。

直人はこの後の出張はすべて日帰りに変更した。それでも、洋子の症状は治まる気配がなかった。財団の自立はようやく見えてきたが、洋子はこれまで一人で背負ってきた重荷にいよいよ耐え切れなくなって悲鳴を上げていたのだ。今まで平穏であった直人と洋子の生活が今にも崩れ落ちようとしていたのである。洋子の身体の中では、ただならぬことが起きようとしていた。

終章　事務局長辞任

直人は洋子の病気のことを考え続け、洋子の体の異変に気づいてやれなかったことを悔んだ。そして過去の出来事を思い出していた。

確かに過去にそれまでの洋子と違ったことがいくつか起きていた。最初は味覚障害だ。料理の味がしないと言って直人に味見を頼むことが多くなった。次に、匂いがしないという嗅覚障害を訴えたこともあった。それから転倒を繰り返すようになった。直人はこれらのことを考えると、素人ながらやはり脳に何か異変が生じているのではないかと感じていた。

直人は、洋子に一度脳の精密検査を受けさせる必要があるのではないかと、長男の翔太に相談して一緒に洋子を帝東溝の口病院に連れて行った。

精密検査は一日で終わり、結果はすぐに判明した。主治医の先生が三人を診察室に呼んで結果を告げた。病名は「パーキンソン病」であった。

直人はこの検査結果に驚くとともにそれを重く受け止め、これから洋子を介助するため財団の理事・事務局長を辞任することを決意した。

次の定例理事会は来週開催予定であった。議題は今期の決算見込みと来期の予算計画である。

理事会は午前十時から始まり、今期の決算は三〇〇〇万円の黒字決算見込みで特に問題もなく、決算案として評議員会に諮ることが承認された。来期の予算計画も増収増益予算計画で、いくつか質問は出たものの、直人はそのすべての質問に丁寧に答え、こちらも来期予算案として評議員会に諮ることが承認された。

議長である協会の会長は、議題がすべて承認された後、直人に声をかけた。

「山本事務局長、この他に何か報告しておくことはありませんか」

覚悟を決めていた直人は、突然立ち上がった。

「私事で恐縮ですが、一つご報告があります。実はこの理事会をもちまして、私は財団の理事および事務局長を辞めさせていただきたいと存じます。これまで皆様方には大変ご迷惑をおかけしました。この場をお借りして陳謝申し上げます。

五年間という短い間でしたが、私にとってはかけがえのない貴重な五年間でした。最初は果たして私に事務局長が務まるのかと不安でしたが、皆様方のご指導により、何とかここまでやって来られました。一身上の都合で突然辞めさせていただくことを平にご容赦願いたいと存じます。皆さん、どうもありがとうございました」

直人の突然の辞意表明に全員が唖然とした。しかしながら、直人の話に誰一人、辞職の理由を問い質すものはいなかった。全員が直人のただならぬ覚悟を感じ取っていたのだろう。会議室はシーンとして重苦しい空気が数分間続き、最後に議長が直人に言った。

「山本さん、五年間どうもありがとうございました。山本さんが苦労して建て直されたこの財団を、これからみんなで協力して運営して行きます。本当にご苦労さまでした」

理事全員が立ち上がって、直人に拍手を送った。

直人はこの理事会の後、どうしてもお礼を言わなければならないと思った三人に改めて挨拶に行った。協会の前会長の増山浩二、国際会計基準審議会の評議員の平沼誠一、白山学院大学名誉教授の初田進一のいつもの三人であった。

三人とも直人がなぜ辞めるのか、その理由を聞こうとはしなかった。今度はどこに行くのか、これからどうするかなどの質問も全く出なかった。三人が三人とも直人に対する感謝の言葉に終始した。これまでの直人との付き合いから、三人は直人が途中で財団の事務局長を辞任しなければならないことに、計り知れない理由があるとわかっていたのだ。

直人は財団に戻る途中に、これからどのようにして洋子を護(まも)って行こうかと考えた。おそらく洋子は看護師として、自分の病気が今後どうなるかを直人以上にわかっているはずであった。直人は洋子に対して変な小細工は通用しないと考えていた。

直人は財団に戻り席に着くと、大変なことに気づいた。まだ、寺田に辞めることを言っていなかったのだ。すぐに寺田を応接室に呼んだ。

「寺田君、申し訳ないが、今月末をもって財団の事務局長を辞めることになった。せっかく財団にアルバイトで来てもらったのに残念ですが、後任の事務局長に、あなたを正社員にしてもらえるように頼んでおきますから。大変お世話になりました」

　ここまで話すと、寺田が突然泣き出した。

「事務局長、それでは約束が違う。俺は山本さんが事務局長をしているこの財団で働きたかったんだ。山本さんがいなくなれば俺も辞める。それが俺の流儀だ」

　直人はまた寺田を納得させないといけないなと思い、寺田に話しかけた。

「寺田君、君は財団の仕事をするため、ここに来たんじゃないの？　つまり、財団の職に就くためにここに来たんだよね。そうであれば後任の事務局長の下で、しっかり所期の目的を果たすことが君の流儀に適うことではないのか。そもそも、私はこれから第三の職場で働くわけでもないんだから」

　寺田はそれでも納得がいかないという顔をして、直人に尋ねた。

「事務局長は途中で仕事を投げ出すような人間ではないことを、俺は誰よりもわかっている。その事務局長がどうしても辞めなければならないということは、よほどのことが起きているのだと思う。これ以上とやかく言うつもりはない。しかし、最後にお願いがある。頼むから、俺にだけは事務局長が辞める本当の理由を教えてくれ」

　直人は誰にも言っていない本当の理由を寺田に言うべきかどうか迷ったが、しばらく考えて寺田にこう言った。

「寺田、誰にも言うなよ。本当の理由を話すけど、君の心の中だけにしまっておくと約束できるか？」

寺田は涙を拭いながら頷いた。

「寺田君、君も知っての通り、これからの日本の社会はどんどん高齢化が進む。三人に一人は認知症になるそうだ。そこで、私はこれから介護の仕事を学ぼうと思っているんだ。二兎を追う者一兎をも得ずというように、事務局長をやりながら介護を学ぼうとしても、どちらも中途半端になってしまうだろ。だから介護に専念することにしたんだ」

寺田は直人がなぜ辞めるのか見当がついた。そして直人に言った。

「事務局長、頑張ってください、奥様の介護を。これまで大変お世話になりました」

寺田は相変わらず勘が鋭い人間であった。

直人は最後にこれからの自分の生き方について寺田に話した。

「寺田君、仕事はこれからもずうっと死ぬまで続くんだ。私はこれまで無我夢中で仕事を続けてきた。やっと頂上に辿り着いたと思ったら、まだ五合目だったこともたくさんあった。しかし、仕事という山登りは上っている時が華だ。頂上に辿り着くとあとは下るだけだ。君はこれから頂上を目指して上っていく人間だ。

一方、私はこれから麓を目指して下るだけである。しかし、私には上って行くときに忘れてきたものが途中にたくさん残されている。それらの忘れものを一つ一つ拾いながら、山を下って行くことが、私のこれからの使命だと思っている。まだまだ人生はこれからだ。君も山の頂上を目指して上っていく時に、決して私のように忘れものをしないように注意して上ってくれよ。

最後にもう一つ言っておきたいことがある。それは〝人間至るところ青山（骨を埋める場所）あり〟ということだ。私の次の青山は、目に見えない家内の難病と闘う戦場だ。私はこれから妻の難病に立ち向かう。お互い頑張ろう」

第二部　完

第三部　介護編（在宅介護）

序章　難病に立ち向かう

直人は財団を辞めて洋子の介護に専念することにした。

直人は洋子のお薬手帳を調べ、自分が知らなかった洋子の通院歴を見て、その回数の多さに驚いた。桜田門病院の整形外科への通院がほとんどであり、転倒による打撲を治療する湿布薬の処方を受けていた。

主治医は西島勝(にしじままさる)先生だった。そういえば、直人は洋子から何度か西島先生の話を聞いたことがあった。西島先生はすぐに怒るけど、はっきりとした歯に衣着せぬ先生で、洋子はそんな先生を信頼しているようであった。一度だけ洋子に付き添って病院に行った時に西島先生に会った記憶があり、その時も確かに洋子は怒られていた。西島先生は洋子に注意していた。

「もっとゆっくり落ち着いて歩かないと、そのうち本当に大変なことになるぞ。何をそんなに慌てる必要があるの」

洋子は首を縮めて舌を出して「あかんべー」をしていた。その瞬間に先生に頭を小突かれていた。直人は二人を見て、おそらくいつもこんな調子で診察してもらっているんだろうなと思った。しかしながら、こうした患者と先生の関係はそう長くは続かなかった。

今考えてみると、洋子は平成二十六年（二〇一四年）一月に川崎の自宅で難病を発症したようだ。その後、通院、入退院を繰り返し、平成二十九年（二〇一七年）十一月に、実家のある長崎の「道の駅病院」という精神科を専門とする総合病院に長期入院することになった。

副院長で主治医の植木欣一先生から「洋子の病気は進行が早い」と言われた通り、洋子の病状は急速に悪化してしまった。難病発症当初の味覚・嗅覚障害に始まり、足の筋肉の固縮により自立歩行が困難となり、首の後屈、閉眼が起きて、声を出すことが難しくなり、とうとう会話することもできなくなってしまった。

さらに嚥下機能の低下から食べることも困難になり、六十八キロあった体重が三十八キロとほぼ半減し、ほとんど寝たきりの状態になってしまった。洋子の病気は「歩く・座る・見る・話す・食べる」という生きていくための術ばかりでなく、人間としての尊厳までも奪い去った。

唯一の救いは、洋子が認知機能の低下により、そのことを自分では認識していないことであった。もし認知機能が正常であったなら、精神的にとても耐えられなかったであろう。

洋子に残された能力は、「聴く」ことだけとなった。直人は毎日洋子の好きだった音楽を携帯にダウンロードして聴かせた。洋子は西城秀樹のファンで、ＹＭＣＡの歌が流れると手を上げてその動きをまねていた。西城秀樹が亡くなったことはさすがに洋子に言えなかった。また、「梅は咲いたか」という小唄をかけると、ベッドで寝たまま手だけを使って踊っていた。それを見た看護師さんたちは、「洋子さん、凄くお上手ね。さすがは藤間流の踊りの『名取』だわ。手や指の動きが素人の私たちとは全然違うわね」と言って驚いていた。

直人は洋子の苦しそうな険しい顔を見るたびに、洋子がまだ会話することができた頃に、「自分がだんだん自分でなくなっていく。怖いよ直人、助けて直人。早く家に帰ろうよ」と訴えていた洋子の顔が何度も蘇った。

直人は何とかして洋子を完治させ家に連れて帰ることだけを考え、二年半、毎日病院に通い、朝八時から夕方五時まで洋子に付き添った。そこで、介護士、看護師、歯科衛生士、理学療法士、作業療法士、言語聴覚士の皆さんの介助・介護・リハビリのやり方を見て、門前の小僧よろしくそのやり方を見よう見まねで学び取った。そして、ついに洋子を家に連れて帰る日を迎えたが、病は完治するどころか、病状はどんどん悪化してしまった。

令和元年（二〇一九年）十一月二十二日、直人は洋子を連れて実家の長崎から住み慣れた川崎の自宅に戻って来た。直人の在宅介護がこうして始まった。

早速、以前通院していた近くの桜田門病院に行き、神経内科の杉山三郎（すぎやまさぶろう）という先生に初めて診てもらうことになった。杉山は診察室で長崎の道の駅病院からの引き継ぎ資料を読み込んでいるらしく、予約時刻はとっくに過ぎていた。直人は痺れを切らして診察室をノックした。杉山は直人がドアを開けると、

「今、引き継ぎ資料を読んでいますのでもう少し待っててください。何せ引き継ぎ資料が多くて読み切

れないんです」と直人に話した。

直人はその後三十分以上も待たされた後、やっと診察室のドアが開き、中に通された。

杉山は直人に挨拶し、洋子の様子を一瞥（いちべつ）するとすぐに直人を隣の部屋に連れて行き、小さな声で尋ねた。

「山本さん、奥さんの延命措置について前もってお聞きしておきたいんですが、呼吸困難になった場合、人工呼吸器はどうしますか？　また誤嚥性肺炎になった場合、どこまでの延命措置をお考えですか」

これには、さすがの直人も驚いた。外来の初診の日に延命措置をどうするかと聞かれるなんて、全く想像もしていなかった。直人は杉山に答えた。

「そんなに悪いんですか。延命措置をどこまでやりますかと聞かれても、私は素人ですから、そもそもどんな延命措置があるのかもわかりません。私としてはあらゆる延命措置をしてもらいたいと思っています。家内はまだ六十代ですよ」

杉山は慌てて弁解した。

「いやいや、奥さんの病状が今深刻だというわけではないんです。今後、何かあった場合の対応を前もって旦那さんに確認しておこうと思っただけです」

直人はそれを聞いて、心の中でこう反論したかった。

「そんな話、初診の日に言うことか。言われた患者の家族はびっくりして落胆してしまうじゃないか。

そんなことを尋ねるのは、それで自分たちのリスクを回避しておこうとしているだけじゃないのか」

ただし、これからお世話になる主治医にそんな反論は出来ない。そもそも、主治医と患者の関係は対等ということはあり得ない。病気のことがわからない患者やその家族は、常に主治医の言うことに反論などできる立場にはない。

杉山は、さらに追い打ちをかけるようなことを直人に言ってきた。

「旦那さん、ご存じの通り、この病気は原因不明で突然変異により発症すると言われており、現在治療方法はありません。したがって、改善することはありませんので期待しないでください」

直人はこの「期待しないでください」というひどい言葉を、いろんな病院で聞かされた。もちろん、医者や看護師が家族に期待を持たせて、その通りにならなかった場合のリスクを考えてのことであろうが、さすがに直人は杉山のこの無神経な発言に、抑えられないほどの怒りが込み上げた。

ところが、無我夢中で在宅介護を始めて一年、洋子の症状が信じられないほど改善を見せ始めたのだ。洋子の体重は三十八キロから五十キロまで戻り、血液検査で問題だと言われていた総蛋白質の値が六・〇だったのが六・七g／dLまで上昇して、正常値六・五~八・三g／dLの範囲に入った。

開眼する時間も少しずつ長くなり、たまに発語も出てきた。何と言っても、直人が一番つらかった洋子の苦しそうな険しい顔の表情が少なくなり、穏やかになった。これまでの七年間、洋子はこの難病にこれでもかこれでもかと攻撃され続けてきたが、ようやく反撃に転ずる時が到来したのだ。

直人はこれまで毎日欠かさずつけてきた介護記録を取り出して、入院していた時と在宅介護で一体何が違うのかと必死に調べた。思った通り、入院と在宅では洋子にとって天と地ほどの違いがあった。

最近、直人は洋子の介護に少しだけ余裕が持てるようになり、これまでの二人の「空白の七年」を、「難病と必死に闘ってきた七年」として二人の歴史を復元し、お世話になった多くの方々に、洋子と一緒に頑張ってきた記録をお伝えできればと考えるようになった。言ってみれば、二人の「近況報告」である。

直人は同時に、自分たちと同じように難病に苦しみ、悩みもがいておられる多くの患者さん、そのご家族の皆さんに、自分たちの闘病生活の記録が少しでも何かのお役に立てればと思い、洋子の介護の合間合間に少しずつ筆を執った。

難病は原因がわからないがゆえに突然変異によって起きるものとされているが、そうであるならば、突然変異によって回復することも可能性としてはゼロではないはずである。直人は洋子を在宅で介護している生活の中に、この突然変異による回復の手掛かりがあるのではないかと思えてならない。

世の中は現在、新型コロナウイルス禍で大騒ぎであるが、難病と闘っている多くの患者さんおよびその家族の皆さんは、コロナ禍以前からステイホーム、ステイホスピタルをずっと続けてきているのである。何も今に始まったことではない。

これからもおそらく直人と洋子には、想定していないような大変なことが起きることであろう。しかし、何が起きようとも恐れるものは何もない。唯一、直人が恐れていることと言えば、「自分が洋子よりも先に逝くこと」だけである。

直人は、洋子が昨日より今日、今日より明日と少しずつでも回復する可能性がある限り、これから先も死ぬまで在宅介護を続け、洋子を苦しめている難病に二人で立ち向かって行く覚悟である。

さあ、これから二人が「難病と必死に闘ってきた七年」の話を始めることにしよう。

第一章　母親の介護

直人は昭和二十八年（一九五三年）二月十日に、長崎の思案橋のそばの銅座という小さな町で生まれた。当時、お茶屋さんの二階で助産師をしていた河野さんという町内でも世話好きで有名な中年の女性に取り上げられ、産声を上げた。河野さんは直人の下半身を見て、急いで理髪店をしていた父に「付いとったよ、男の子」と知らせたそうである。

銅座の町は、その後長崎でも有数の夜の繁華街となった。直人は両親と姉二人の五人家族で、父は戦後の混乱の中、路面電車の線路沿いの空き地に、おそらく当時は無断で建てられたのだろう多くのバラック小屋が建ち並ぶ一角で、母と一緒に理髪店を営んでいた。

両親は仕事が忙しく、いつも直人を玄関の横のゴミ箱の上に段ボール箱を置いて、その中に一日中入れていたそうである。当時だから許されたことで、今こんなことをすると子供を虐待したとして、警察に逮捕されかねない行為であったろう。また、当時は今と違って一家に一台、大きなゴミ箱が家の玄関の側に設置されていた時代であった。

直人の父、山本正男（やまもとまさお）は職人気質（かたぎ）の根っからの真面目な男で、頭にバカが付くほどの正直者であった。

たばこも吸わず、ギャンブルも一切しなかった。仕事の後の晩酌が父の唯一の楽しみであったようだ。

父が生まれたのは福岡県の大牟田市で、一歳の時に長崎の丸山で置屋を営んでいた山本カメに、養子として引き取られたそうである。そういえば、直人は父の小さい頃の写真を一枚も見たことがなかった。父に兄弟姉妹がいたのか聞いたこともなかったが、直人が小さい時に父を「お兄さん」と呼んで下関から二人の若い女性が訪ねてきたことを微(かす)かに覚えている。おそらく、彼女たちは父の妹であったのかもしれない。直人はその女性たちに遊んでもらった記憶があった。

直人は小さい頃に、父に連れられて大牟田の父の実母の家を訪ねたことがあった。薄暗い部屋に裸電球が一つ、そこにいた祖母は祈祷師のような衣装を着て何か占いをしているように見えた。その家には裕行という父の甥だという学生が遊びに来ていた。彼は高校を卒業してすぐに公務員の上級試験に合格し、その後上京して会計検査院に入ったそうだ。直人はその三十数年後に彼に霞が関で再会している。

父は地元の中学校を卒業して長崎の三菱重工の香焼工場に溶接工として働きに出たそうであるが、二十八歳の時に北九州の八幡製鐵所（現日本製鉄の九州製鉄所）で働くようになった。池本さんという仕事の先輩の家に下宿させてもらっていたそうである。池本の家は『麦と兵隊』や『花と竜』の小説で有名な火野葦平の記念碑が建立されている若松の高塔山の近くにあった。

その池本の家の隣に住んでいたのが、直人の母親となる松本愛子(まつもとあいこ)であった。愛子は地元の若松高等女学校を卒業した後、当時の三井銀行の戸畑支店に勤務していた。この時、愛子はまだ二十歳であった。愛子は池本が仲を取り持ち、昭和二十一年（一九四六年）三月に父と結婚した。

愛子の父の竹下末吉は地元若松の出身で、当時の若松駅の助役をしていたそうである。母は松本ヨシノエと言って、熊本県八代の出身で花街の芸者をしていたそうで、二人がどこで出会ったかは定かでないが、その後二人は結婚して長女の愛子と長男の愛の二人を授かった。

ところが、ヨシノエはその後、二人の子供を家に残してやくざ者と駆け落ちしてしまった。五年後に家に戻って来たものの、そのやくざが家に来てゆすり、たかりを始めたことから困り果てた末吉が、愛子をヨシノエの父、松本土平に養子に出したそうである。それ以降、愛子は松本姓を名乗っていた。

愛子は才女であるとともに、そのやくざを追い払うほどの度胸のある勇ましい女性でもあった。愛子は父と結婚後、父の実家の長崎に来て理髪店を手伝っていた。ところが、理髪店は無許可で建てられたと思われるバラック小屋の一角にあり、このバラック小屋が一斉に取り壊されることになったため、近くに売りに出されていた十坪ほどの土地を地元の銀行から三〇〇万円借りて購入した。当時の三〇〇万円は今の三〇〇〇万円以上に相当したはずである。

母は銀行に勤めていたこともあり、父に代わってこの銀行に借入の申し込みに行ったそうである。貸付の担当者は、

「預金もないのに貸出などできるわけがない」

と門前払いにしたが、母は、

「理髪店は日銭が入るから、毎日必ず二〇〇〇円ずつ積立預金をする。五年後にそれで全部返す」

と啖呵を切ったそうで、それを見ていた支店長が母のあまりの度胸の良さに、これなら返済は大丈夫だと言って決裁してくれたらしい。直人の気性の強さはこの母親の血を引いたようである。

一方、洋子は六人家族で、父親の半澤誠（はんざわまこと）は長崎県庁の公務員で獣医をしていた。誠は養子として山下家に入り、洋子の母親である山下スマと結婚した。スマは長崎県立高等女学校を出て洋裁教室を開いていた。二人は長女久美、次女加代、三女洋子、そして長男雄（ゆう）と四人の子供に恵まれた。長女は昭和二十年（一九四五年）八月九日の長崎原爆の被爆二世で二十四歳の時に亡くなっている。

洋子は地元の梅香崎中学校を出て長崎純心高等学校というカトリック系の厳しい女学校を卒業し、スマの知り合いの東京の病院に勤めながら専門学校に通って看護師の資格を取得した。その後、川崎労災病院に勤務することになり、中学の同級生であった直人と再会して結婚した。それから三人の子供に恵まれ、川崎で長く暮らすことになった。

話を元に戻すと、洋子の難病発症と時を同じくして、長崎で一人暮らしをしていた当時八十八歳の直人の母、愛子にも身体に異変が起きていた。認知症による徘徊である。

長崎の石橋にある地域包括ケアセンターの担当者から、川崎に住んでいた直人に電話がかかってきたのは、年の暮れの慌ただしい時であった。

「もしもし、山本さんのお宅ですか。私はお母様が住んでおられる大浦地区の高齢者の介護相談窓口をしております福田と申します。実は、先日お母様がお住まいのマンションの住人の方から、お母様が夜中に一人でマンションから外に出て徘徊されていると連絡がありまして、他の住人の方からもセキュリティ上も問題があると苦情が寄せられております。お近くに住んでおられる山本さんのお姉さんにもこのことを連絡したんですが、お姉さんは難病を患っていて、対応が難しいということで、山本さんの方に連絡させていただきました」

直人は仕事で福岡に出張した時は、長崎まで足を延ばして母の様子を見に行っていたが、毎回同じ話を繰り返し聞かされ、母はひょっとして認知症ではないかと疑いを持っていた。直人は母が徘徊していると聞いていよいよ、そこまで母の症状が悪化したのかと思い、福田に答えた。

「わかりました。こちらで何とかします。いろいろご迷惑をおかけして申し訳ありません」

福田は安心したように直人に言った。

「そうですか。遠いところ恐れ入りますが、何とぞよろしくお願いします」

直人は母を川崎に呼び寄せるしかないと考えたが、そのためには洋子の病状がこれ以上進行しないようにと祈るばかりであった。幸い、この時はまだ洋子の病状は落ち着いていたため、直人は母を川崎に呼び寄せる決心をし、洋子に相談した。洋子もそれに喜んで賛成してくれた。

実は母はこの三年前に、カナダのバンクーバーに四十年近く移住していた次女の幸子を脳出血で亡くしていた。幸子は享年六十二と、まだまだ亡くなるような年ではなかったが、幸子は夫婦で商売をしており、幸子の夫は、過労が脳出血の原因と主治医に言われたそうだ。幸子の夫が母親に幸子が亡くなったことを電話してきた時、直人はあの気丈な母が初めて泣き崩れるのを見て、胸が張り裂けそうになったことを覚えている。その頃から母の認知症が始まったようだ。

直人は長男翔太と二人でバンクーバーまで飛び、姉の葬儀に出席した。葬儀が終わると義兄が直人に姉の最期の様子を話してくれた。

「直人さん、幸子は病院で自分が回復することが難しいと悟ったのか、家族に迷惑をかけたくないと、人工呼吸器を外すように私と二人の娘たちに懇願したんです」

竹を割ったようなさっぱりした性格の姉らしい最期だったなと、直人は妙に納得してしまった。余談であるが、カナダでは亡くなった後一週間は病院に安置され、遺体と対面することも葬儀を行うこともできない。直人が姉と対面したのは、亡くなってから十日後の葬儀の日だった。

洋子は直人の母を長崎まで迎えに行ってくれ、直人は羽田空港で二人を出迎えた。母は手押し車を少しずつ押し、洋子がそれを介助しながら八番出口に現れた。まるで実の親子のようであった。平成二十六年（二〇一四年）三月二十五日、川崎での三人の生活が始まった。

洋子はデイサービスの手配や部屋の準備など手際よくやってくれ、母は洋子に大変感謝して喜んでいた。しかし、この後すぐに母の長女の知世子が同じ脳出血で亡くなったのである。享年六十九であった。さすがに母には長女まで亡くなったことを話すことはできなかった。直人はこの時、母を長崎から呼び寄せておいて本当によかったとつくづく思った。

ところが、母は川崎に来て一か月もしないうちに徘徊が再発した。夜中に「三人組が包丁を持って殺しに来る」と言いながら徘徊を繰り返すようになり、直人も洋子も目が離せなくなった。洋子はしだいに睡眠不足からか精神状態が不安定になり、怒りっぽくなった。母はそうした洋子の変化をそれとなく察知したのか、ある日直人に老人ホームに行くと言い出した。

母はその年の九月にたまプラーザの介護付き老人ホームに入居することとなった。結局、母は直人の家に半年しか居なかったのである。母を呼び寄せた意味がなかった。母は洋子の病気を予見し、直人にこれ以上負担をかけるのを避けたかったのかもしれない。

母の認知症は老人ホームでも徐々に悪化していった。直人は毎月母を川崎認知症病院に連れて行き、その帰りに毎回たまプラーザの和食店で母と一緒にお昼ご飯を食べるようにしていた。直人は何とかして少しでも母の不安を解消しようとした。母は毎月この日が来るのを楽しみにしていたようで、直人が老人ホームに迎えに行くと早くからよそ行きに着替えて嬉しそうに待っていたようだ。

母と二人だけで外食するのは五十年ぶりのことで、一緒に外食したのは長崎の浜屋デパートの前のうどん屋「松の家」で、きつねうどんとおいなりさんを二人で食べたのが最後であった。その時、母はまだ三十八歳、直人は八歳だった。

直人はたまプラーザでお昼ご飯を一緒に食べたこの頃が、母にとっては人生の至福の時であったのかもしれないと思った。

ある晩、老人ホームから電話があり、母が倒れて横浜の病院に緊急搬送されたので、至急病院に来てほしいと連絡があった。直人は洋子に話して病院に向かおうとした。だがその時、洋子が、

「私とお母さんのどっちが大事なの」

と言って直人が病院に行くのを遮ったのである。

直人は自分の耳を疑った。洋子はこの頃「夜間恐怖症」を発症していて、夜になると怖いと言って直人から離れようとしなかったのである。直人は洋子の信じられない言葉に、洋子の病気が相当進行していることを悟ったが、その時はまだ「夜間恐怖症」が難病の予兆と気づくことはなかった。

直人は洋子に内緒で、毎週日曜日の午前中に母の老人ホームにお菓子や果物を差し入れに行く生活を三年間続けた。その後、母は三回の入退院を繰り返して完全に寝たきりとなり、平成三十年（二〇一八年）十月五日に永眠した。享年九十四であった。

その時、直人は洋子の療養入院のため長崎の病院にいて、母の最期を看取(み)ることはできなかった。

直人は母を通して、これからの高齢化社会で三人に一人は罹患すると言われている認知症の介護を、身をもって体験したわけであるが、この認知症を、後に洋子も発症することになるのである。

第二章　パーキンソン病

平成二十六年（二〇一四年）一月十三日、洋子は家の階段から落ちて顔と腰を強打した。すぐに桜田門病院の西島先生に診てもらったが、幸い大事には至らなかった。西島は言った。

「またか、全くどうしようもないな。あれほど慌てないようにと注意しているのに」

洋子は黙って聞いていた。西島はなぜこんなに頻繁に転倒するのか心配してくれ、「一度、奥さんの転倒の原因をちゃんと調べてもらった方がいいんじゃないか」と直人にアドバイスしてくれた。

当時、直人も不思議に思うことがあった。それは洋子が転倒して打撲するのが、決まって顔だったということである。普通、歩いていて転倒する場合は手を先について顔を護ろうとするはずである。したがって、手首や指を怪我したり骨折したりすることは多いが、顔面を打撲することはあまりない。直人は洋子が転倒した時に、手が先に出ていないのではないかという疑問を持った。

同じ疑問を長男翔太も持っていた。翔太は実際に洋子が転倒するところを目撃して、直人に、

「お母さんはスローモーションのように顔から地面に倒れ、手をついて顔を打撲しないように防ごうとはしていなかった」

と話した。これが洋子の本当の病気の初期症状だったということに、誰も気づくことはなかった。

同年二月二十二日、直人と翔太は半ば強制的に洋子を帝東溝の口病院に連れて行った。翔太は整形外科ではなく、神経内科の受診を選択した。これが結果的に大正解であった。

洋子は精密検査を受けた後、主治医の白川（しらかわ）志朗（しろう）先生に診察室に呼ばれ、直人と翔太も同席した。白川は病名を伝える前に、洋子を前に立たせて上半身を左右前後に強く押したり引いたりした。洋子はそうされると足を踏ん張ることができずに大きくバランスを崩してしまった。白川はその動きを見て頷き椅子に座り、改めて洋子の検査結果をパソコンで確認しながら、おもむろに話を始めた。

「ご主人と息子さんもこちらに来てください。奥さんの病名がわかりました。パーキンソン病です」

これを聞いた三人は目が点になったが、誰もこの病気がどんな病気か正確に知る者はいなかった。白川は三人にこの病気を説明した。

「パーキンソン病は脳内の神経伝達細胞が何らかの原因で死滅し、運動の指令を筋肉に伝えるドーパミンという物質が減少することにより発症します。手足の震えや固縮、転倒などが起きる病気ですが、命にかかわるような病気ではなく、薬である程度コントロールできる病気です」

処方された薬は、ネオドパストンとニュープロパッチの二種類であった。ネオドパストンは少なくなったドーパミンを補う薬であり、ニュープロパッチはドーパミンを受け入れる受容体を刺激してドーパミンの吸収を高め、手足の震えや筋肉のこわばりなどの症状を改善する薬である。

この二種類の薬がその後画期的な効果をもたらし、洋子はそれまで頻繁に繰り返していた転倒がなくなり、元の生活ができるまでに回復した。家族全員が「パーキンソン病は恐るるに足らず、薬でちゃんとコントロールできるんだ」と安堵した。

物の本でも、ドーパミンで症状が改善するのがパーキンソン病で、同じ症状でもドーパミンが効かない場合はパーキンソン病ではないと説明されていた。洋子は自分の病気はＡＬＳ（筋萎縮性側索硬化症）と思っていたそうで、診断の結果がパーキンソン病と言われて驚いたそうである。

直人はドーパミンが効いたことから、洋子の病気は間違いなくパーキンソン病であると信じて疑わなかった。ところが、直人はこの思い込みのため、その後三年間にわたってとんでもないミスリードをしてしまうことになる。

薬の投与から二年が経過した頃、この二種類の薬がしだいに効かなくなってきたのである。直人は主治医に相談しながら薬の量を調整すれば、洋子の症状はまた治まるんだと信じて疑わなかったのである。

ところが、平成二十九年（二〇一七年）一月、洋子がまた頻繁に転倒を繰り返すようになった。薬により発症前のような生活に戻れたのは、僅か二年余りの期間であった。

その間に服用していた薬はネオドパストン二〇〇ミリグラム、ミラペックス一・五ミリグラム、エフピー二・五ミリグラムの三種類であった。ミラペックスは、ニュープロパッチが貼り薬で皮膚がかぶれたためこれに変更したものである。エフピーはドーパミンが分解されるのを防ぐ薬で、新たに追加されたものであった。

転倒の再発と同時に、洋子の動作がまたスローモーションのように緩慢になってきた。洋子はもともとがせっかちで歩くのも速かったため、余計にそう見えたのかもしれないが、本人はそのことに全く気づいていなかったようだ。この頃はまだまだ洋子も楽天的であった。

そのうち、携帯メールが面倒臭いと言って使わなくなり、それまで自分一人で管理していた薬を仕分けするスピードが極端に遅くなった。それを見かねた直人が薬の仕分けを手伝うようになった。洋子は毎週土曜日に、和裁と日本舞踊のお稽古にそれぞれ大井町と芝に通っていたが、その回数も徐々に減ってきた。洋子は何も言わなかったが、明らかに手先の細かい動作ができなくなってきたようである。

洋子はある日、帝東溝の口病院に一人で行き、主治医の白川先生に細かい指の動きが上手くできないことと、目が勝手に閉じてしまうという閉眼の症状を訴えたそうである。そこで白川はこれらの症状が薬の副作用ではないかと考え、ミラペックス一・五ミリグラムを中止するように洋子に指示した。ところが、ミラペックスを中止しても症状は改善するどころか、ますます悪化してしまった。洋子は薬を中止したことが良くなかったのではないかと不安を覚え、直人にミラペックスを再開してもらうように白川先生に頼んでほしいと言ってきた。何でも自分一人でやっていた洋子が直人に何か頼み事をすること自体、極めて珍しいことであった。

直人は先生に事情を詳しく説明し、ミラペックスが再開された。ミラペックスの量は最初〇・七五ミリグラムが投与され、徐々に増量して三週間後には三ミリグラムと、以前の倍の量に増えた。

ミラペックスという薬は脳のドーパミン受容体を刺激して、パーキンソン病の主な症状である手の震え、筋肉のこわばり、動作が遅い、姿勢を保持できないなどの症状を改善する薬であるが、副作用として「突発的睡眠」や「衝動制御障害」（自傷行為などの働動に抵抗できない自己制御の障害）が報告されていた。

こうした洋子の症状が悪化し始めたこの時期に、タイミング悪く主治医の白川先生が転勤になり、若い川田先生に交代になった。

その矢先に事件が起きてしまった。同年四月十八日の深夜、直人は横に寝ていた洋子がいないことに気づいた。愛犬グレートも一緒の部屋に寝ていたが、グレートは別に変わった様子もなかったので、直人は洋子はトイレに行ったのだろうと思い戻って来るのを待っていたが、三十分以上経っても戻ってこなかった。直人は嫌な予感がした。時刻はすでに深夜二時を回っていた。

直人は家中を探し回ったが、洋子はどこにもいなかった。もしかしてと思い玄関のドアを確認したところ、案の定、鍵が開いていた。直人は洋子が外に出て行ったとわかり、急いで外に出て付近を探し回った。

直人は洋子と一緒にグレートの散歩でよく通る、国道二四六号線沿いの道路を梶が谷の方向に走った。その時、反対車線のガードレールのそばに、懐中電灯と包丁を持った洋子が立っているのを発見した。急いで歩道橋を渡り、駆け寄ったところ、洋子は近くの公園で左手首を包丁で切っていたようであったが、切り傷はそんなに深くはなく、出血も止まっていた。

直人は洋子が追い詰められて不安や恐怖から逃れるため、自殺しようとしたのだと思った。その瞬間の洋子の心境を思うと、なぜこんなことをしたのかと問い詰めることができなかった。ただ、二度とこんなことをしないように洋子を諭した。

「パーキンソン病は、ノーベル賞を受賞した山中伸弥教授が発見したiPS細胞でもうすぐ完治するようになるんだ。それまでの辛抱なんだから今早まったことをしたら、後で必ず後悔するぞ」

洋子は黙って頷いていた。事実、iPS細胞によるパーキンソン病の治験が始まったのは翌年の十月、この一年半後であった。

ところが、この五日後の四月二十三日の夜九時過ぎに、二回目の自傷行為が起きてしまった。前回と同じように家から包丁を持ち出し、同じ公園で今度は首の頸動脈を包丁で切ったのだ。それでも死にきれずに再び手首を切ったようだった。さすがに今回の傷口は深く、出血が止まらずにすぐに救急車を呼んだ。

救急車は五分も経たないうちに到着し、救急隊員二人が三階のリビングに上がって来た。洋子を見るとすぐに応急手当をしてくれたが、その時に玄関のインターホンが鳴った。

「宮前警察です」

玄関を開けておいたので「どうぞ」とインターホンで答えると、階段を上がって来る足音がして二人の警察官が現れた。直人が救急車を呼んだ時に思わず自殺未遂と言ったため、警察に連絡が行ったのであろう。一人の警察官が直人に事情を聴いてきた。

「奥さんはどこで自傷行為をしたんですか。その時、ご主人はどこにいたんですか。何か夫婦間でトラブルでもあったんですか」

まるで夫婦喧嘩で直人が洋子を包丁で切りつけたかのような質問であった。

直人は冷静に説明した。

「私はここで食事した後、テレビでニュース番組を観ていたんです。その時、家内は台所で後片づけをしていました。おそらく、その後に台所の包丁を持って近くの公園に行き、自傷行為に及んだんじゃないかと思います」

警察官はまだ疑っているようだった。

「どうして公園とわかるんですか」

直人は答えた。

「この前もそうだったんです」

警察官は続けて聴いた。

「この前っていつのことですか」

「四、五日前の話です」

「ええ？　それじゃあ、今日は二回目なんですか」

「そうです」

警察官はまた質問してきた。

「ご主人は一緒にいて、奥さんが外に出たことに気づかなかったんですか」

「全く気づきませんでした」

「そんな馬鹿なことってありますか。ご主人は、この三階の部屋に奥さんと一緒にいて、奥さんがいつ出て行ったのか知らなかったと言うんですか」

直人はもういい加減にして早く洋子を病院に連れて行ってくれと言いたかった。その時、問い詰められて困り果てていた直人を見て、洋子が警察官に言った。

「私は主人が気づかないように静かに外に出ました。公園で首筋と手首を家から持ち出した包丁で切りました。間違いありません」

やっと警察官が納得した。

「わかりました。それじゃあ、病院で手当が終わったら宮前警察署に連絡してください」

救急隊員はようやく洋子を連れて救急車に乗り込んだ。直人も洋子に付き添ってアベマリア医科大学病院に向かった。手当が終わって帰宅したのはもう深夜一時を回っていた。

翌日、直人は洋子を連れて帝東溝の口病院に行き、主治医の川田先生に昨夜の出来事を報告し、これからどうしたらいいかを相談した。直人は先生と相談した結果を宮前警察署に連絡し、宮前警察署はそれを担当医師に再度確認することになっていた。

川田先生はミラペックスの副作用による「衝動制御障害」が起きているんじゃないかと疑い、ミラペックスをすぐに中止するとともに、念のため精神科を受診するよう直人に言った。

精神科の先生は、自傷行為を二度も起こしていることから「うつ病」を疑い、直人にソーシャルワーカーと相談して、すぐに精神科病院に入院させるように要請した。

直人は言われた通り、紹介された精神科病院の担当者と連絡を取り、洋子を入院させる方向で話を進めていたが、直人はその担当者のある説明を聞いて入院させることを躊躇した。

「奥様は自傷行為を二回も起こしており、おそらく三回目の可能性が高いと思われます。こういうケースでは、ご家族様の同意をいただいて奥様をベルトで身体拘束することになります」

直人はそんなことをすれば、洋子はかえって症状が悪くなるのではないかと思ったのだ。そこで、その担当者にお願いした。

「申し訳ありませんが、入院を一日待っていただけませんか。今夜一晩よく考えてみますから」

直人は一晩悩んだ末、この精神科病院に入院させることをやめ、洋子を長崎の実家に連れて帰る決断をした。直人には洋子が長崎の実家であれば精神的に安定し、在宅でも面倒が見られるのではないかという期待があった。

長崎に帰る日程をいろいろ調整して七月二十四日に決めた。それまでの三か月間、直人はできるだけ洋子から目を離さないようにしていたが、四月三十日と七月五日の二回、また包丁を持ち出し自傷行為を起こす寸前までいった。だが幸いどちらとも直人が未然に防ぎ、大事には至らなかった。

七月二十四日、犬友達の小野山夫妻が車で羽田空港まで送ってくれ、直人と洋子は愛犬グレートを連れて長崎の洋子の実家に転居した。引っ越し荷物は大きな段ボール箱で三五〇個以上もあった。直人はもう川崎に戻ることはないだろうと思い、近くの不動産屋に頼んで自宅を売りに出した。

長崎では洋子の母親が自分のアパートの三階の部屋に一人で住んでいたが、認知症が悪化して近くの病院に入院していたため、洋子と直人はその部屋に住むことにした。洋子はこの頃から閉眼が頻繁に起き、直人は歩行介助するためいつも付き添うようにしていた。

洋子は病院に母親を見舞いに行くことが日課となり、直人も洋子に付き添って一緒に行った。

義母は、自分の娘である洋子やその夫である直人を認識することはできたが、直人に、

「今日はもう仕事は終わったと？」

と時間と場所の認識に障害が出ていた。直人が退職したことを伝えると、義母は、

「ああ、そうね。今まで一生懸命働いてきたけん、これからは少し楽ばせんといけんよ」

と直人を労った。また、義母は見舞いの度に、

「家に連れて帰ってくれんね」

と直人に懇願した。さらに、義母は洋子の様子を見て、

「洋子はちょっとおかしかね。大丈夫やろうか」

と心配して直人に何度も同じ質問をした。認知症の義母にも洋子の異変はわかったようである。

洋子は長崎に転居する前に、薬剤師の知人から長崎東西病院がパーキンソン専門病院でリハビリ施

設も整っていると紹介され、二人で長崎に戻る前にこの病院を一人で受診していた。長崎東西病院は、外来の患者は院長が診ることになっており、洋子の主治医は院長になった。洋子の話によれば、看護師たちもパーキンソン病の患者に慣れていたそうで、直人も一安心した。

ところが、転居してからまだ二週間も経っていない八月四日に、洋子はまた台所から包丁を持ち出した。そこで直人は家中の刃物類をすべて一階の倉庫の中に隠したが、八月八日の夜にどこで見つけたのか、洋子はカッターナイフをポケットに忍ばせて、直人に、

「ちょっと母にさようならしてくるから」

と妙なことを言って出かけた。その時の洋子はいつもと違い何か思い詰めたような表情をしていた。直人は急いで洋子の後を追い、石橋の電停の手前でやっと追いついた。

石橋の電停は大浦川沿いにあり、川の近くまで来たところで洋子は立ち止まってポケットを探り始めた。それから、隠し持っていたカッターナイフを取り出した。

それを見た直人は急いで駆け寄り、後ろから洋子の右腕を握ってカッターナイフを取り上げ、そのまま川に投げ捨てた。洋子は黙って直人を睨んでいたが、思い出したように急ぎ足で病院の方向に歩き出した。

ところが、義母が入院している病院を通り過ぎ、南山手の方向に上り始めたのだ。そこには世界遺産に登録された大浦天主堂があり、その斜め前には礼拝堂があった。

洋子は毎日、母のお見舞いの帰りにこの礼拝堂に立寄っていた。礼拝堂の中は、ステンドグラスを通して入る柔らかな光が堂内に厳粛な雰囲気を醸し出し、洋子はまるでキリストの母マリア様のようにその光に包まれていた。洋子がそこで毎日一時間以上も手を合わせ、何かをお祈りしていたのを直人はいつも入り口で見ていた。

直人はてっきり、洋子は母や自分の病気が早く治るように祈っているのだとその頃は思っていたが、最近の度重なる自傷行為を考えると実はそうではなく、本当は自分を早くキリストの世界に導いてほしいと祈っていたのかもしれない。

しかし、この時、時刻は夜の八時を回っており、礼拝堂はもうとっくに閉まっていた。洋子は何を考えたのか、そこからまた坂を上り始めグラバー園の方向に向かった。直人はどこに行くのか尋ねたが、洋子は無言のまま一心不乱に歩き続けた。

そのうちに雨が降り出し、直人は洋子の腕を引っ張って家に戻ろうしたが、洋子は抵抗して戻ろうとはしなかった。それでも何とか義母が入院している病院まで来ると、洋子はまた礼拝堂に行くと言い出した。直人は、

「礼拝堂はもう閉まっていたじゃないか。さっき行って閉まっていたでしょう」

と洋子に話しかけたが、洋子はそれを理解できないようだった。

洋子には、この頃から認知症の症状も現れていたようだ。いわゆる認知症が引き起こす症状の一つである「見当識障害」で、時間や場所などを把握する機能が低下し、昼と夜の区別がつかなくなった

り、自分がいる場所がわからなくなったりする脳の障害である。

直人は雨宿りをするために一旦病院の中に入ろうと洋子の腕を引っ張ったが、洋子は一歩も動こうとせず、病院の玄関の前で突然大きな声で叫び出した。

「早く死にたい！　早く殺して！」

この叫び声を聞きつけて、病院の看護師が玄関先に駆け込んで来た。

「どうしたんですか、大丈夫ですか？」

直人は答えた。

「大丈夫です。ちょっと病気のせいで気が動転しただけなんです」

看護師は直人に尋ねた。

「どこかの病院にかかっておられますか。そこに連絡しましょうか」

直人が長崎東西病院に通院していることを伝えたところ、看護師は連絡してくれ、洋子が死にたいと言って騒いでいるので入院できないかと相談してくれたようだったが、東西病院ではその状態では入院は難しいと言われたとのことであった。

直人は看護師に頼んでタクシーを呼んでもらった。病院から自宅までは二〇〇メートルくらいしかない距離であったが、六十八キロもある洋子を抱きかかえて帰ることはさすがにできなかった。

翌日の八月九日は長崎の原爆記念日で、式典が開催される平和公園は、ちょうど東西病院に行く途中の電停であったため、電車の中は超満員であった。

築町の電停で電車を乗り換え、洋子の腕を抱えて一緒に赤迫行きの電車に乗り込んだが、すぐに離ればなれになった。直人は洋子が間違って途中で電車を降りたりするんじゃないかと気が気ではなかったが、平和公園の電停で式典に参加する乗客が全員降り、あっという間に電車の中は空いた。すると、洋子はいつの間にか電車の一番前の席に座っていた。直人は誰かが洋子に席を譲ってくれたんだろうなと、誰かわからないその人に感謝した。

それから十分ほどで電車は終点の赤迫に着き、ここでバスに乗り換え長崎東西病院に着いたのはもう九時を過ぎていた。

直人は洋子のパーキンソン病の症状が急速に悪化していることが、どうしても納得できなかった。同時に、最後に帝東病院の精神科医に言われたミラペックスの副作用によるうつ病という診断にも、大いに疑問があった。なぜなら、洋子はミラペックスを中止してからもう三か月以上経っていたにもかかわらず、洋子の自傷行為が治まらなかったからである。直人は長崎東西病院の院長に、これらの疑問を思い切ってぶつけてみた。

「先生、家内の病気は本当にパーキンソン病で間違いありませんか。いろんな本を読んだり、パーキンソン病を患っている人や介護している人にも聞いてみたんですが、どうも洋子の症状と一致しないところが多いんです」

院長は尋ねた。

「どういうところが一致しないんですか」

直人はそれに答えた。

「その人たちは、パーキンソン病の患者は何事にも慎重で、洋子のように無鉄砲な行動はしないと言うんです。私もそう言われるとその通りだなと納得しました」

院長は笑って話した。

「山本さん、それは奥さんの性格的なものじゃないの。もともとが活発な女性だったんでしょう？」

「それはそうなんですが、どうもその活発さが一段と激しくなっているんです」

直人は続けて質問した。

「先生、それから前の病院でミラペックスの副作用による衝動制御障害が出ているのではないかと指摘され、すぐにこの薬は中止したんですが、中止してからもう三か月以上も経つのに、一向にこの副作用とやらが治まらないんです。どうもミラペックスの副作用ではなく、何か他の病気のような気がするんです。もう一度、精密検査をしてもらえませんか」

院長はこれに対して、

「前回の検査からまだ三年足らずでしょう？　そんなに頻繁に検査したって無駄ですよ。もう少し様子をみましょう」

と反論した。

直人は、ひょっとすると院長は、先日の自傷行為の話を知っていてそう言ったんじゃないかと穿（うが）った見方をした。パーキンソン病ではなく他の病気であることを調べるためには、少なくとも一か月ほどの検査入院が必要になる。院長としては、そんな自傷行為を頻繁に起こす患者を入院させるわけにはいかなかったのではないかと。

直人は、この時にもう少し粘って精密検査をしてもらえばよかったと後で悔やむことになった。二回目の精密検査はこの一年半も後になってしまったのだ。その間、本当の病気の正体はわからないまま洋子を苦しめる結果になってしまった。

洋子はこの頃から不可解な行動を起こすようになった。毎日、浜の町のアーケード街の中にある梅月堂というケーキ屋に行き、ショートケーキを五十個、六十個とまとめて注文したり、和菓子屋で饅頭を「一〇〇個ちょうだい」と言ったりした。店員も最初は洋子の注文に対応していたが、毎日大量に注文するので、そのうち洋子は相手にされなくなった。

また、ある日、洋子は直人に市役所に一緒に行こうと言い出した。何の用件か教えてくれなかったのでとりあえず一緒に行くことにしたが、市役所に着くとうろうろして何かを探している様子であった。

「何を探しているの？」

と直人は洋子に尋ねた。

「離婚届」

「誰が離婚するの？」

「私たち」

「なぜ？」

「離婚したいから」

「何で離婚したいの？」

「嫌いだから」

「何で嫌いなの？」

「どこに行くにもついて来るから」

　こんな短文で二人は会話を交した。

　要するに、洋子は直人がいつも付き添っているのが嫌だったようである。「自分には一人で行動する自由がない」とよく不満を漏らしていた。

　洋子は家に帰ってきて離婚届に署名をして、直人にそれを渡した。

「これに署名して市役所に出して」

　直人は答えた。

「わかった。洋子の病気が治ったら署名して提出するから、その前に早く病気を治そう」

　直人には、洋子はいつも直人が付き添うのが嫌で離婚したかったのか、直人にこれ以上迷惑をかけたくなかったので離婚しようとしたのか、本当の洋子の気持ちはわからなかった。

直人は洋子をデイサービスに通わせようと、近くの施設を洋子と一緒に見学に行った。いくつか見学したが、最終的に洋子は義母が入院している病院が同じビルの二階で運営しているデイサービスがいいということになり、土日以外の週五日、九時から十五時までこのデイサービスに通った。初めの頃は喜んで通っていたが、そのうち「もう行かない」と言い出し、一か月も通わずにやめてしまった。やはり、周りが自分より相当年齢が上の利用者ばかりで話し相手にならなかったことが原因のようであった。

そんな中、お盆を過ぎても厳しい残暑が続いていた八月二十一日の午後、洋子が行方不明になった。直人が洋子の薬を近くの薬局に取りに行った僅かの間に、洋子がいなくなったのである。直人は義母が入院している病院に行ったのではないかと思い、急いで病院に向かった。病室に着くとすぐ看護師に尋ねた。

「うちの家内は来ませんでしたか」

看護師は答えた。

「さっき来られて帰られましたよ。介護士さんが家まで送っていったんじゃないかな」

直人は慌ててまた自宅に引き返したが、洋子が戻った様子はなかった。ひょっとして薬局に寄ったんじゃないかと薬局も覗いたが、そこにもいなかった。もう一度病院に行って、さっき送ってくれた介護士さんに状況を確認したところ、洋子が近くのストアに寄ってから帰ると言い出したので、ストアの前で別れたとのことであった。

直人はストアに行って洋子を探したが、どこにも見当たらず、店員に事情を説明して話を聞いたところ、カミソリを一本買って帰って行ったということであった。

直人は「これは一刻も早く見つけないと大変なことになる」と付近を一時間以上探し回ったが、洋子はなかなか見つからなかった。

直人はとうとう近くの交番に行って事情を説明し、洋子を捜索してもらうことにした。交番の警察官は事情を聞いてすぐに直人を大浦警察署に連れて行き、大がかりな捜索が開始された。

警察官は直人に尋ねた。

「山本さん、これから管内のすべての交番に連絡しますが、タクシー会社の連絡網を利用して捜索する手があります。その場合は奥さんの氏名、格好、着ていた洋服などの情報を公開することになりますが、どうしますか」

直人は答えた。

「わかりました。至急お願いします」

洋子の捜索はこうして本格的に実施されたが、二時間以上経っても有力な情報は入って来なかった。

直人は一旦アパートに帰り、愛犬グレートを散歩に連れて行き、帰って来たところに携帯電話が鳴った。それは大浦警察署からであった。

「山本さんですか。奥さん、見つかりましたよ。今、救急車で市民病院に搬送されていますから、至急そっちに向かってください」

「はい、わかりました。ありがとうございました」

直人は急いで市民病院に向かい、総合受付で尋ねた。

「山本と申しますが、うちの家内が救急車で搬送されたと警察から連絡を受けたんですが、家内は大丈夫でしょうか」

受付の女性は困ったような顔をして答えた。

「山本さんという女性は搬送されていませんが、病院をお間違えではありませんか」

「そんなことはないと思います。たった今、大浦警察者から市民病院に搬送されたと連絡を受けたんですが」

「ちょっと待ってください。……今搬送された方は、山下洋子さんという女性の方ですが」

「そうです。その洋子です。山下は旧姓です」

なぜ洋子が旧姓を名乗ったのかはわからないが、想像するに、おそらく直人が探しに来てもわからないようにするためか、直人にこれ以上迷惑をかけたくないと思ったのか、あるいは自分はもう離婚したと思い込んで旧姓を名乗ったのか、退院後に洋子に真相を確かめたが、洋子はそれに答えようとはしなかった。

警察の調べでは、洋子はストアでカミソリを買って、ケーブルカーを使ってグラバー園に向かい、そこからさらに山の方向に歩いて行ったそうである。途中、カミソリでリストカットしたところを近所の住人に目撃され、その住人が救急車を呼んでくれたそうである。

幸い手首の傷は浅く、大事には至らなかったが、直人はこの時、洋子をしばらく入院させなければならないかなと思った。

翌日から入院先を探し回ったが、結局、どこの病院でも受け入れてもらえず、市役所で紹介された精神科クリニックの院長が非常勤で週一回通っている精神科病院に頼んでくれ、受け入れてもらえることになった。この時、直人は、「なぜ精神障害者でない洋子の受け入れを、一般の病院やパーキンソン病の専門病院がこれほど拒絶するのか。自傷行為をする患者は、その原因が何であろうとも、一般病院で受け入れてもらえないのは、日本の病院の制度に何か問題があるのではないか」と大きな疑問を抱いた。

その四日後の八月二十五日、洋子は長崎道の駅病院という精神科病院に入院することになった。主治医は副院長の植木欣一という長崎大学医学部卒の精神科医で、直人と同窓生であった。植木はベテランの精神科医で、洋子に寄り添うような対処の仕方を見て、直人は「さすがに患者の扱いに慣れているなあ」と感心した。

当初、直人はとりあえず一か月くらいの入院かなと思っていたが、実際はこの後入退院を繰り返し、二年以上ここに入院することになった。

第三章　精神科病棟

八月二十五日、洋子は長崎の精神科病院である道の駅病院に入院した。

道の駅病院には精神科、心療内科、内科、歯科、皮膚科があり、洋子は精神科病棟のC棟に入った。C棟には急性期治療フロア、回復期治療フロア、療養期治療フロアの三つのフロアがあり、洋子は五階の急性期治療フロアの五〇五号室に入った。

洋子の主治医の植木先生は直人に、

「急性期治療は精神障害者の患者さんに短期間で集中的な治療を行い、患者さんの早期社会復帰を目指す治療です。患者さんの四割以上が新規入院で、入院後三か月以内の退院が義務付けられています。したがって、奥さんは原則三か月以内に退院することになります」と説明した。本来、精神科はうつ病や統合失調症（幻覚や妄想などの症状が特徴的な精神疾患）など心の病気である精神疾患を診るところである。洋子の病気はパーキンソン病であり、脳や神経などの病気を診るのは神経内科であったが、道の駅病院には神経内科がなかったため、精神科で診てもらうことになった。洋子のように、本来は精神科ではなく神経内科にかかるような患者は、全体の一割もいなかったようで、九割以上はうつ病や統合失調症の患者であった。

一般病棟と精神科病棟の大きな違いは、一般病棟は個々の患者のケアが中心であるのに対し、精神科病棟は多くの患者が集団生活をするところであり、おのずと集団管理が中心となる。精神科病棟は一般病棟に比べて通常看護職員が少ないこともあり、個人のケアよりも集団を管理することに重点が置かれる。

直人は洋子の病状が悪化していくのを見て、本当に精神科病棟に入院させてよかったのかと疑問を持つようになっていた。

直人も洋子も精神科病棟に入るのは生まれて初めてであった。精神科病棟は各フロアが施錠されており、一般病棟のように自由に出入りができない。洋子はこの施錠されていることを異常なまでに嫌がった。

直人は当初毎日十三時から十六時まで病院に来て洋子の口腔ケア、歩行介助、リハビリ、トイレ介助などを行った。この時期、洋子は嚥下障害はなく食事は普通にできたので、食事の介助をする必要はなかった。したがって、直人は洋子の昼食後に病院に来て夕食前に帰るようにしていたのだ。

ところが、一週間もすると、直人が病院から帰り、アパートに着くとすぐ洋子から電話がかかってくるようになった。

「いつ退院できるの？　早く退院させて。もう我慢できない」

直人はそのたびに洋子を説得した。

「もうしばらくだから我慢して。主治医の植木先生に頼んであるから」

結局、洋子は入院から二十日も経たずに退院した。この間、洋子の症状が精神的に落ち着いたような様子もなかったが、直人は洋子が退院の日に、植木先生や看護師さんたちに笑顔で挨拶していたのが嬉しかった。

アパートに戻り、再び在宅介護が始まった。洋子は久しぶりに愛犬グレートに会えて笑顔が少し戻ったようだった。翌日からまた日課にしていた母親のお見舞いが始まり、直人は毎日、洋子が朝起きてから夜寝るまで付き添った。

川崎の犬友達の小野山夫妻が長崎にお見舞いに来てくれたのは、それから間もなくしてからであった。洋子は引っ越しを手伝ってくれたお礼も兼ねて、小野山夫妻を長崎に招待した。小野山夫妻はご主人の退職慰労も兼ねて長崎に三日間滞在してくれた。

洋子はもともとお客さんをもてなすことが大好きで、この時も洋子の弟が運転して雲仙の紅葉を見に行ったり、長崎半島の最南端にあり、世界遺産の軍艦島が見渡せる野母崎の海に連れて行ったりして小野山夫妻をもてなした。夜は地元のグルメたちの行きつけの中華料理店で一緒に会食した。これが小野山夫妻と洋子の最後の会食となった。小野山夫妻は十月十五日に愛犬グレートを連れて川崎に帰って行った。

直人はこれからの洋子の介護を考え、とてもグレートまで面倒をみることは難しいと思い、横浜に住んでいた長女の久美にグレートを引き取ってもらうため、小野山夫妻にグレートを連れて行ってもらったのである。

直人は洋子がグレートを手放すことに難色を示すのではないかと心配していたが、洋子は意外とあっさり了解してくれた。直人はそれが洋子の病状の悪化によるものか、グレートに対する愛情がなくなったのか、それとも直人が自分とグレートの両方の面倒をみることが難しいと思ったのか、洋子の本当の気持ちはわからなかった。しかし、洋子が長崎空港でグレートが犬籠に入れられて連れて行かれた時に涙を流して泣いていたのを見て、まだグレートに対する愛情はあったんだとわかった。

洋子は小野山夫妻を見送る際にこう言った。

「そのうち川崎に遊びに行くからね。グレートにも会いたいし」

この時の約束は翌月に実現したものの、それが洋子の最後の旅行となったのである。

ところが、洋子は小野山夫妻が川崎に帰ってからまた精神状態が不安定になり、退院から二か月も経たない十月十七日に道の駅病院に再び入院することになった。しかしながら、今回は洋子に再入院を納得させるのに難航した。直人は洋子が納得してくれる理由を考えなければならなかった。

そこで、先月、横浜に住んでいる次男夫婦に待望の赤ちゃんが誕生したので、生後一か月のお宮参りに一緒に行くことを理由に、洋子にその間入院していてほしいと頼んでみた。案ずるより産むが易しで、洋子はあっさりと再入院を承諾してくれた。

実は、直人には洋子に入院していてほしいもう一つの理由があった。それは洋子には内緒にしていたが、京都大学のｉＰＳ細胞研究所に行って、洋子をｉＰＳ細胞を使ったパーキンソン病の治験者に応募させることであった。洋子は以前からこの治験者になることを希望していたため、直人は後で洋子を驚かせようと考えていたのである。

十月二十七日、直人は朝早くアパートを出て長崎駅に向かった。博多行きの特急かもめ二号の始発は五時五十八分であった。直人はこれに乗り、博多に着いたのは八時少し前であった。そこから東京行きの新幹線に乗り継ぎ、京都駅には十一時二十分に着いた。

直人は京都大学に行ったことはなかったが、実務補習生の寺田が京都大学の出身だったことを思い出し、彼に聴いてみようと京都駅に着く少し前に新幹線のデッキから電話してみた。

「もしもし、山本です。ご無沙汰。忙しいところ申し訳ない。今ＪＲ京都駅に着くところなんだけど、京都駅から京都大学へ行くにはどうすればいいんだっけ？」

寺田は言った。

「こちらこそご無沙汰しております。その節はいろいろとお世話になりました。一体、京都で何をしているんですか？　京都大学に行くためには、まず地下鉄烏丸線の京都駅まで歩いてください。二、三分で行けます。そこで国際会館行きの電車に乗って今出川駅で下車してください。そこからバス乗り場に行き、百万遍行きのバスに乗れば京大正門前まで行きます。ｉＰＳ細胞研究所は京大病院の西隣りですからすぐわかりますよ。上手く行けば三十分くらいで行けます」

誰もｉＰＳ細胞研究所と言っていないのに、寺田は相変わらず勘のいい奴だった。

「ありがとう。助かったよ。今度またゆっくり飲みにでも行こうよ」

「はい。ぜひお願いします」

直人は四十分ほどで京大病院に到着した。総合受付で担当の女性に尋ねてみた。

「山中伸弥教授のｉＰＳ細胞を使ったパーキンソン病の治験者の申し込みをしたいんですが、ここで出来ますか」

その女性が答えた。

「さあ、わかりません。ここは京大病院の総合受付ですので、隣のｉＰＳ細胞研究所で聞いてみてください」

直人は「わかりました」と言ってｉＰＳ細胞研究所に向かった。

研究所の受付には誰もいなかった。直人が中を覗き込んでいると後ろから誰かに声をかけられた。

「何かご用ですか。今、研究所には誰もいませんよ」

直人は事情を説明し、パーキンソン病の治験者の申し込みに来たことを話した。相手はすぐにこう答えた。

「そうですか。長崎からわざわざ来られたんですか。それは大変でしたね。お尋ねのパーキンソン病の治験者の募集は、もう少し時間がかかると思いますよ。多分来年の後半くらいですかね。いずれにしても、治験者は公募しますからそれに応募してください。いろいろと条件はありますが」

直人は「いろいろと条件がある」という言葉にすぐに反応した。

「例えば、どんな条件があるんですか。お差し支えなければ教えてほしいんですが」

その男性は余計なことを言ってしまったなと苦笑いしながら直人に答えた。

「山本さん、それは今ここで申し上げるわけにはいきません。公募内容は公開されますので、それまで待ってください。ただ、はるばる長崎から来られて手ぶらで帰るのも忍びないですね。それじゃあ、私がいくつか質問しますので、それにちょっと答えてみてください。

奥様はおいくつですか。パーキンソン病が発症してからどれくらい経ちますか。最後に精密検査を受けたのはいつですか。現在もドーパミンの薬は飲んでいますか。それは今も効果がありますか」

とその男性は直人にいくつか質問してきた。

「家内は六十五歳です。病気が発症してから四年足らずですかね。精密検査は四年前に川崎で受け、それ以降、精密検査は受けていません。今もネオドパストンを服用しています。薬の効果は続いていると思います」

直人の返事を聞くと、その男性が答えた。

「山本さん、多分条件はクリアできると思いますよ。大丈夫でしょう」

と答えてくれた。

直人は最後の質問の答えに少し躊躇した。薬の効果がないと答えれば、それはすなわちパーキンソン病ではないということになり、治験者にはなれないのではないかととっさに思って、「薬の効果は続いていると思います」と答えていた。

直人はその男性に感謝してお礼を言った。

「ありがとうございます。失礼ですが、お名前をお伺いしてもよろしいでしょうか」

その男性は「高山淳（たかやまじゅん）です」と答えた。直人はそれ以上は聞かず、二人はここで別れた。

この一年半後に、直人はｉＰＳ細胞によるパーキンソン病の治験が開始されたというニュースをテレビで観ることになるが、その記者会見にあの時の男性が映っていた。テレビの字幕には「京都大学医学部附属病院ｉＰＳ細胞臨床開発部長 高山淳」と書かれていた。

直人は「洋子が治験の申し込み条件をクリアできそうだというのは朗報だ」と思い、洋子の喜ぶ顔を想像しながらバス停まで急いだ。

途中で京大病院の南側に大きな建物が建築中であったので、近くまで行って建築計画の表示板を確認した。そこには「京大病院新病棟（南病棟）の建築概要」とあり、その中ほどに「パーキンソン病患者のリハビリテーション施設の新設」と書かれていた。直人は洋子が治験が終わった後、この病棟でリハビリテーションを受けている姿を想像しながらＪＲ京都駅の新幹線乗り場に急いだ。

直人は京都駅から東京行き十六時十三分発ののぞみ二三四号に乗り、新横浜に着いたのは十八時を少し回っていた。

今日は横浜に住んでいる長女の久美のアパートに泊まることにしていた。このアパートは犬が飼えなかったので、愛犬のグレートはしばらく小野山夫妻が面倒をみてくれていた。久美はまだこの時間には仕事から帰っていないと思い、買い物をしてからアパートに行った。携帯で連絡を取ったところ、すぐ近くまで来ているとのことで、アパートの入り口でしばらく待っていると二、三分で久美は帰って来た。久しぶりに久美の手料理をご馳走になり、その日は早目に床についた。

ところがその深夜、直人は急に脈が速くなって目が覚め、久美を起こさないように朝までじっと我慢していた。久美が出勤した後、直人はもう一度ベッドで休み、次に目が覚めた午後一時頃には心臓は通常の拍動に戻っていた。

直人は銀行時代に一度質(たち)の悪い不整脈ということで入院させられそうになった。何とか主治医にお願いしてこれを薬で抑えてきたが、それでも十年以上リスモダンとテノーミンという不整脈の薬を飲み続けた。銀行を退職した時に、これらの薬をやめてもいいと主治医からお許しを得てからもう七年以上経っていた。しかし、今回の不整脈は銀行の時の徐脈と違い頻脈であった。

直人はこれからの洋子の介護を考えると、早いうちに心臓をちゃんと診てもらった方がいいと思い、その日に高津総合病院を受診した。また、頻脈が起きていたので精密検査を受けることになり、直人は検査の後に先生からこう言われた。

「山本さん、心房細動が起きていますよ。すぐに入院してください」

直人は先生に今すぐ入院できない事情を説明し、長崎に帰ったらすぐに受診することを条件に、ここでの入院は何とか免れた。

翌日、次男夫婦と久美、それに次男のお嫁さんの両親と一緒に長女エミちゃんのお宮参りに行った。

その後、全員でお祝いの会食をした後、直人はそこから一人で羽田空港に向かった。

長崎空港に着いたのは夜の八時を過ぎていた。アパートに戻って一段落したところで、また心臓の拍動するリズムがおかしくなった。直人は「やはり早いうちに市民病院で診てもらわないといけないな」と思ったものの、実際に市民病院を受診したのはその一か月以上も後の十二月三日であった。


直人は四日ぶりに道の駅病院に行った。洋子は五階の急性期治療のフロアを一か月前に退院したことから、三か月以上経たないとこのフロアには入れず、六階の療養期治療のフロアに入っていた。ここは統合失調症の長期入院患者が中心のフロアであった。

直人が入り口の鍵を開けてもらって中に入ると、看護師長が慌てて駆け寄って直人に言った。

「山本さん、奥さんが昨夜ベッドから転落して、顔と腰を打撲されたんです。レントゲンでは特に異常はなかったんですが、今後の転落防止のためベルトで拘束させてもらっています。ご主人がいらっしゃる間は外すようにしますから」

直人が部屋に行くと、洋子は大人しくベルトで腰を拘束されていた。直人の顔を見るとすぐにベルトを指さし、目で外してと合図してきた。

この頃から洋子は意識的に会話を避けるようになり、何か都合が悪くなると目を意識的に閉じるようになった。さらに洋子は直人が横で支えていてもバランスを崩すことが多くなり、それまで車椅子を嫌って絶対に乗ろうとしなかったのに、自分から車椅子に乗るようになった。看護師長に「転倒して怪我をしたら退院できないよ」と言われたらしく、直人がリハビリで歩かせる時以外はほとんど車椅子を使うようになった。しかしながら、閉眼により自分一人では車椅子を動かすことはできず、直人が介助した。

直人は洋子にエミちゃんのお宮参りの写真を見せ、京大のｉＰＳ細胞研究所に行ったことも報告した。直人が「来年の後半に治験者の公募があるからこれに応募することができるよ」と伝えると、洋子は急に目を開け嬉しそうな顔をした。洋子は来月川崎に戻って次男の家族や長女と会えることや、名古屋で長男の家族に会えることを楽しみにしていた。

それから二週間で洋子は再び退院することができた。今度は車椅子での退院となったが、明後日から川崎に戻れるということで、前回の退院の時と同じように看護師さんたちに笑って挨拶をしていた。そして、洋子の最後の旅行の日が来た。

十一月十一日、直人と洋子は長崎空港から羽田空港に向かった。

直人は羽田空港の八番出口の前で荷物を取り、洋子の乗った車椅子を押しながらロビーに向かった。次男の燕と小野山夫妻が迎えに来てくれていた。直人と洋子はその日は小野山夫人が予約してくれていた武蔵小杉のホテルに泊まり、翌日は同じメンバーで犬が飼える逗子のアパートに引っ越していた長女のところに行き、グレートも連れて久し振りに全員で海岸を散歩した。

洋子は旅の疲れからか、介助しても自分から歩こうとはしなかった。海岸沿いのレストランで昼食をとって、その後、新横浜駅に向かった。

そこから新幹線に乗って一時間半で長男翔太の住む名古屋に着いた。翔太が家族全員を連れて車で迎えに来てくれていた。

この時、洋子は川崎で長男の車でよく出かけていたことを思い出したのか、急に車の中で長男に、

「翔太、馬絹の交差点を左に入って。そこから二四六号線を横浜の方向に行って」

と変なことを言い出した。翔太が「ここは名古屋だよ」と言っても理解できなかった。見当識障害がどんどん進んでいたのかもしれない。翔太も洋子の変わりように驚いていたようだ。

こうして洋子の最後の旅行は終わった。そして十一月二十七日に道の駅病院に三回目の入院をした。今度の入院は川崎に戻るまでちょうど二年間続くことになった。

療養期治療の六階フロアには、統合失調症やうつ病の患者を中心に六十人以上の患者が入院していた。直人は担当の看護師に聞かれた。

「山本さん、病室は六〇五号室で四人部屋です。名札はどうしますか」

直人はよくわからなかったので看護師に聞き直した。

「名札って何ですか」

看護師は答えた。

「周りの病室を見てもらえばおわかりになると思いますが、病室の入り口に名前を掛けても構わない

という患者さんと、名前は出したくないという患者さんがおられます。どちらかというと名前を出したくないという患者さんの方が多いですが」

直人は以前入院手続きの時にも受付で同じようなことを聞かれたことを思い出した。その時の担当者はこう言った。

「郵便物をご自宅にお送りする場合、道の駅病院という名前が印刷された封書を出してもよろしいでしょうか」

確かにこの時も意味がわからずに、もう一度聞き直した。

「それはどういうことでしょうか」

担当者は直人にわかるように説明した。

「ご家族様の中には、道の駅病院に入院していることを周りに知られたくないという方もいらっしゃるんです」

直人はそこまで聞いて、やっと道の駅病院は一般病院と違って精神科病院だったんだということを思い出した。その時直人は、

「別に郵便物に病院の名前が出ていても構いません」

と答えたが、今回も同じ話であった。直人は看護師に、

「病室の入り口に名前を出してもらっても大丈夫です」と答えた。

四人部屋の六〇五号室には現在三人の患者が入院していた。二人は入り口に名前を出していなかっ

た。直人は病室にいた二人に挨拶した。

「山本と申します。これから家内がお世話になります。よろしくお願いします」

挨拶してくれた女性は、年の頃は四十代くらいの少し小太りの明るい感じの女性であった。外で会っても普通の女性と何ら変わらないような患者であった。

「須藤です。こちらこそよろしくお願いします。ご主人もいろいろ大変ですね」

もう一人の女性は直人の挨拶に何の返事もなかったが、こちらは洋子と同じくらいの年の細身の女性で、いかにも神経質そうな感じで、看護師はこの女性を「岡野さん」と呼んでいた。

そこに二人の看護師が、ベルトでベッドに固定された若い女性の患者を運んできた。この女性はまだ三十代に見えた。ベッドの上に拘束され、「早く帰りたい。早く帰りたい」と何回も繰り返し叫んでいた。看護師がこの女性を直人に紹介してくれた。

「昨日入院された高野さんです。奥様と同じ病気です」


洋子はそれから三か月も経たないうちに、嚥下機能が低下して食事の介助が必要になり、直人は朝九時の朝食、十二時の昼食、十六時の夕食と三食の食事介助を行うようになった。

食事のご飯は普通の硬さから全粥（がゆ）、七分粥、五分粥、三分粥、重湯になったが、最後はその重湯も呑み込めなくなり、管理栄養士もお手上げ状態となった。直人は当初は三時のおやつに洋子が好きな果物や饅頭などを持参していたが、重湯も飲めなくなった後は管理栄養士の要請で、ご飯の代わりにヨーグルトやスムージー、たまに具を取り除いた茶わん蒸しやみそ汁などを家からボトルに入れて持参した。

朝一番の五時三十五分発の電車で、最寄りの電停の石橋から築町を経由して終点の赤迫のまで約一時間、そこから三十分歩いて、やっと道の駅病院に着いた。リュックサックに三食分の流動食を入れると十キロ以上にもなり、ちょっとした山登りのようであった。晴れて天気のいい日は良かったが、雨の日は足下がびしょ濡れとなった。

しかし、一番つらかったのは、やはりカンカン照りの真夏の暑さであった。家から一時間半で病院にはいつも七時頃に着いた。病院には八時にならないと入れないので、それまでの一時間は玄関先で毎日体操と筋トレをして身体を鍛えた。

八時ちょっと前になると、必ず院長が夫人の運転するベンツで出勤してきた。一度この院長とトイレで一緒になり、挨拶する機会があった。院長は毎朝玄関先で体操している直人を覚えていたのか話しかけてきた。

「どなたが入院されているんですか。毎日大変ですね」

直人は答えた。

「家内がお世話になっております。院長も毎日お早い出勤で大変ですね」

六〇五号室では、あの神経質そうな岡野さんが約十分ごとに直人に自分が嵌(は)めている腕時計を見せて、「今十一時ですか？」と聞いてきた。

直人は岡野さんが腕時計の時刻が読めないわけでもないのに、なぜ自分に「十一時ですか」と聞いてくるのかと初めは不思議でならなかった。

その理由は十一時になったらわかった。直人が「今十一時になりました」と言うと、岡野さんは嬉しそうに食堂に向かった。岡野さんは「食事の時間ですよ」と声をかけてもらいたかったのだ。

また、ある日、いつものように洋子に携帯で音楽を聴かせている時であった。岡野さんが虫の居所でも悪かったのか、

「音楽の音がうるさい。イヤホンを付けろ」

と怒鳴り込んできた。直人はびっくりして携帯の音楽を切った。すると岡野さんが見ていたテレビの音が逆に大きくなっていたので、直人は岡野さんに、

「テレビの音が少し大きいですよ。イヤホンで聴いてください」

とお願いしたが、岡野さんは聞こえない振りをしていた。

直人はそれじゃあ、こっちもと携帯の音楽をかけ始めた時であった。ロスインディオスの「コモエスタ赤坂」という曲が始まった時、岡野さんがいきなり駆け寄って来て直人に尋ねた。

「コモエスタってどういう意味か知ってる？　デルコラソンの意味は？」

直人はわからないと答えると、岡野さんは自慢げに直人に説明してくれた。

「コモエスタは『こんばんは』という意味。デルコラソンは『心』という意味なの。あなた、スペイ

ン語知らないの？　私は大学でスペイン語を専攻していたの」

直人は岡野さんに言った。

「岡野さん、凄いですね。大学でスペイン語を勉強していたんですか」

直人は岡野さんの病気の原因がわかった。人に相手にされなかっただけなんだと。それから直人と岡野さんの間には不思議と会話が弾むようになった。

須藤さんは普通に会話もでき、直人はどこがうつ病なのかわからなかった。ある日、須藤さんはベッドを仕切るカーテンを閉めきって、しくしく泣いていた。直人は心配になり声をかけた。

「須藤さん、どうかしましたか。気分でも悪いんですか」

すると、彼女から思いも寄らぬ言葉が返って来た。

「私のところには誰も面会に来ない。私なんてどうでもいいのよ。私も毎日来てくれる山本さんのような旦那さんが欲しいわ。奥さんは幸せでいいわね」

直人は、須藤さんは寂しさがうつ病の原因だったのかもしれないと思った。

直人はいつものように洋子の昼食の介助を面会室で済ませ、食堂の洗い場で食器を洗っていた時、毎日六階のフロアを何周も一心不乱に歩いている若い女性が、突然直人に質問してきた。

「あなたは、なぜ毎日奥さんの面会に来るの？」

直人が「食事が自分でできないから介助するため」と言おうしたその時に、彼女が先に話してきた。

「奥さんを愛しているから？」

その言葉に直人はそうだと頷いて見せた。この女性にも家族の面会はなかったようだ。


もう一人、六階フロアを毎日何周も散歩している三十代前半の清楚で上品そうな女性がいた。この女性は直人と目が合うといつも軽く会釈してくれた。直人も彼女に会釈で応えた。

ある時、その女性は面会室で夫と思しき男性と、彼女の子どもであろう二人の幼い姉妹と一緒にいた。直人は彼女の家族なんだと思ってガラス張りの面会室をそれとなく見ていた。

すると夫が「また来るよ」と言って立ち上がった瞬間に、娘の妹の方が彼女の腕にしがみついて泣き出した。「ママと一緒にいる」と言ってきかなかった。夫はその子を無理やり抱きかかえてエレベーターの方に歩き出した。姉は妹に「また来るから」と宥めすかしていた。

エレベーターに乗り込みドアが閉まりかけると、またその妹が大きな声で泣き出した。彼女は施錠されたガラスドアの手前で娘たちに手を振って「また来てね」と言って涙ぐんでいた。エレベーターは閉まったが、しばらく彼女はエレベーターを見つめていた。またエレベーターが開いて娘たちが戻って来るのを待っているかのように。

また、ある時に面会室に若い男性と年老いた母親と思しき女性がいた。面会が終わって母親が息子に何か話していた。息子はそれにしきりに頷いていた。

面会室を出てエレベーターの方向に二人とも歩き出した。直人はてっきり息子が母親の見舞いに来たんだと思っていた。すると、エレベーターに乗り込んだのは年老いた母親の方で、息子は施錠されたガラスドアの手前で手を振り、「お母ちゃん」と言って涙ぐんでいた。何とも悲しい光景であった。この時、直人は、

「自分たちはまだまだ恵まれている方だな。世の中にはもっと厳しい現実にじっと耐え忍んでいる人たちがいっぱいいるんだ」と思い、なぜ病気がそこまで患者や患者の家族を虐げるのか、この人たちが一体どんな悪いことをしたのかと、抑えきれない、どうしようもない感情が込み上げてきた。

直人は洋子が入院していた二年間に、面会で様々な悲しい光景を見てきたが、それでも六十人以上の患者の中で家族との面会を見たのは数えるくらいしかなかった。直人のように毎日面会に来る人はいなかった。

看護師の中には、そんな直人を煙たがる人もいたようだ。なぜなら、毎日面会に来る直人を見ると集団管理されている患者の足並みが乱れるためであろう。直人は精神科病棟のこうした集団管理が、果たして患者にとって本当によいことなのかと疑問に思っていた。

ある時、直人はいつものように洋子をリハビリのため、歩行介助しながら六階のフロアを歩かせていた。するとある高齢の患者が洋子に声をかけてきた。

「洋子さん、いいわね。いつもご主人と二人三脚で」

ところが、直人の後ろの方からこんな声がした。

「二人三脚はいいけど、共倒れにならないようにしないとね」

直人が振り返って見ると、数人の看護師たちがナースステーションに戻って行くのが見えた。

第四章　心臓手術

直人は平成二十九年（二〇一七年）十二月三日に、長崎市民病院の心臓血管内科を初めて受診した。担当の末吉医師は、川崎の高津総合病院からの紹介状を読んで直人を怒った。

「山本さん、何でもっと早く来なかったんですか。高津総合病院の先生にすぐに入院して治療に専念するように言われたでしょう。それからもう一か月以上も経っていますよ」

直人は答えた。

「いろいろありまして、遅くなり申し訳ありません」

末吉は呆れたように直人に話した。

「私に謝られても困ります。いろいろあることは紹介状にも書いてありますからよくわかります。しかし、ご主人が病気になっては奥様の介護もできないでしょう。もっと、自分の身体を大事にしてくださいよ。長崎に戻ってから不整脈は出ていないんですか？」

「はい、ここ最近は出ていません。今は大丈夫です」

心電図には心房粗動や心房細動は出ていなかった。末吉医師は言った。

「それでは、薬で少し様子をみてみましょうか。しかし、決して治ったわけではありませんよ」

処方されたのはワソランという頻脈性不整脈を抑える薬であった。

その後、直人はいつものように洋子の介助に道の駅病院に向かった。

直人が道の駅病院から帰宅したのは夜七時過ぎであった。食事とシャワーを済ませ、九時のニュースを見て十時には床についた。

ところが、夜中の一時頃に動悸（どうき）がして目が覚めた。心臓の拍動がまた速くなっていた。慌てて昨日もらってきたワソランを一錠飲んだが、なかなか頻脈は治まらなかった。今までなら薬を飲まなくても一時間ほどで治まっていたが、今回は薬を飲んでも治まる気配がなかった。直人は朝四時過ぎに市民病院に電話をかけ、事情を説明して緊急外来で診てもらえないかとお願いしたところ、すぐに来るように言われた。

病院に着くと、看護師が直人を診察室に案内してくれた。当直の富永医師はまだインターンのような若い医師であった。彼は昨日の診察結果などをパソコンで確認し、すぐにワソランの点滴を看護師に指示した。二時間もすると頻脈は治まったが、心電図にはやはり異常な波形が出ていた。

富永医師は直人に言った。

「山本さん、心房粗動と心房細動、両方とも出ていますよ。主治医の末吉に至急診てもらってください。今日の午後に診察してもらうように予約を入れておきますから」

直人はこれからの洋子の介護のことを考え、末吉医師に相談して、できるだけ早くカテーテルアブレーション手術（カテーテルという細い管を使って不整脈の原因となっている異常な電気回路部分を焼き切る手術）を受けることを決めた。直人は末吉にこうお願いした。

「先生、私は家内の介護がありますので、今月中に手術をお願いしたいんですが」

これに末吉は答えた。

「山本さん、事情はわかりますが、年内の手術の予定はもう全部埋まっているんです。いくら早くても来年一月の下旬になります」

直人は再度お願いした。

「先生、それでは困るんです。何とか今月中にできませんか」

末吉は困ってしばらく考えてから、直人にある提案をしてきた。

「山本さん、どうしても今月中に手術したいというのであれば、一つだけ方法があります。右心房だけ手術する方法です。この方法であれば、安全でそんなに時間がかからないため、年内にできるかもしれません。ただし、右心房だけで治らないケースもありますので、その場合は後日、左心房も手術することになります。どうしますか。とりあえず右心房だけやってみて、それで治る可能性に賭けてみますか」

直人はこの提案に飛びついた。こうして手術は十二月七日の午後二時から三時に決まった。

直人は病院に入院することも、手術を受けることも生まれて初めてであった。病室の七〇六号室は心臓の手術をする患者が直人のほかに三人いた。一人は心臓のペースメーカーの定期交換を受けるという年齢は八十代くらいの患者、あと二人は直人と同じ不整脈を治すカテーテルアブレーション手術を受ける患者で、二人とも直人と同じくらいの年齢だと思われた。

主治医の末吉は直人に明日の手術について説明してくれた。

「カテーテルアブレーション手術は、足の付け根からカテーテルという細い管を挿入し、肺静脈まで到達させ、心房細動の原因となる異常信号を出している電気回路を高熱で焼き切る手術です。心房細動が起きても命にかかわるようなことはありませんが、これが起きると心房の血流が滞り、血の塊である血栓が出来やすくなるため、脳梗塞などの塞栓症を引き起こすこともあります。そんなに難しい手術ではありませんのでご安心ください」

直人は夕食の前にシャワーを浴びた。夕食は焼き魚とサラダ、それに味噌汁が付いた軽食であった。食べ終わるともう何もすることがなくなったので、携帯メールで子供たちに明日手術することを伝えた。

長男、次男とも突然手術するというメールに驚いていたが、長女の久美からは、

「大丈夫だな、嫌な感じがしないから」

という訳のわからない内容の返信メールが来た。

「嫌な感じって何だ」と質問メールを送ったところ、

「何か悪いことがある時は、いつも嫌な感じがするから」という返事であった。

久美はは小さい頃から霊感が強いのか、よく家の周りを白い着物を着た女性が歩いていると言ってはみんなを驚かせていた。何か大人には見えないものが見えていたのかもしれない。

直人は久美にそう言われたものの、長男の翔太には万が一の場合に必要となる引き継ぎ事項をメールした。それが終わると、直人はもう何もすることがなくなって、何気なく窓の外を見た。すると、黄色い路面電車が病院の前を行き交い、その向こうには水辺の森公園が見えた。この公園は広くて長崎港の海に面しており、直人は洋子の病院の帰りに途中で電車を降りてよくここを散歩していた。その公園の周りの木々にはイルミネーションの赤・青・黄の光がキラキラと点滅していた。直人は毎日の洋子の介護や家に帰ってからの翌日の準備などに追われ、それまでの自分の生活の流れがどこかで止まっていたように思えてならなかった。世の中はもうすぐ楽しいクリスマスだった。

翌日の午後一時に手術の準備が始まった。まず、患者用の手術着に着替えて導尿カテーテルが取り付けられた。二時少し前にベッドに寝たまま一階の手術室に搬送され、名前と生年月日を聞かれ、手術中に万が一暴れた場合に備えて身体をベルトで拘束された。直人は「さあ、これから先は運を天に任せるしかない」と観念した。全身麻酔の注射をされ、すぐに瞼（まぶた）が重くなってきた。

手術は一時間足らずで無事に終わったようだ。目が覚めたときはもう病室に戻っていた。麻酔が切れるまでに多少時間はかかったが、夕食が運ばれてきた時には完全に麻酔は切れていた。主治医の末吉先生が病室にやって来て、

「山本さん、手術は上手く行きましたよ」と報告してくれた。

直人は翌日の午後に退院したが、この日は残念ながら洋子の病院には行けなかった。直人は「明日は洋子の病院に行けるだろう」と思って早めに床についたが、その夜はなかなか寝付けなかった。うとうとしている時にまた頻脈が起きた。

「これはまずいな。右心房だけの手術ではダメだったか。左心房の手術も早くしてもらわないといけないな」と次の手術が果たして年内にできるか心配した。この時は幸い薬が効いたのか、一時間ほどで頻脈は治まった。

翌朝、直人はどちらの病院に行くべきか迷ったが、結局、一日も早く再手術をして、心房粗動や心房細動が起きないようにすることが先決だと考え、市民病院に向かった。この選択が、結果的に年内の再手術を可能にした。カテーテルアブレーションの手術は毎週木曜日と決まっていたので、一日遅れるとおそらく年内の手術はできなかったはずである。

こうして二回目の手術の日が十二月二十六日に決まった。年内最後の手術の日であった。二回目の病室も七〇六号室であったが、患者はもう全員入れ替わっていた。再入院した日は十二月二十五日、まさにその日はクリスマスの日であった。窓の外では相変わらずイルミネーションがピカピカと何事もなかったかのように点滅を繰り返していた。

再手術は最初の手術と全く同じ手順で行われた。唯一、一回目と違ったのは、二回目の手術中に直人は暴れたそうである。直人はその時の夢を微かに覚えていた。そこには直人の母親が子供を抱えて悲しそうに佇（たたず）んでいた。その子供が誰であったかはわからなかったが、そこは崖の上であった。

直人は子供の頃から病気で熱を出すと、いつも同じこの崖の上の夢を見た。そこは奉納踊りの「龍踊り（じゃおどり）」などで有名な「長崎のおくんち」が催される諏訪神社の境内の裏にある崖であった。直人の母は直人が一歳の時、病気で熱を出して近くの町医者に診てもらったところ、その医者に「この子はもう助からない」と言われ、この諏訪神社を訪れたそうだ。おそらく、その時直人は不整脈が出ていたのかもしれない。母は直人が治るように、ここにお参りにきたのか、それとも直人と一緒に心中でもしようとしてきたのか、直人にはわからなかった。神社の境内の奥には小さな動物園があり、そこにはオットセイ、うさぎ、クジャク、アライグマなどが飼育されていた。直人は動物が大好きでここから離れようとしなかったそうだ。母は日が暮れると直人を抱きかかえて、境内裏の崖に連れて行った。直人の夢はいつもここで終わるのである。直人は母から「この子はもう助からない」と医者に言われた時の話を高校生の時に聴いたことがあった。母はその後、直人を長崎大学病院に連れて行ったそうだ。おそらく、今で言うセカンドオピニオンをもらいに行ったのだろう。結果は何ともないと言われたそうだ。母はこの一件以来医者嫌いになったようである。

再手術は無事に成功した。結局、直人は一か月に二回も同じ手術を受け、その後、頻脈は起きなくなった。今度は本当に成功したんだと直人は安堵したが、主治医の末吉は直人が退院する時に厳しく忠告した。

「山本さん、今度は大丈夫だと思いますが、万が一、それでも心房粗動や心房細動が起きた場合は、カテーテルアブレーションでは治せないということなんです。だから、これから規則正しい生活をするようにくれぐれも注意してください。特に睡眠不足にならないようにしてください。アルコールも適量にね」

ここからは少し時を進め、洋子が退院して川崎の自宅に戻り、在宅介護を始めたあとの話となる。

直人の頻脈は、その後二年間起きなかったが、洋子を連れて川崎に戻った五か月後に一度頻脈が起きた。

直人はその日の夕方、脈が時々乱れるのを感じた。これはまずいなと思い、洋子の栄養投与、手足の筋肉のストレッチ、痰の吸引、オムツ交換などをいつもより早く済ませた。終わったのは夜の八時頃であった。直人は自分の血圧と脈拍を測定してみたところ、血圧が一八〇／九十五、脈拍が一七〇であった。

やっぱり病院に行かないとダメかと思い、洋子が眠りにつくのを待って高津総合病院の夜間外来に電話を入れた。

「もしもし、山本と申しますが、これから夜間外来に伺いたいんですが、診てもらえますか」

電話に出た男性は「どうされたんですか」と尋ねてきた。直人は、

「どうも心房細動が起きているようなんです。二年くらい前にそちらの病院で一度診てもらったんですが」と伝えた。

男性は心房細動と聞いて「わかりました。すぐに来てください」と答えた。

直人は二十分ほどで病院に着いたが、その時、看護師が駆け寄ってきた。

「先ほどお電話された山本さんですね。申し訳ありませんが、当院を今日受診された方が新型コロナウイルスに感染されていたことがたった今判明し、当院の夜間外来は閉鎖され受診できなくなりました。別の病院にお願いできますか」

直人は身近に新型コロナウイルスが忍び寄ってきていることに驚いた。別の病院を探したところ、多摩中央病院で診てもらえることになった。

多摩中央病院に着いたのはもう夜の十時を回っていた。直人が受付で、

「先ほど電話した山本です」

と告げると、受付の男性は直人を診察室に案内してくれた。

すぐに担当の医師二人が診察室に入って来た。一人はインターンのようだった。

「杉浦です。こっちはインターンの中山です。よろしく。心房細動が出ているとのことですが、ご気分はどうですか。今から心電図を取りますからこちらにどうぞ」

中年の看護師が心電図を取ってくれた。それを杉浦医師に渡した。杉浦はそれを見て、

「山本さん、心房細動ではなく、心房粗動ですね」

直人は両者の違いを杉浦に尋ねた。杉浦医師はわかりやすく説明してくれた。

「心房細動は脈が一分間に六〇〇〜一〇〇〇回の、異常で不規則な脈が発生しますが、心房粗動の方は、脈は一分間に二〇〇〜四〇〇回と、心房細動に比べると少なく規則的な脈になります。どちらも正常な脈に比べて極端に速い脈によって心房が痙攣（けいれん）を起こすために発生します。これからいくつか検査しますので、ベッドに横になってください」

直人は点滴を受けながら検査をしてもらった。

検査が終わったのはもう午前零時を過ぎていた。直人は洋子のことが心配になって杉浦に事情を説明したところ、杉浦が答えた。

「山本さん、あなたの心房粗動は今すぐ問題になるということはないと思うが、これが心房細動に変わると心房の血流が滞り、血栓症のリスクが極端に高まります。本来であれば入院して治療に専念してもらいたいんですが、奥様がそういう状態であなたが在宅介護をなさっている状況では、なかなか入院することも難しいかもしれませんね。当面は通院してもらって、薬で様子をみましょうか」

直人はその提案をすぐに受け入れた。

直人が帰宅したのは午前二時を過ぎていた。幸い、洋子には変わった様子もなく直人はほっとした。しかし、こんなことが何度も続くと大変なことになると思い、翌日宮前ケアセンターの、洋子を担当してくれている本山裕子（もとやまゆうこ）という訪問看護師に相談してみた。

直人は毎日の在宅介護で行っていることを本山に話し、万が一、直人が入院しなければならなくなった場合、在宅介護で行っていることをどこかでやってもらえるか、また、その費用がどれくらいかかるか尋ねてみた。

本山は直人が行っている介護内容を確認し、これらを代替するためには介護士・看護師・歯科衛生士・作業療法士・理学療法士・言語聴覚士の六人が必要なことがわかった。そこである病院にそれをやってもらえるか、その場合費用がどれくらいかかるか照会したところ、泊まり込みの在宅介護で保険が使えないとすると、一日十六万円以上かかると言われそのことを直人に話した。

直人はこれを聞き、以前洋子が長崎の道の駅病院に入院していた時に「入院費用総額のお知らせ」という通知書を見て、一か月一五〇万円以上になっていたことを思い出した。その時は入院費用がなぜこんなに高いのかと疑問を持ったが、一日十六万円と聞いて納得した。なぜなら、一日十六万円であれば一か月約五〇〇万円となり、自己負担三割とすると一五〇万円程度になるからである。

いかに在宅介護が国の負担を軽減しているかということであろう。これでは在宅介護者に何かあった場合、在宅介護と同じことをやってもらうためには、入院する以外の選択肢はない。しかしながら、病院では人手不足から在宅介護のようにマンツーマンでの二十四時間看護はできない。こうしたジレンマを考えると、直人は改めて自分自身の健康がいかに大切なことかを痛感した。

直人は在宅介護を今後続けていくためにも、自分自身の健康管理がいかに重要かを再認識するとともに、これからの高齢化社会を展望すると、何か抜本的な制度対応ができないものかと思った。つまり、これからの高齢化社会で間違いなく必要になるのは在宅介護者に対するケア制度であり、そのためには現在の介護制度の対象に介護者を含めて考えていくことが不可欠ではないか。

昨今の新型コロナウイルス感染者の急増に伴う病院医療体制の崩壊という切迫した問題に直面している現実を考えると、新型コロナウイルスの感染者に対応できる病床数を増やすことも重要なことではあるが、一方で在宅介護を充実させることにより、これ以上病院の入院患者を増やさないという対策も合わせて重要になるのではないか。

いずれにしても、これからは在宅介護制度をもっと充実させていくことが重要な課題となろう。

第五章　進行性核上性麻痺

時は、直人が年末に二度目の心臓の手術をし、洋子がまだ長崎の道の駅病院に入院していた頃に戻る。

年が明けて平成三十年（二〇一八年）一月四日、直人は道の駅病院に行ったが、受付で面会を断わられてしまった。何でも病棟でインフルエンザの患者が出て、当面の間、面会できなくなったとのことであった。一か月後に漸く面会できるようになり病室を訪れた。ところが、病室に入って洋子が別人のように痩せてしまっていたのに驚愕してしまった。身体はベルトで拘束され、両手にはミトン（グローブ）が嵌められていた。

看護師に聞いたら、洋子の体重は僅か一か月で十五キロも減ったというのである。直人は看護師にこの一か月で何があったのか聞いた。

看護師は申し訳なさそうに答えた。

「ご主人が面会に来られなかったこの一か月は、リハビリも出来ず、ずっとベッドに拘束されて不安だったのか、ご飯をほとんど食べないんです。食事はクリミールの二〇〇ミリリットルを一本だけ、それも全部は飲めないんです」

直人はさらに質問した。

「ご飯は食べることができないんですか？　それとも食べようとしないんですか？」

看護師は弁解した。

「私の時は半分以上は何とか食べさせています。他の看護師の時はわかりませんが」

直人は呆れてもう一度質問した。

「あなたが食事を介助している時、本人は自分から食べようとしていましたか」

看護師は答えた。

「最初は自分から食べようとすることもありましたが、その後はほとんどこちらから口に運んでやってましたね」

直人はこの一か月の食事の様子が目に浮かんできた。

直人はこれまで洋子の右手に箸やスプーンを、左手にお茶碗やヨーグルトなどを持たせ、自分から食べるように食事介助していた。看護師たちは一斉に六十人の食事を見る必要があるため、二、三人の食事介助が必要な患者の食事は後回しになり、食事介助には十分な時間をかけられなかったというのが正直なところだろう。結局、

「もう食べたくないの？　片づけるよ」

と言って食事を終わらせていたのではないか。そうでもしないと、一か月に体重が十五キロも減ることはあり得ない。

直人は主治医の植木先生にもこのことを確認したが、先生もわかっていた。

「そうなんです。あんなに痩せてしまって申し訳ありません。何せ、人手が足りなくて困っているんです。ご家族の方の食事介助は山本さんのところだけですよ」

「わかりました。明日からまた私が責任持って食事介助します。ところで先生、今日私は一か月ぶりに来たんですが、洋子の顔の表情が全くなくなり、声も完全に出なくなっています。これは一体どういうことでしょうか」

植木は答えにくそうに言った。

「おそらく、精神的な不安が原因でしょうね。何せ人手不足から十分な面倒をみることができなかったんです」

直人は、自分が入院していた間に大変なことになっていることに呆れ果てた。コミュニケーションの取れない寝たきりの患者が、家族の介助がないと症状がいかに早く悪化するかということだ。

翌日から直人は、洋子が好きな苺（いちご）、キウイ、バナナなどの果物と、具を取り除いた茶わん蒸しやヨーグルトなどを持参して食べさせた。一週間後直人は車椅子でリハビリ室に連れて行く途中に、一階にある車椅子専用の体重計で洋子の体重を測ってみた。すると、洋子の体重は僅かではあるが増加した。

やはり、精神的な安心感と食事の介助方法に問題があったことがわかった。直人は伊藤京子という管理栄養士にこれからの洋子の食事のメニューを相談してみた。前回相談したのは、ご飯を最終的に三分粥から重湯に変えた時だった。伊藤は親身になって相談に乗ってくれ、メニューを変更した日は必ず洋子の食事の様子を見に来てくれていたが、それでも最後にはとうとう伊藤もさじを投げてしまった。

「山本さん、私たちはもうこれ以上は特別メニューは作れませんよ。これからは洋子さんが好きなものを、ご主人が家から持ってきて食べさせてください」

そこで、直人は持ってくるメニューがこれでよいか相談してみた。

「伊藤さん、私は今、洋子が好きな飲むヨーグルト、牛乳・バナナ・キウイ・苺・ハチミツを入れて家で作ったスムージー、具のない茶わん蒸しやみそ汁、それに大好きなコーヒーゼリーやプリンをそれぞれ三食分持ってきていますが、この他にこれがいいというものは何かありますか」

伊藤はアドバイスしてくれた。

「病院で出しているクリミールは毎回一本必ず飲ませてください。これは栄養価が高く、これだけで一食分の栄養は十分摂れますから」

直人は最近、看護師たちの対応にだんだん不満を持ち始めていた。と言うのは、入院当初は食事の際、看護師が二人がかりで車椅子に乗せて食堂に連れて行ってくれていた。テーブルにはクリミール、お茶ゼリー、エプロン、ティッシュ、お手拭き、歯ブラシ、歯磨き粉、うがいの水、ぬるま湯で溶かした薬など、すべてが準備されていた。

そのうちに直人が毎日三食を介助するようになると洋子の食事の担当看護師がいなくなり、直人は洋子を一人で車椅子に乗せ面会室に移動させた。それだけならまだよかったが、それまで用意してあった食事の際の七つ道具が、要求するまで持って来てもらえなくなった。そのうちに要求しても、「今忙しいから」と断られ、直人が直接ナースステーションに取りに行くことが日課になった。

薬も最初は看護師じゃないとやってはいけないと注意されたが、これも完全に直人の仕事になった。食事の後片づけも直人が行い、食器類も自分で洗った。こうして看護師も次第に直人と洋子を見て見ぬふりをするようになった。おそらく家族の介助があれば、できるだけ家族に任せなさいという人手不足の病院の方針だったんだろう。

食事が終わるとトイレ介助、歯磨き介助、ベッドへの移動が次の仕事となり、これを毎日三回繰り返した。リハビリ室や散歩に車椅子で連れて行くのも直人が一人でやるしかなかった。歯医者や床屋にも直人が一人で連れて行った。

そのうち看護師は、毎日の食べた食事の量やトイレの回数などを直人に聞いてくるようになった。よく考えてみると、看護師が洋子の面倒を見てくれるのはお風呂と排便の後始末の二つだけであった。直人は毎日ほとんど自分が介助しているのに、毎月病院でかかった医療費の総額が一五〇万円以上あるのを見て、どうしてこんなにかかるんだろうと不思議に思ったものだ。

そんな中、ある日、直人が病院から帰宅してテレビのスイッチを入れたところ、「パーキンソン病た。

の遺伝子治療」というドキュメント番組が放映されていた。直人は思わずテレビの前に釘づけになった。

それは栃木県の自治医科大学附属病院でのパーキンソン病の遺伝子治療の様子を紹介する番組であった。直人は急いでメモを取った。

栃木県下野市薬師寺三三一一－一、自治医科大学附属病院、脳神経外科、先進医療パーキンソン病の定位脳手術・遺伝子治療、担当医は花村大輔（はなむらだいすけ）教授。

直人はこのパーキンソン病を完治させる遺伝子治療の様子を観て、思わず「これだ」と叫んだ。すぐに担当医の花村教授宛てに手紙を書き、コンビニからそれをファックスした。

翌日、自治医大から電話がかかってきた。

「もしもし、山本さんですか。こちらは自治医大の山川と言いますが、昨日お送りいただいたファックスを拝見しました。奥様のパーキンソン病を遺伝子治療で治せないかというご質問ですよね。実はこの遺伝子治療に関するセミナーが二月二十二日に開催されますので、長崎からでは大変かとは思いますが、このセミナーに参加されてはいかがですか」

直人は二つ返事ですぐにこのセミナーを申し込んだ。

「二月二十二日の午後二時、場所は自治医大のB棟六階の第三会議室ですね。ぜひ参加させてください。よろしくお願いします」

直人は平成三十年（二〇一八年）二月二十一日の朝早く、栃木県の自治医科大学附属病院に向かった。長崎駅から特急かもめに乗って博多駅まで行き、ここで東京行きの新幹線のぞみで東京駅に着いた。ここでさらに東北新幹線に乗り継いで小山駅で下車し、ＪＲ宇都宮線を利用して自治医大駅に着いた時は、もうすっかり日が暮れていた。所要時間は約十三時間で、長崎のアパートを朝五時に出発し、自治医大駅に着いたのは午後六時だった。

その晩は長男が予約してくれていた宇都宮のビジネスホテルに泊まり、翌朝早くホテルを出発して自治医大に向かった。直人は総合受付で遺伝子治療の権威、花村大輔教授の脳神経外科の受診を申し込んだ。あいにく花村教授の担当日は翌日の金曜日であったので、その日の受診を予約した。

遺伝子治療のセミナーは午後二時からだったので、それまで病院内を見学して回った。自治医大附属病院は一九七四年に開院され、栃木県の地域医療の先駆的な役割を担っており、職員数二四八九人、病床数一一三二床、診療科四十六科を擁する大きな病院であった。特にパーキンソン病の遺伝子治療ができるのはこの自治医大だけであった。

パーキンソン病の遺伝子治療のセミナーは予定通り始まり、担当医が三人来てそれぞれの専門分野の説明を行った。

「これまでのパーキンソン病の治療は薬物療法やリハビリが中心でしたが、これらの治療はあくまで対症療法であり、病気を根本的に治すことはできませんでした。しかし、今注目されている根本的な治療法が、山中伸弥教授が発見したｉＰＳ細胞を利用する方法とこの遺伝子治療です」

直人が探し求めていた根本的な治療法であった。遺伝子治療は、パーキンソン病で少なくなったドーパミンを作り出す神経細胞を脳内に注入して根本治療する方法であった。

セミナーの後半で、もう一人の医師が配布された資料に基づき説明を始めた。直人は資料を読みながら、ある個所に目が釘づけになった。直人は何度もこの部分を読み返して愕然とした。そこにはこう書かれてあったのだ。

「ｉＰＳ細胞を利用した治療法および遺伝子治療は典型的なパーキンソン病の患者に対する治療法であり、パーキンソン症候群の患者には効果がない。パーキンソン症候群には進行性核上性麻痺、多系統萎縮症、皮質基底核変性症、血管障害性パーキンソニズム、正常圧水頭症、精神科の薬による薬剤性パーキンソニズムなどがある。

進行性核上性麻痺は四十歳以降平均六十歳台で発症する。最大の特徴は初期からよく転ぶことである。姿勢の不安定さに加え、注意力や危険に対する認知力が低下するため、何度注意を促してもその場になると転倒を繰り返す。バランスを失った時に上肢で防御するという反応が起きないため、顔面直撃による外傷を負うことが多い。注視麻痺が本症の特徴であるが、発症初期には認められないことが多い。下方視の障害が特徴で発症三年程度で出現し、その後水平方向も障害される。筋強剛は四肢よりも頸部や体幹に強い。初期には姿勢がよく、頸部から下はまっすぐである場合が多い。進行すると頸部が後屈する。様々な言語障害が発症する。嚥下障害は中期以降に出現することが多い。治療法としては、初期にドーパミンが効く場合があるが、効果は長続きしない場合が多い」

このパーキンソン症候群の一つである「進行性核上性麻痺」の症状が、洋子の症状そのものであったのだ。発症する年齢、易転性、姿勢の不安定さ、注意力や危険に対する認知力の低下、何度注意しても転倒を繰り返す、転んだ時に上肢で防御する反応が起きない、顔面直撃による外傷を負うことが多いなど、洋子の症状がこれらのすべてに当て嵌まったのである。そして極めつけが「治療法として初期にドーパミンが効く場合があるが、効果は長続きしない場合が多い」である。

直人は、なぜこれにもっと早く気づいてやれなかったのかと自分でも情けなくなった。実は直人は洋子の病院の帰りに大きな書店で医学書をよく立ち読みしていた。その中にこのパーキンソン症候群の進行性核上性麻痺の症状についても読んだ記憶があったが、その時は全く気づかなかったのである。直人はその後の説明はもう耳に入らず、半ば放心状態で立ち上がり、セミナー室を後にした。

ホテルに戻ってからも何をする気力もなかった。洋子に何と言って説明したらいいものか途方に暮れた。その夜は後悔の念に苛(さいな)まれ一睡もできなかった。

翌日の朝九時に自治医大の脳神経外科の窓口に診察券を出したが、もう花村教授に遺伝子治療のことを聞くのはどうでもよかった。その時、受付から声がした。

「山本洋子さん、三番の診察室へお入りください」

直人は「はい」と言って診察室に入った。

花村教授はテレビで観た通りの白髪の紳士であった。直人を見て、

「今日は奥様は来られていないんですか」

と質問した。直人は答えた。

「長崎に住んでいるので、今回は私がとりあえず先生のお話を聴くために参りました。昨日遺伝子治療のセミナーに参加しましたが、その時の資料を拝見して、進行性核上性麻痺の症状が家内の症状にぴったり当て嵌まったんです」

花村は言った。

「そうでしょう。パーキンソン病と進行性核上性麻痺のようなパーキンソン症候群を正しく判定するのは、ベテランの医者でもなかなか難しいんですよ」

直人は羽田空港から飛行機で長崎空港まで帰ったが、上京する時よりも時間が凄く長く感じられた。帰宅したのは夕方の四時少し前だった。直人は夕飯とシャワーを済ませて、これからどうしようかと思案した。とりあえず、明日植木先生に相談してみようと思い、その夜は早く就寝した。

翌日、直人は植木先生に自治医大でのことを報告し、これからどうするかを相談した。

「先生、私はこれまで家内はパーキンソン病だと信じて疑わず、iPS細胞や遺伝子治療による根本的治療を目指して毎日介護を続けてきました。ところが自治医大のセミナーで、家内の病気はパーキ

ンソン病ではなく、進行性核上性麻痺ではないかという大きな疑問を持ちました。もしそうであれば、iPS細胞や遺伝子治療ではこの病気は治せないそうです。

つまり、iPS細胞や遺伝子治療は典型的なパーキンソン病を治す治療法であり、進行性核上性麻痺などのパーキンソン症候群は治せないとのことです。洋子を完治させるという目標を失った私にはこれからどうしたらいいかわかりません。先生、私はこれから何を目標に介護を続ければいいんでしょうか」

植木は困った顔をして直人に話した。

「山本さん、私も最近の奥様の症状を診て、もしかするとパーキンソン病ではなくパーキンソン症候群ではないかと疑いを持ち始めていたんです。しかしながら、一〇〇パーセントパーキンソン病ではないとは断定できません。ここはもう一度精密検査を受けてみませんか。この病院ではその検査設備がありませんので、長崎で一番その分野で最先端を走っている長崎東西病院で再検査を受けてみてはどうですか」

直人は答えた。

「そうですね。先生のおっしゃる通り、精密検査を受けてどっちの病気かをはっきりさせることが先決ですね。わかりました。よろしくお願いします」

三月二十五日、洋子はパーキンソン病の専門病院である長崎東西病院に検査転院した。主治医は院長ではなく、浅井次郎という、年の頃は五十代前半の神経内科医になった。

直人はこの病院に転院して、それまでの長崎道の駅病院とのあまりの違いに驚いてしまった。まず、長崎東西病院は看護師の人数が圧倒的に多かった。四人部屋を三人で担当しているのである。何かあったらこの三人の誰でも対応できるシステムである。各フロアは施錠されておらず、受付で記帳することもなく自由に面会ができた。

それからナースステーションにはリハビリ担当の理学療法士、作業療法士、言語聴覚士などが常駐しており、毎日三階の大きなリハビリ施設に洋子を車椅子で運んでくれた。食事も患者全員一緒に食堂で摂り、食事前には全員が一斉にパーキンソン病のリハビリ体操を行っていた。とにかく、至れり尽くせりの対応であった。

直人は精神科病院の集団管理方式に疑問を抱いていたが、この病院に来てその疑問が解決した。やはり精神科病院と一般病院は、患者の病気に合わせて選択しなければならないと痛感した。

それから一か月後に洋子の精密検査が始まった。精密検査は脳血流検査、心臓交感神経検査、ダットスキャン検査（脳内の特定部分を画像化する検査）、頭部CT検査（X線を使って脳の断面を撮影する検査）、中脳萎縮検査の全部で五つの検査が三日間にわたって実施された。そして四日目の午後三時から、直人は主治医の浅井先生から精密検査結果の説明を受けた。そこには看護師長、担当の看護師、理学療法士、作業療法士、言語聴覚士も同席した。浅井は全員揃ったところで話し始めた。

「山本さん、結論から申し上げますと、奥様の病気は間違いなく進行性核上性麻痺です。パーキンソン病ではありませんでした。こうした当初の診断の誤りはよくあることなんです。特にパーキンソン病とパーキンソン症候群は、どちらも初期症状は同じパーキンソン病の症状で区別がなかなか難しく、病状がある程度進むに連れてどちらなのか明確になるケースがよくあります。パーキンソン病ではないという根拠は、心臓交感神経検査により判明しました。

そこで、これからの治療法ですが、正直言って進行性核上性麻痺に効く薬は今のところありません。ただ、パーキンソン病の薬が固縮に効果があることと、認知症の薬と併用することにより、進行性核上性麻痺に効果があったと報告された事例があります。したがって、今までのドーパミン、ノルアドレナリン、コリンに加え、認知症の薬であるドネペジルを服用することが考えられます」

直人は浅井に質問した。

「先生、検査の結果で進行性核上性麻痺ということが判明したことはわかりましたが、その病気であるという確率はどれくらいですか」

浅井は答えた。

「断定的には言えませんが、おそらく八十パーセント以上の確率で進行性核上性麻痺の可能性があります」

直人はそれを聞き、洋子の病気はいつか根本治療により完治させるというこれまでの目標と期待が木っ端微塵に打ち砕かれたのを感じた。洋子の難病との闘いは直人の完敗であった。

これまでの介護は、直人にとってあくまで洋子を完治させるための通過点であって、最終目標はｉ

ＰＳ細胞や遺伝子治療により完治させることであったのだ。直人はこれから洋子を介護していく目標を完全に見失ってしまった。

「わかりました。それでは先生のおっしゃる通りの薬の処方でお願いします」

直人は意気消沈して小さな声で答えた。

「じゃあ早速、今日から薬を変更します」

浅井は言った。

その時、直人の意気消沈した様子をじっと見ていた看護師長が、直人に声をかけてきた。

「山本さん、奥様は今が最もつらい時期なんです。この時期を乗り越えると、奥様には長かったトンネルの向こうに一筋の希望の光が見えてくるはずです。もう少しの辛抱だと思いますよ。そんなに気を落とさず頑張ってください」

この看護師長の一筋の希望の光という言葉を聴いて、直人は自分が間違っていたことに気づかされた。

「そうだ。洋子を介護していくこと自体が最終目標だったんだ。その目標に向かって闘い続ければ、洋子はいつか完治するんだ。たとえ、完治するまでにいくら時間がかかろうと、自分の介護によって洋子が昨日より今日、今日よりも明日と少しずつでもよくなることによって一筋の希望の光を感じてくれるようになれば、それは大成功であり、それこそが難病を打ち負かした証なんだ」

直人は、看護師長の一言でこれからも洋子の難病を完全に打ち負かすため、毎日の介護を続けていかなければならないんだという、本当の自分の目標がわかったのである。

第六章　胃瘻（いろう）の選択

洋子はその年の六月二十五日に、検査入院していた長崎東西病院から長崎道の駅病院に戻った。長崎東西病院に検査で転院した時に、そういう条件になっていたようだ。どこの病院でも入院は三か月が一応の目安になっている。これは三か月を過ぎると病院に入る診療報酬が少なくなるからだそうである。

直人はまた精神科病院の集団管理病棟で洋子を介助することになった。

病室は今度は七階の七〇八号室で四人部屋であった。この病室には、六〇五号室にいた洋子と同じ病気の高野さんがいた。高野さんと洋子はリハビリ室でいつも一緒になった。高野さんはリハビリ室で初めから終わりまで「早く帰りたい、早く帰りたい」とみんなに訴えていた。直人はそれを聞くと、洋子も入院当初にそう言っていたことを思い出した。残りの二人は八十代くらいの高齢の患者であった。

ある日、高野さんは面会室で介護士に食事の介助を受けていた。洋子は高野さんが終わった後にその面会室で食事をする順番になっていたので、直人は高野さんが終わるまで面会室の様子を窺っていた。

介護士は制服を着た中年の男性で、どこかの介護士事業所から派遣されているようであった。彼は、

「ちゃんとご飯を食べないと家に帰れないよ。早く食べて」

と言いながら、スプーンでご飯を無理やり高野さんの口に差し入れた。高野さんはそれを飲み込むことができず、彼がこれを何回か繰り返すうちに高野さんの頬が膨らんで、とうとう彼の顔に吐き出してしまった。彼は、

「何をしているんだ、このバカ」

と高野さんを罵った。それでも彼女はご飯を吐き出した後も、

「早く帰りたい、早く帰りたい」と繰り返していた。

直人は、こんな介助の仕方では高野さんが可哀想だと思った。やはり、食事介助はどのようにして本人が自発的に食べるように仕向けるかが大事なことである。この介護士はその点でも失格であり、ましてや怒って罵るなんて論外だと直人は思った。

高野さんはまだ今のところ声が出せるので、洋子よりも介助しやすいはずである。彼女に比べて洋子の場合は声が出せずコミュニケーションが全く取れないため、洋子の行動パターンがわかっていないと食事の介助はできない。直人は自分の入院中は、おそらくこんな高野さんのような食事の介助でまともに食事を摂ることができず、一か月に十五キロも痩せてしまったのだろうと改めてわかった。

高野さんは洋子が東西病院に検査転院する時には何とか自立歩行ができていたが、今は完全に車椅

子の生活になっていた。やはり、洋子と同じ病気だということで症状がどんどん進行しているようであった。

洋子は道の駅病院に戻るとまた体重が減少し始め、四十五キロまで落ちてしまった。最初に入院してから一年余りで二十キロ以上も減少したことになる。ところが、看護師たちは洋子の急激な体重の減少に気がついていなかったようである。毎月初めに全員体重を測ることになっていたが、看護師たちは誰が測っていないかは細かくチェックしていたが、体重が以前と比べてどれだけ増減しているかなどには興味もなかったようだ。

直人はさすがにここまで体重が減り続けていることから、主治医の植木に頼んで経鼻による栄養補給をお願いした。植木は言った。

「そうですか、そこまで体重が減っていましたか。今日の夕方から鼻からの栄養投与を開始しましょう。看護師長に指示しておきますから」

植木は看護師長に連絡して、夕方から経鼻による栄養投与が始まった。最初は洋子も鼻からチューブを差し込まれて苦しそうであった。洋子に栄養投与していたあるベテラン看護師が直人に言った。

「ご主人、この鼻からチューブを差し込むのは看護師全員ができるわけではないんですよ。ある程度経験を積んだベテランじゃないと気管を傷つけたりするんです。ただし、毎回ベテランの看護師に当たる保証はどこにもありません。そうでない看護師に当たれば、気管を傷つけるリスクも高くなります。だから経鼻による栄養投与はあまり長期間にわたってできるものではありませんよ」

直人は答えた。

「そうですね。ただ、胃瘻（いろう）はどうしても延命措置という感じがするんで、まだ勘弁してほしいですね」

看護師はそれを聞いて直人にアドバイスした。

「一度、隣の希望が丘病院で胃瘻の話を聞いてみたらどうですか。私もあまり専門的なことはわかりませんが、昔と違ってそんなに難しい手術でもなさそうだし、回復すれば取り外すこともできるそうですよ」

直人は一度聞いてみる価値はあるかなと思った。希望が丘病院と道の駅病院は、経営者同士が兄弟だと聞いたことがあった。

翌日、直人は洋子が眠ったところを見計らって希望が丘病院に行って、胃瘻の話を内科の担当看護師に聞いた。看護師は胃瘻の基本的なことを話してくれ、胃瘻の冊子を直人に渡してこれを読むように言った。その『胃瘻ケアハンドブック』と題した冊子にはこう記載されてあった。

「胃瘻とは、お腹にあけたもう一つのお口です。胃に小さな穴を開け、そこにカテーテルと呼ばれる小さなストローのようなものを通し、そこから胃に直接栄養やお薬を投与したり、胃内を減圧したりするために使います。胃瘻を造るためには、内視鏡を用いて手術を行います。胃瘻の手術は、僅か十五～二十分程度で、患者様に負担の少ない手技です。お風呂にもそのまま入れます。抜いてしまえば穴はすぐに閉じるので元に戻ります。ピアスと同じです。在宅でも管理できます」

直人は以前父親の胃瘻による栄養投与を見て、胃瘻は延命措置という固定観念を今まで持っていたが、この考えが根底から覆る思いであった。特に最後の「在宅でも管理できます」という記載に、「これは本当に在宅介護ができるかもしれない」と、直人はこの時から胃瘻による在宅介護を考え始めた。

その日の夕方、直人が帰ろうと玄関ドアの解錠を看護師にお願いしたところ、看護師長が「私がやりますから」と言って玄関ドアへ一緒に向かいながら、直人に話しかけてきた。

「山本さん、経鼻による栄養投与はそろそろやめて、胃瘻の造設を考えた方がいいですよ。気管を傷つけてしまうリスクを考えると、いつまでも鼻からというわけにはいきませんよ。それに洋子さんは我慢強い女性ですが、鼻からチューブを差し込むのは相当苦しいはずですよ」

直人は看護師長に言った。

「そうですね。最近、洋子も食事中にむせることが多くなってきましたので、誤嚥性肺炎が気になっていたところです」

看護師長は直人に提案した。

「来週のどこかで植木先生も交えて、関係者全員集まって相談しませんか」

「そうですね。わかりました。よろしくお願いします」

次の週の月曜日午後二時から関係者が全員集まり、洋子の胃瘻造設に関するミーティングが行われた。関係者は主治医の植木、看護師長、副看護師長、担当の看護師、理学療法士、作業療法士、歯科衛生士、管理栄養士の八人と直人の合計九人であった。

　まず、植木が話を切り出した。

「山本さん、奥様の体重は今四十五キロで、もう危険水域に入っています。最初に入院された頃と比べ二十キロ以上も減っています。これは嚥下機能の低下で十分な栄養が摂れていないためです。緊急避難的に経鼻による栄養投与を行っていますが、今後のことを考えると、やはり胃瘻の造設が必要な時期にきているんじゃないかと思います」

　看護師長が付け加えた。

「経鼻による投与は、できるだけ経験豊富な看護師に担当させていますが、ご存じの通り人手不足で今後の対応には自信が持てません」

　副看護師長もそれに同調して言った。

「現在、この七階フロアに胃瘻を造設した方が一人いらっしゃいます。その方は口からも食事されています。胃瘻を造設したからといって口から食事ができないわけではありませんよ」

　直人はその両刀遣いの若い男性をよく食堂で見かけた。確かに移動式の点滴装置で胃瘻による栄養投与をしながら、口からも食事をしていた。直人は副看護師長に尋ねた。

「その男性は、パーキンソン病や認知症のように嚥下機能が低下したことにより胃瘻を造設したんじゃないでしょう。あの食べ方からすると、嚥下には全く問題ないように見えましたが」

副看護師長は弁解した。

「その通りです。あの男性はパーキンソン病でも認知症でもなく、事故で脳に損傷を受け、一時寝たきりになり、自力で栄養を摂ることができなくなったため、胃瘻を造設されたんです。そういう意味では奥様とは状況が少し違うかもしれませんが、両方から栄養を摂取していることは事実ですよ」

直人はそれに反論した。

「胃瘻を造設しても口から食べることもできるんですと言われても、家内の場合は嚥下機能が低下して飲み込むことができなくなっているんです。したがって、胃瘻を造設すると永久に胃瘻による栄養投与になってしまうんじゃないですか？　違いますか？　だから、私は今が胃瘻を造設するタイミングなのかどうかを悩んでいるんです。少しでも長く口からの栄養摂取をさせてやりたいんです。ただそれだけなんです」

その他のリハビリの担当者は、胃瘻造設に関する直接的な意見を述べることはなかったが、全員が異口同音に洋子さんはリハビリで一生懸命頑張っていると言っていた。ただし、それによって嚥下機能が改善することは難しいというのも全員の共通認識であった。管理栄養士も、これまでいろいろ対応してきたが、もう限界だという意見を述べた。

唯一、違った意見が出たのは歯科衛生士からであった。彼女はこう言った。

「奥様は口腔ケアを開始してから随分と嚥下機能がよくなったように思います。私は個人的にはもう少し口腔ケアをしながら、様子を見てもいいんじゃないかなと思います」

それに対して主治医の植木が異を唱えた。

「そうは言っても、体重がここまで落ち、間違いなく危険水域に入ってしまっている。これ以上様子を見るといってても限界がある。体重が四十キロを下回ったらアウトだ」

直人はびっくりして植木に質問した。

「先生、アウトとはどういうことですか」

植木は弁明した。

「アウトという言い方はまずかったかな。取り消します。私が言いたかったのは四十キロを切るともう体力が持たないという意味で言ったんです」

直人はみんなの話を聞いた後、自分の考えを話した。

「家内のために皆さんがこんなに心配してくださっていることに大変感謝しています。ありがとうございます。ただ、私の認識が間違っているかもしれませんが、皆さんのお話をお聞きしていて、今日の全体ミーティングは、私に早く胃瘻の造設を決断しろと言っているように思えてなりません。そして、その理由が家内のためというより、経鼻による栄養投与の際に気管を傷つけてしまうリスクに対して、病院側ではその責任を負えないと言っておられるように聞こえてなりません。

私は実は、時期が来れば胃瘻の造設もやむを得ないと思っていましたが、それが今なのかを判断できないで迷っていました。しかしながら、ある看護師さんのアドバイスで希望が丘病院で胃瘻の説明を受け、タイミングというよりも家内のことを第一に考えれば、早い方がいいのかなと思うようになります。 いろいろご心配をおかけしましたが、今日みなさんのご意見をお聞きして、早く胃瘻を造設することを決めました。そして、来月にも家内を連れて川崎に戻る決心をしました。これまで大変お世話になりました」

全員、直人が洋子を連れて川崎に戻るということを聴いて唖然（あぜん）としていた。

売りに出していた川崎の自宅が売買契約寸前まで話が進んだこともあったが、幸い、まだ売れていなかったことも、直人に川崎に戻る決断をさせた大きな理由の一つでもあった。

ところがその一週間後に、直人が恐れていたことが現実となった。

いつものように、家から持参した飲むヨーグルトと自家製のスムージーを飲ませている時のことであった。直人は洋子の喉ぼとけが一口目でゴックンと上下するのを確認した上で二口目を与えていた。飲むヨーグルトは上手く飲めたが、スムージーのボトルを洋子の口に持って行った時に、一気に中身が口に入ってしまった。直人は慌ててスムージーのボトルを口から離したものの、先ほど飲み込もうとしたスムージーを吐き出してしまった。洋子は苦しそうだったので、直人は背中をさすったり、叩いたりした。嘔吐は治まったものの、今度は咳き込み始め、その後激しい空咳が続いた。洋子はその晩から熱を出し始めたそうだ。

看護師によると、熱は急に高くなり、夜中に測った時には四十度を超えたそうだ。翌朝、レントゲン検査で誤嚥性肺炎と診断され、すぐに抗生剤の点滴が始まった。

実はこの時にはもう、直人は川崎に戻る日も十一月二十二日と決め、準備を始めていた。これから引っ越しの準備や飛行機の手配などをしようとしていた矢先の出来事であった。

幸い、洋子の熱は三日後に下がったが、胃瘻の造設手術はすぐにはできなかった。ある程度体力が回復するのを待つ必要があったからだ。

十一月に入ってから、ようやく洋子の体力が回復し始めた。体重も少し戻ったが、この時は三十八キロと主治医の言う危険水域をとっくに越えていて〝アウト〟の水域に入っていた。

直人は洋子の体力が残っているうちに連れて帰らないと永久に帰れないのではないかと思い、胃瘻造設の手術を早くしてもらうように主治医の植木に頼み込んだ。植木は希望が丘病院の内科の山崎医師に依頼してくれ、直人はすぐに山崎を訪ねた。

山崎は年配のベテランの内科医で、直人に言った。

「山本さん、植木から事情は聞きましたが、胃瘻の造設手術はどんなに早くても十一月十六日にしかできませんよ。あなたが奥さんを連れて帰る日までに手術後一週間もありませんよね。連れて帰られる日にちを延期してはどうでしょう」

直人は答えた。

「先生、日程はもう変えられません」

山崎は怒り出した。

「手術後に順調に回復したとしても、すぐに飛行機で長旅をするなんて無茶ですよ。植木先生も何を考えているのやら。精神科の医師は内科のことを何もわかっていない」

山崎の言うことはもっともであった。直人もただでさえ連れて帰る自信があったわけではないのに、それが手術直後ともなればなおさら不安であった。

しかし、直人もここまで来たらもう後には引けない。

「先生、わかりました。とにかく十一月十六日に手術をお願いします。その後に何かあって回復に時間がかかることが判明した時点で、川崎に連れて帰る日を延期しますから」

直人もかなり強引であった。山崎はその提案を渋々受け入れてくれた。

こうして、洋子を川崎に連れて帰る段取りがすべて完了した。それは山崎に言わせると「無謀な計画」であった。


十一月十六日に洋子の手術は無事に終わり、山崎医師は直人に言った。

「奥様のお腹は思ったより筋肉がついていて手術も短時間で終わりました。あれなら今後の経過も順調に行くかもしれませんね」

それから六日間、洋子は順調に回復した。そして十一月二十二日の当日を迎えた。今回の退院では洋子の意識は朦朧（もうろう）としていたようで、さすがに笑顔はなかった。病院の玄関でお世話になった先生方や看護師さんたちが別れを惜しんでくれたが、本人は眠ったままであった。

長男翔太の家族が長崎空港まで車で送ってくれた。出発まで二時間もあったため、出発ゲートを入ってからは直人が一人で車椅子を押しながら待合室をぐるぐると散歩して時間を潰した。洋子は車椅子が動いていると機嫌がよかった。飛行機に乗り込んでから洋子は眠りにつき、直人は羽田に着くまで眠っていてくれと祈るような気持ちであった。

そして、ようやく羽田空港に到着した。直人は洋子の車椅子を押しながら七番出口に向かった。洋子にとっては二年ぶりの東京であった。

第七章　在宅介護

羽田空港には、次男の燕と小野山夫妻が車で迎えに来てくれていた。どちらも洋子が痩せ細り、変わり果てた様子に驚いていていたようだ。

羽田空港から川崎の自宅までは四十分ほどで着いた。自宅の掃除は長女の久美と小野山夫人がやってくれていて綺麗になっていた。必要最小限の生活必需品は久美が取り揃えてくれていた。介護ベッドと大きな車椅子はダストンからレンタルしてあり、直人はとりあえずこれで何とか在宅介護生活はできると一安心した。

夕方、燕と一緒に洋子をお風呂に入れてみたが、大の男二人がかりでも、三十八キロしかない洋子を三階から二階の風呂場まで運んで湯船に入れるのは大変であった。直人はそれまでは、車椅子と昇降機を使って何とか自分一人でも洋子を風呂に入れられるんじゃないかと楽観視していたが、二人でもとても無理だとわかった。

翌日は小野山夫人に洋子を見てもらい、宮崎台の駅前にあった地域包括支援センターに行って、これからの在宅介護に関していろいろ相談した。ここで宮前ケアセンターを紹介され、訪問看護や訪問診療の相談をした。

その後、宮前区役所で転入届、障害者手帳の申請手続き、難病指定の住所変更手続き、玄関の昇降機取り付けに関する川崎市への補助金申請手続き、マイナンバーカードの住所変更届などをまとめて行った。直人は「さあ、これから頑張るぞ」と初めての在宅介護に身の引き締まる思いであった。

ところが、在宅介護の二日目から早くも厳しい現実を突きつけられることになった。

夜の八時過ぎに洋子が急に咳き込み始めたのだ。長崎の道の駅病院で使っていた口腔ケアスポンジを使って痰を掻き出してみると、かなりの量の痰が取れたのでこれでもう大丈夫だろうと思っていたが、一時間も経たないうちに再び洋子は咳き込み始めた。

とうとうこの繰り返しで、直人は朝方まで約一時間おきにスポンジで痰を掻き出し、洋子は朝方になって、ようやく咳が治まり眠りについた。直人は結局布団に少し横になっただけで一睡もできなかった。この時、初めて直人は病院の夜勤の看護師さんたちの苦労がよくわかった。

こんなことが毎日続いたら大変だと思い、桜田門病院のソーシャルワーカーの須永さんに相談したところ、彼女はこう答えた。

「山本さん、長崎の病院で吸引はしていなかったんですか？　胃瘻による栄養投与の場合はどうしても痰が出ますので、吸引をしなければ誤嚥性肺炎になりますよ」

直人は言った。

「そうなんですか。でもそんなことは全く聞いていません。もっとも長崎で胃瘻の造設をしてから一週間も経たないうちに川崎に戻ってきましたので、そんな大事なことを聴く時間はなかったと言えば、その通りなんですが」

須永は直人にアドバイスした。

「福祉用具を専門にしているオランダベッドの担当者を紹介しますので、連絡を取ってみてください。吸引器のようなメディカル用品も取り扱っていますから」

直人はすぐにそこに連絡して、吸引器を購入することにした。

オランダベッドの担当者は、直人に、

「山本さん、吸引器の取り扱いは病院でちゃんと指導を受けていますよね。吸引は医療行為ですから看護師じゃないとできないんですよ」と質問してきた。

直人は彼に答えた。

「吸引の指導を受けたことはありませんが、家内が入院していた時に何度も吸引するのを見ていましたので、やり方は大体わかっています」

「それじゃダメですよ。ちゃんと桜田門病院の看護師に指導を受けてくださいよ」

直人はわかりましたと答えたが、担当者がさっき話してくれたことが少し気になって質問してみた。

「先ほど、吸引は医療行為だから看護師じゃないとできないとおっしゃいましたが、在宅介護の場合は家族が吸引しても医療行為に当たらないんですか」

担当者は笑いながら言った。

「そうなんです。在宅介護の場合は厳密に言うと家族の方は吸引することはできないんですが、看護師の指導を受けていればそれができることになっているんです」

直人はまた質問した。

「じゃあ、吸引器を販売するときに看護師の指導を受けたかどうかを、どのように確認しているんですか」

担当者は、話を濁すように言った。

「とにかく、看護師の指導をちゃんと受けてくださいね。私はそう伝えて販売したと記録に残しておきますから」

直人は、「在宅介護には初心者にはわからない、いろんな抜け道があるんだ」と思った。

直人は長崎の道の駅病院や東西病院での吸引の様子を思い出しながら、とりあえず自己流で吸引を始めた。洋子はいつも歯を喰いしばっていて口からの吸引はどうしてもできなかったので、鼻から吸引することにしたが、なかなかカテーテルが気管まで入らなかった。

何回か角度を変えたりするうちに、上手く入る角度と力加減がだんだんわかってきた。これでもう大丈夫だと思っていたが、ある時宮前ケアセンターの本山裕子という訪問看護師に、ちゃんと病院で指導を受けたかどうか確認され、受けていないと正直に答えたところ、こっぴどく怒られた。

本山は直人の吸引の様子を見て言った。

「山本さん、その吸引の仕方ではダメです。手順が全然違いますよ」

直人は答えた。

「吸引に手順があるんですか？　吸引は長崎の病院で何度も見てやり方はわかっていますが、改めて手順と言われてもよくわかりません」

本山は直人を怒った。

「何を言っているんですか、吸引は医療行為ですよ。在宅介護の場合、最初は看護師の指導をちゃんと受ける必要があります。奥様の気管を傷つけたらどうするんですか」

直人はいきなり怒られて驚いたが、洋子のことをそこまで真剣に心配してくれていることがなぜか嬉しかった。

その後に来てくれた訪問看護師たちは、バイタルチェック、オムツ交換、褥瘡（床ずれ）の処置で約一時間かかり、オムツ交換の時には決まってベッドのシーツまでダメにした。そこで、直人は手紙で本山に毎週来てもらえないかと頼んでみたところ、本山からすぐに断りの手紙がきた。

「山本様

私たち訪問看護師は人手不足で毎日大変なんです。特定の患者さんに限定して訪問することなどはできません。個人的には毎週お伺いしたい気持ちは山々ですが、そういう事情ですのでご理解のほど、よろしくお願いします。山本様もあまり頑張りすぎないようにしてくださいね」

直人は本山の返事に、さすがはプロ意識が高いなと感心したが、最後に自分のことまで心配してくれているのを読んで、本山の優しい気遣いに本山が自分の妹のような不思議な感覚を覚えた。

不思議な感覚と言えば、直人は在宅介護を始めるようになってからこうした不思議な感覚に襲われることが多くなった。まず最初は洋子と長崎に戻って来た時のことである。洋子は入院していた母親に代わって、毎朝欠かさず仏壇に一番茶をお供えしていた。直人は洋子に「誰にお供えしているの」と聞いたことがある。その時、洋子は仏壇の上の壁に掛かっている若い女性の写真を指さして、「あの人に」と答えた。

直人は、その若い女性の写真は洋子の祖母だと思い込んでいた。その時には何も不思議には思わなかったが、ある日その写真を見ていて、その女性が祖母ではないことに気づいた。単純な理由であった。その写真の女性はどう見ても二十代そこそこで、亡くなった祖母の若い時の写真を仏壇の上の壁に掛けておくはずがない。洋子にもう一度聞いてみると、

「それは長女の久美姉さんよ」と言った。

直人は驚いた。洋子には加代という姉はいたが、久美という姉がいることは全く知らなかったのである。後で洋子に詳しく聞くと、長女の久美は被爆二世で、二十四歳の時に亡くなったそうである。洋子の家族は、久美のことはあまり話したがらなかったようである。

そういえば、直人も久美の写真は壁に掛かっていた写真を除いて一枚も見たことがなかった。直人は洋子が入院した後、洋子に代わって毎朝一番茶を仏壇にお供えしてきた。

直人はある日の深夜に目が覚め、何気なく、その仏壇のある部屋を見た。すると、そこに何かぼんやりした白いものが見えた。洗濯物をしまい忘れたのかなと思い、ベッドから立ち上がろうとした時、その白いものが急にふわふわと浮き上がって消えてしまった。

直人は思わず「久美さん」と声が出た。なぜ久美さんと言ったのか、直人は自分でもわからなかった。

翌朝、直人はその部屋に行って、仏壇の中にある位牌を取り出して見た。確かに「山下久美　享年二十四」と書かれてあった。ところが、命日が「昭和四十五年九月十五日」と記されていたのを見て、久美姉さんの霊が昨夜ここに戻ってきていたのだと確信した。昨日は九月十五日だったのだ。

不思議なことはこれだけではない。直人の長女も実は久美という名前である。これは直人が名付けたものであるが、その時、直人は洋子に姉の久美がいることを知らなかったのである。ところが二人は偶然にも同じ名前であった。

偶然はそれだけではない。直人の誕生日は二月十日であるが、なんと洋子の姉久美も同じ二月十日が誕生日だったのだ。さらに直人の長女の久美の誕生日は九月二十八日であるが、当時の母子手帳には出産予定日が九月十五日となっていた。その日は亡くなった姉の久美の命日であった。

不思議なことは直人と洋子が川崎に戻ってきた後にもあった。ある日、直人は川崎で亡くなった母の夢を見た。その夢の中で母は女の赤ちゃんを抱いて、神社の崖の上に悲しそうに佇んでいた。それはまるで無理心中でもしそうな様子で、直人は思わず「やめろ、やめろ」と夢の中で叫んでいた。その時、母が抱いていたその赤ちゃんが、どういうわけか訪問看護師の本山とダブって見えたのだ。直人は、その夢の中で本山が自分の本当の妹のように思えた。何とも不思議な夢であった。

母は理髪店の仕事が忙しくて、四人目の女の赤ちゃんを流産したそうである。母はこの十字架を死ぬまで背負って生きてきたに違いない。

直人は母が川崎で亡くなった時、洋子を長崎の病院で介助していた。直人は川崎で母の葬儀を済ませた後、すぐに母が入居していた老人ホームに残された荷物を引き取り長崎に送った。その後、洋子の介護が忙しく長崎でその荷物を開けることもなく、川崎に洋子を連れて戻る時にそれをそのまま自宅に送った。

最近、在宅介護に少し余裕が出てきたので、母の遺品を整理しようとその荷物を開けてみたところ、そこに母が大事にしまっていた山本家の過去帳（亡くなった家族の名前や亡くなった日にちなどを書き記した帳面）を見つけた。

直人は、その過去帳の最後に、母が亡くなった日にちや年齢および法名をお寺で書いてもらったが、その裏側に母が流産したと思われる女の子の名前と命日が記されていた。それはおそらく母が自分で書いたものだろう。名前は山本裕子、命日は昭和三十年九月十七日と書かれていた。

直人は何か気になって、本山裕子に誕生日を聞いてみた。昭和五十六年九月十七日だった。直人は、本山の誕生日と妹の裕子の命日が偶然にも一緒だったことに、やはり何か不思議なものを感じた。

直人は洋子の在宅介護の様々な場面で本山に助けてもらうことになった。

ある時、直人は洋子の息遣いがいつもと違うことに気づいた。どこか息苦しそうだったので、熱を測ったら三十八・七度もあった。

慌てて訪問診療の先生に電話をかけ熱があることを伝えたところ、新型コロナウイルスに感染したのではないかと疑われてしまった。直人は冗談じゃないと思い、先生に、

「そんなはずはないでしょう。洋子はずっと寝たきりで、私も三日に一度しか外出していない。それもマスクをちゃんと付けてストアに買い物に行くだけで、時間も僅か三十分です。こんな生活をしているのに新型コロナウイルスに感染するんだったら、誰もが感染していますよ」

と反論した。先生は「それもそうだね」と言ったが、一つだけ質問した。

「訪問看護師や訪問入浴の看護師、介護士で最近担当者が代わったりしていませんか」

先生は、外から持ち込まれる可能性もあると言いたかったのかもしれないが、もしそんなことがあれば、すぐに利用者の家族に連絡するはずであり、失礼な話である。先生は、

「とりあえず、訪問看護師に様子を見に行かせますから」と直人に言った。

それから五分も経たないうちに本山看護師が来てくれた。洋子が寝ている三階に上がって来るなり、

「山本さん、この部屋少し暑くないですか。それに洋子さんに布団まで掛けて」

直人はそう言われるまで、洋子が暑がっていたことに気づかなかった。本山は洋子の布団を剥いで脇をパタパタさせ籠もった熱を逃がして、それから洋子の体温をもう一度測ってみた。

「山本さん、熱は三十六・八度まで下がりましたよ。きっと室内の温度が高かったのと、掛けていた

布団で熱が籠もっていたんですよ。もっと注意して介護してください。人騒がせな」

　直人は今回も本山に怒られてしまった。

　直人は洋子の症状が気になると、本山看護師に相談に乗ってもらっていたが、あまりにも頻繁に相談するため、さすがに本山も直人に文句を言ってきた。

「山本さん、私はよろず相談係ではありませんよ。電話でいろいろ相談されても実際に奥様を診ないと適切なアドバイスなど出来ませんよ。月に何回かは必ずお伺いしますから、それ以外の時は訪問診療の先生に相談してください」

　直人はそれを聴いて本山に問いかけた。

「本山さん、訪問診療の先生に相談したら、『何かあったら宮前ケアセンターの本山さんに行ってもらうように指示しますから』と言われたんですが、どうしましょうか」

　本山はそれを聴いて返す言葉を失ったようだ。

　そうは言っても、直人は本山にあまり迷惑をかけないように、携帯のショートメールを利用するようにした。

　すると、今度は本山からの返信メールで、

「訪問看護の利用者やその家族の方々とのメールは、会社のルールで禁止されていますので、今後は控えてください」

と、またしても怒られてしまった。
しかし、直人はこの会社のルールとやらには納得できなかった。なぜなら、これに従えば訪問看護師は知り合いが利用者やその家族に該当した場合、その人たちとのメールは出来なくなってしまうからである。そもそも、訪問看護師の役割には利用者やその家族に対するケアが含まれているはずである。直人は一般の会社と顧客との関係であればまだしも、訪問看護のような介護の世界で、利用者やその家族と連絡を取ってはならないというルールは現実にそぐわないのではないかと思った。現在のように新型コロナウイルス感染予防のために推進されているオンライン会議などのリモート対応にも明らかに逆行するものである。

直人は二十四時間在宅介護していると、深夜に洋子の咳が止まらず、息を詰まらせて苦しむこともあり、どうしようもない不安に駆られることもある。そんな時に直人を励ましてくれたのは本山のアドバイスであった。
「山本さん、奥様は山本さん以上にお辛いと思いますよ、山本さんがそんな弱気になってどうするんですか。もっと頑張ってもらわないと奥様が可哀想ですよ」

普通の人にとって日曜日というのは、楽しく待ち遠しい日であろう。しかし、直人にとっての日曜日は訪問看護も訪問診療もなく、全くコミュニケーションのない「暗黒の日曜日」なのである。直人は在宅介護を始めるようになってから、それまでは何とも思っていなかったコミュニケーションの大切さを痛感させられた。偶に携帯メールが来ると、相手が誰であろうと返信が長文になってしまうのは、おそらく日常のコミュニケーション不足の反動なのであろう。

こんな初心者の在宅介護も、一年もするとようやく慣れてきた。そうした中、最近、洋子の症状が信じられないほど改善している。いつか桜田門病院の先生が言っていた「症状が改善することは期待しないでください」という話は一体何だったんだろう。

直人はこれまでの在宅介護の記録を引っ張り出して、在宅介護と入院で一体何が違うんだろうと調べてみた。そうすると、意外なことがわかった。

【直人の介護の日課】

（午前）

5：30　起床（音楽スタート、就寝まで）、ゴミ出し、介護準備

6：00　オムツ交換、お湯清拭

6：30　胃瘻による栄養投与（森永ＣＺＨＩ二六七cc、牛乳三五〇cc、豆乳一二五cc）

8：00　薬の投与（ドーパミン、ドプス、シロスタゾール）

8：00　歯磨き、口腔ケア三十分

8：30　吸引、咽頭の洗浄三十分、目薬、鼻薬、吸引器洗浄
9：00　言語聴覚士リハビリ
10：00　訪問入浴（看護師、介護福祉士、介護士）
11：00　車椅子体操、ストレッチ、車椅子散歩
（午後）
12：00　オムツ交換、お湯清拭
12：30　胃瘻による栄養投与（ラコール二〇〇cc、牛乳三五〇cc、豆乳一二五cc）
13：30　薬の投与（ドーパミン、酸化マグネシウム）
14：30　吸引、オムツ交換、お湯清拭、目薬、鼻薬、吸引器洗浄
15：00　訪問看護、訪問診療
16：00　車椅子体操、ストレッチ
17：00　胃瘻による栄養投与（ラコール二〇〇cc、牛乳三五〇cc、豆乳一二五cc）
18：00　薬の投与（ドーパミン、ドプス、ドネペジル、シロスタゾール、酸化マグネシウム）
19：00　吸引、咽頭の洗浄、目薬、鼻薬、吸引器洗浄
19：30　摘便、オムツ交換、お湯清拭
20：00　ベッドストレッチ→就寝

洋子の体重は、川崎に戻ってきた時の三十八キロから五十キロへと十二キロも増えた。もともとが六十五キロ以上あったことから、それと比べるとまだまだであるが、入院中に体重が増えることが過去一度もなかったことを思えば、素晴らしい改善である。

これはやはり、胃瘻による栄養投与を規則正しく行っていることが大きく寄与していると思われるが、それよりも大きく寄与しているのは精神面での改善であろう。入院中に見せていた険しい表情がなくなり、表情がずいぶん穏やかになった。これは自宅にいるという安心感が精神の安定に大きく寄与しているのは間違いなかった。

また、次に寄与しているのが、吸引により痰を取ることで良質な睡眠が十分に確保されていることである。痰が詰まって咳込むこともなくなった。

次は排泄である。直人は病院では人手不足でやってくれなかった摘便（便の掻き出し）を本山に教えてもらい毎日行っている。これにより、病院では欠かせなかった浣腸がなくなった。

そして最後は毎日の車椅子体操である。つまり、「栄養・安心・睡眠・排泄・運動」の五つが入院の時との大きな違いであった。

そして、もっと大きな効果をもたらしていたのが「訪問入浴」であった。

第八章　訪問入浴

直人は在宅介護に際して、最も心配していたのがお風呂をどうするかであった。

川崎の自宅に戻ってきた時に、次男と一緒に洋子をお風呂に入れてみたが、大の男二人がかりでも大変な作業で、これからどうしようかと途方に暮れていた。

ところが、宮前ケアセンターで訪問入浴という方法があると聞いてびっくりした。直人は実際に訪問入浴がどのようにして行われるのか全くイメージできなかった。説明してくれた訪問看護師も実際に訪問入浴を見学したことはなく、説明にも自信がなさそうであった。

その訪問看護師は、

「イチニ訪問入浴センターの成田良樹（なりたよしき）という管理者から訪問入浴の申し込みに関して直接山本さんに連絡してもらいますから」

と言った。

ところが、成田からなかなか連絡がなく、直人はイチニ訪問入浴センターは相当忙しいんだなと、洋子が本当に訪問入浴をお願いできるのか不安になり、こちらから電話をしてみた。

「もしもし、山本と申しますが、宮前ケアセンターの宮永ケアマネさんの紹介で訪問入浴をお願いしたいんですが、成田さんはいらっしゃいますか」

電話に出た女性は答えた。

「成田は今営業で出かけています。戻りましたら電話させますので」

直人は説明した。

「成田さんから電話をいただけるということで二日も待っているんですが、まだ連絡がないんです」

その女性は、直人が成田からの電話を二日も待っていると聞き、恐縮して言った。

「申し訳ありません。それでは成田に出先から連絡させますので、山本様の電話番号を教えてもらえますか」

「この携帯の番号にお願いします」

「わかりました。大変申し訳ありませんでした」

十分ほどして成田から電話がかかってきた。成田は宮前ケアセンターのケアマネさんから携帯の電話番号を教えてもらい、その番号に何回もかけたが誰も出なかったと直人に釈明した。

直人は成田がかけたその携帯番号を聞いて納得した。それは娘の久美の携帯番号であった。久美は直人が電話しても仕事中は絶対に電話に出なかった。久美は直人たちが川崎に戻る前にいろいろ準備してくれた際、おそらく自分の携帯番号を連絡先にしていたのであろう。直人も事情がわかって成田に謝罪した。

こうして洋子の訪問入浴は、十二月からの火曜日と土曜日の午後二時からと決まった。

直人は訪問入浴に興味津々であった。その日は午後一時五十分過ぎに訪問入浴車が玄関の前まで入ってきた。時間に正確であった。スタッフは成田と看護師、介護士の三人一組で、すぐに半分に分解された浴槽や、お湯を汲み出す小型ポンプ、ホース、バスタオルなどの七つ道具を三人で手分けして家の中に運び込んだ。

直人の家は三階建でお風呂は二階にあり、洋子は三階の介護ベッドに寝ていた。三人のスタッフの連携が上手く取れていて、午後二時にスタートして十分も経たないうちに、バイタルチェックを含めてすべての入浴準備が完了した。二階の風呂のお湯が三階のベッドの横に設置された浴槽に汲み上げられ、洋子はすぐに二人のスタッフに抱え上げられて浴槽に入った。

それから、女性スタッフに声をかけてもらいながら洗髪を終え、次に身体を入念に洗ってもらった。洋子は久しぶりのお風呂に気持ちよさそうにしていた。

約十分で浴槽から上がり、ベッドで褥瘡の処置をしてもらい、ボディークリームを塗ってもらったり、髪を乾かしてもらったりして、最後に洋服を着せてもらった。その後にもう一度バイタルチェックしてもらい、すべての訪問入浴作業が完了した。時間にして三十分ほどであった。その後、三人は手分けして後片づけを十分足らずで終わらせた。

直人は生まれて初めて見た訪問入浴に「なんと効率的なシステムなんだろう」と、ただただ感心した。

直人は、長崎の道の駅病院のお風呂との雲泥の差に驚いてしまった。道の駅病院のお風呂は火曜日と金曜日の週二回で、火曜日は男性が先発、金曜日は女性が先発と決まっていた。よくこの順番を守らない患者がいて看護師にこっぴどく怒られていたが、それは決まって男性の患者であった。

直人が一番恐れていたのが、この火曜日と金曜日が祝日に当たったり、その日に病院の行事があったりすると、看護師の手が足りなくなりお風呂が中止されることであった。時には二週間もお風呂に入れないこともあった。

直人はすべてが病院側の都合で運営されていた「病院第一主義」を、「患者第一主義」に改善してほしいと何度も看護師長に訴えたが、師長はどこの病院でも看護師の人手不足で同じ対応であることを理由に、このルールは変えられないと直人の訴えを却下した。

また、お風呂の当日は全部で六十人超の患者が入るため、まるで戦場のような忙しさで、洋子のように寝たきりの患者は最後まで待たされた上、機械の上に乗せられそのまま浴槽に入れられていた。これは機械浴と言うそうで、日本人が大好きなお風呂とは全くかけ離れた、単にお湯に浸かるだけの味気ないお風呂であった。そこには会話もスキンシップも何もなかった。

そして、お風呂から上がると車椅子に乗せられ、ここでも順番待ちで髪を乾かしてもらっていた。それでも洋子はお風呂から上がると気持ちよさそうにしていた。

イチニの訪問入浴で直人が一番気に入ったのは、三人がかりで洋子に声をかけながら身体を洗ってくれるというそのスキンシップであった。直人はおそらくこのスキンシップの効果が、洋子の症状の改善に大いに貢献しているのではないかと思った。

そこで、成田に無理を承知で訪問入浴の回数をもう一回増やしてほしいと頼んでみたが、訪問入浴は宮前ケアセンターの宮永ケアマネさんがその効果なども勘案して決めていたため、成田の一存では決められないというのである。

直人はこの話を聞いて、洋子が訪問入浴でどれくらいの改善効果があったかを介護記録で調べた。最初の五か月間は、火曜日と土曜日の週二回であったが、それ以前の長崎の道の駅病院の時と比べて、明らかに洋子の症状が改善した点は五つあった。

それは、まず苦しそうな険しい表情が少なくなったこと、開眼の時間が長くなったこと、手や指を自分から動かそうとしていること、痰を吸引する回数が減ったこと、朝、目覚めた時に「今日はお風呂だよ」と話しかけると嬉しそうな顔をすることの五つであった。

直人はこの五つの改善点をケアマネさんに話して、訪問入浴の回数を一回増やしてもらった。これで訪問入浴は次の五か月間、火曜日、木曜日、土曜日の週三回になった。

この効果はすぐに現れた。まず、一年以上も治らなかった褥瘡が完全に治ったことである。さらに訪問入浴による安心効果や、入浴によるほどよい疲れもあってか、夜に熟睡するようになった。

直人は再びケアマネさんにこれらの効果を話し、さらに訪問入浴の回数を増やしてもらった。次の三か月間、月曜日・火曜日・水曜日・木曜日・土曜日の週五回にしてもらった。

すると、今度はさらに驚くような改善を見せた。まず、咳やくしゃみの時に大きな声が出るようになり、言葉が出る発語が起きるようになってきた。また、寝言でちゃんとした言葉を発するようになった。訪問入浴の時には、スタッフさんの制服を掴んで離さないような悪戯（いたずら）までするようになった。顔の表情もさらによくなり、何かを言いたそうな表情をたびたびするようになった。

さらに直人が一番助かっているのは、夜中の痰の吸引がほとんどなくなったことである。胃瘻による栄養投与の後には痰の吸引が欠かせなかったが、これも就寝前の吸引だけで済むようになった。これらは明らかに訪問入浴でのスキンシップ効果と、会話を聞いて洋子の脳が刺激を受け、それが筋力の改善として現れてきた証拠であろう。

そこで、直人は今密かに考えていることがある。訪問入浴を日曜日以外すべての日に入れてもらうことである。洋子がどこまで改善するか楽しみである。

ちなみに、訪問入浴の時に体重をスタッフさんに抱えて測ってもらっている。直近の体重はついに大台の五十キロを突破した。まさに訪問入浴サマサマである。

ある日、直人はイチニの成田管理者に尋ねた。

「成田さん、訪問入浴は寝たきりの患者、特に洋子のような脳に病気のある患者にとっては、素晴らしい改善効果があると思うんですが、なぜもっと宣伝しないんですか。私自身もそうでしたが、病院の看護師さんや訪問看護師さんでも訪問入浴を知らない人が多すぎますよ」

成田はそれに答えた。

「そうなんです。訪問入浴はまだまだ認知度が低く、マイノリティなんです。私たちが受けている研修でも、講師自らが『訪問入浴の仕事は大変だ』と受講者に敬遠するように言っているんです。とんでもない話ですよ。私はもっと皆さんに知ってもらうことが訪問入浴の最優先課題だと思っています」

直人は言った。

「その通りですね。それに洋子の場合は収入が少ないことから、費用は一割負担で済んでいるので利用しやすいけれど、そうじゃない利用者の方は、回数を増やすと費用負担が大変ですよね。この辺りの現場の声を、もっと行政の方でしっかり受け止めてほしいですね。そうすれば訪問入浴の認知度も上がり、利用者ももっと増えると思いますよ」

イチニのスタッフは誰もが訪問入浴の仕事に一生懸命で、利用者の家族に対しても誠実に接してくれている。

直人はイチニの社員教育や営業方針がしっかりしていることに感心した。直人自身も訪問入浴のおかげで在宅介護の負担が大幅に軽減されて助かっている。訪問入浴というシステムを作ってくれた方にただただ、感謝である。

そんな中、いつものように訪問入浴車が玄関の坂道に入って来た。直人は玄関を開けて成田とスタッフの女性二人を出迎えた。

「こんにちは。今日もお世話になります」

「こんにちは。こちらこそ、お世話になります。山本さん、お元気そうですね」

　直人はその聴き覚えのある声に思わずそのスタッフを見た。それは何と平塚愛以だった。

「愛以ちゃん、久しぶりだね。イチニで働いているの」

「そうなんです。派遣スタッフとして今月からイチニさんにお世話になっているんです。訪問先が山本さんと聞いて、もしかすると、洋子さんのお宅かもしれないと期待して来ました。洋子さんは川崎に戻られてからお変わりありませんか。お見舞いにお伺いしようと思いましたが、新型コロナウイルスの影響でお伺い出来ず申し訳ありませんでした」

　直人は答えた。

「とんでもありません。外出自粛ですから仕方ありませんよ。洋子は長崎から戻ってから随分元気になりましたよ。平塚も元気でやっていますか。まだセコンで働いているんでしょう?」

「そうなんですが、もうそろそろ退職なんですよ」

「そうですか。お互いもうそんな年齢になったんですね。それにしても、愛以ちゃんがうちに訪問入浴に来てくれるとは感激ですね。洋子もきっと喜ぶと思いますよ」

　直人は、愛以が洋子を見てその変わりように驚くかと思ったが、さすがに病院経験が長いベテランの看護師だけあって、全く驚くようなこともなく洋子に話しかけた。

「洋子さん、お元気でしたか。顔色もいいみたいね。体重も大分増えたとご主人に聴きましたけど、武蔵小杉の社宅の時と比べたらまだまだ痩せているわね。これから毎週訪問入浴に来ますから頑張りましょうね」

平塚愛以は相変わらず周りの人を和ませる雰囲気を持っていた。

直人は介護生活の中で、洋子が元気だった過去のことを思い出すと、自分の心のコントロールが出来なくなるため、意識的に考えないようにしていたが、今日久しぶりに愛以ちゃんと会って、「愛以ちゃんは川崎労災病院で洋子と一緒に働いていた頃と何も変わっていないのに、なぜ洋子だけがあの頃とはすっかり変わってしまったのか」と、思わず元気だった頃の洋子を思い出してしまった。

それから、愛以は毎週訪問入浴に来てくれるようになった。直人も洋子もこの日が楽しみであった。

終　章　人生の百倍返し

川崎に戻り在宅介護を始めて三か月が経った令和二年（二〇二〇年）二月十八日のお昼頃、直人の携帯電話が鳴った。直人の携帯に電話があるのは宮前区役所か宮前ケアセンターのどちらかであったが、この電話は携帯に登録されていない先からの電話であった。誰だろうと思いながら通話ボタンをスライドした。

「はい。山本です」

するとそれは銀行の人事課長をしていた同期の松田徹（まつだとおる）だった。松田は銀行を退職して嘱託として人事部で働いていた。

「松田です。ご無沙汰しています。山本、元気にしているか」

直人は答えた。

「元気だけど、よく俺の携帯番号がわかったな。誰にも言ってないのに一体誰に聞いたんだ」

「実は同期の平塚に聞いたんだ。武蔵小杉の社宅で一緒だった平塚なら、お前の連絡先を知っていると思ってな」

直人は財団を辞めた時に、九州大学出身の二人の同期には連絡していた。その時、平塚は第二の職場のセコンのシステム部で働いていた。

直人は松田に尋ねた。

「それで、俺に一体何の用だ」

松田は言いにくそうに答えた。

「山本、実は悲しい知らせなんだ。お前がだいぶ前の銀行の中途採用面接の時に俺に頼んできたことを覚えているよな。あの時、お前が推薦してきた寺田毅が、出勤途中に総武線の電車に撥(は)ねられて亡くなったんだ。

何でも一番前の車両に乗ろうとホームの最前列で待っていた時に、目眩を起こしてホームから線路に転落し、そのまま総武線の電車に撥ねられたそうだ。後ろに並んでいた乗客が、電車が入って来る前に寺田がフラフラしているのを見て、大丈夫ですかと声をかけてくれたそうだが、寺田はその時は大丈夫ですと答えていたそうだ。その直後にホームから転落したようだ」

直人は驚いて、

「まさかそんな馬鹿な。そんなことってあるか。それは嘘だ。嘘に決まっている」

と茫然(ぼうぜん)自失となった。

寺田は直人が財団を辞めた時に、大手町の居酒屋で送別会をやってくれたことがあった。その酒席で男の厄年の話から、直人は四十二歳の時、出勤途中に目眩を起こして歩けなくなったことを寺田に

話し、

「通勤で電車を待つ時には絶対に最前列に並ぶなよ、ホームから線路に転落でもしたら電車に轢(ひ)かれて即死だぞ」

と注意したことを思い出した。

その後、寺田は銀行に中途採用されて直人と同じ企画部に配属され、結婚した時に、わざわざ長崎の道の駅病院に結婚の報告を兼ねて、洋子の見舞いに奥さんと一緒に来てくれた。奥さんは大人しそうな可愛らしい女性であった。

その時、確か奥さんは妊娠三か月と言っていたはずだ。その時の寺田の嬉しそうな顔を見て直人は、

「寺田君、そのニヤニヤした顔は病院にお見舞いに来る人の顔じゃないぞ。もう少し神妙な顔をしろよ」

と冗談を言ったことを覚えている。

「松田、それで寺田は何か病気だったのか」

「多分過労だろうな。どうも毎日遅くまで残業していたらしい」

「じゃあ、お前が奥さんにちゃんと労災を申請するように教えてやってくれよ」

「それはどうかな。お前も労災を適用するための厳しい条件は知っているだろう」

「松田、同期のよしみで労災が適用できるように頼むよ。寺田にはまだ幼い子供がいるんだから」

「何とかしてみるよ」

「頼んだぞ。俺は家内の在宅介護で動けないんだ」

「ところで、山本。寺田はお前が銀行を首になった時のことをいろいろ調べていたそうだぞ。知っていたか」

「何、あいつそんなことをしていたのか。馬鹿な奴だ」

松田は続けて話した。

「寺田は、お前が銀行を首になった本当の理由を知りたかったようだ。和田専務から下りてきた連結納税の取りやめ承認通知書に、税務の担当者が再度、この承認により当行は将来八〇〇〇億円の法人税負担が軽減できると書いて専務に報告したらしい。

ところが担当者は専務からこっぴどく怒られ、書類を突っ返されたそうだ。結局、この承認通知書は専務止まりで頭取には報告されなかったようだ。

そこで寺田は、専務がなぜこのグッドニュースを頭取に報告しなかったのか疑問を持ち調べたそうだが、本当のことがわからずに専務に直接聴きに行ったらしい」

直人は松田に質問した。

「おいおい、お前が何でそんなに詳しい経緯を知っているんだ」

松田は正直に話した。

「実はその時、寺田は『山本次長が銀行を首になったのはおかしい』と言って俺に相談に来たんだ。

その時、寺田から専務とのやり取りを全部聞いたんだ。

寺田は専務に、『国税庁からの承認通知書は封筒の消印から山本次長が首になる一か月前に担当役員に届いており、その時点で専務が頭取に報告しておけば、山本次長は首になることはなかったはずだ』と言ったそうだ。そうしたら専務が、『君は何を言っているんだ。山本は首になったんではなく、定年退職したんだ』と反論したそうだ。

寺田は、『それではなぜ、専務はその承認通知書を頭取に報告せずに他言無用と指示して企画部の税務担当者に下ろしたのか』と詰め寄ったそうだ。専務は再び怒り、『中途採用の君にはわからないことがたくさんあるんだから、もうこれ以上詮索するな』と怒鳴ったそうだ」

松田は続けた。

「寺田は、『その承認通知書が山本次長が首になる前に頭取に報告されていたら、山本次長はまだ銀行に残っていたんじゃないか。山本次長の前任者たちはほとんどがその後役員になっており、役員になれば定年はなくなるはずだ』と言うんだ」

直人は愕然とした。

「寺田はそんなくだらないことを調べるために夜遅くまで残業していたというのか。何という馬鹿な奴だ」

直人はこれまでの人生で経験したことのないような圧倒的な喪失感に襲われ、深いため息をついた。

「寺田を銀行に推薦するんじゃなかった。監査法人にいればこんなことにはなっていなかっただろう」

翌日、直人は船橋の斎場で行われた告別式に参列した。

遺された妻と幼い男の子を見て胸が張り裂けそうになった。直人は思った。

「これは俺の責任だ。この親子は俺が何とかしなければ寺田に申し開きができない」

寺田のまだ若いご両親が、悲しみに身を震わせながら涙を堪えていた姿を見て居たたまれなかった。

寺田は結婚してからまだ五年しか生きていない。享年三十、またしても企業戦士の早すぎる死であった。

直人は斎場でおかしなことに気づいた。供花や花輪は頭取名で立派なものが供えられていたが、銀行の役員が一人も参列していなかったのである。それに引き換え、中途退職した監査法人トーマスの方は、会長や専務、それに先輩会計士など五十人以上が参列していた。直人は参列していた同期の松田に駆け寄って聞いた。

「松田、銀行のこの対応は一体何なんだ。いつからうちの銀行はこんなに非情な銀行になってしまったんだ。これじゃあ、亡くなった寺田があまりにも可哀想だ。奥さんやご両親に対しても非礼極まる対応じゃないか」

松田は頷きながら直人に答えた。

「山本、今の銀行はもう俺たちが入行した時の銀行じゃないんだよ。トップバンクを目指してただひたすら努力してきた行員や、そうした行員をちゃんと評価してくれた役員たちはもういなくなり、お前たち当時の企画部の連中が、苦労して経営統合を成功させてきたことも、もうすっかり忘れ去られている。うちの銀行は経営統合を繰り返し、いつの間にかトップバンクと言われるようになり、そこに胡坐をかき謙虚さも思いやりもみんななくしてしまったんだよ」

直人は言った。

「そうだな。しかし、うちの銀行はトップバンクと言われているが、本当に実力があってそうなったんじゃないんだ。他行がオウンゴールによって自ら転落していっただけなんだ。もちろん、うちの銀行の失策が少なくて済んだのは、先輩たちの血の滲（にじ）むような努力によるものなんだ。

うちの銀行の連中は、そうしたことを忘れてトップバンクという言葉に浮かれ、何か本当に自分たちには実力があると勘違いしているんじゃないのか。そんなことでは、うちの銀行もそのうち百倍返しを喰らって負け組に転落してしまうぞ」

直人は今の銀行の本当の敵はもはや他行でも金融庁でもなく、自分自身の驕（おご）りだと思った。

直人はこれまでずっと考え続けてきた「これからの自分の使命」を、ここで改めて認識した。それは、トップバンクと言われている今のうちの銀行の地位が、夢の途中で命を落とした企業戦士たちの壮絶なる犠牲の上に成り立っていることを、遺された妻や子供たちだけではなく、うちの銀行のすべての行員にこれからちゃんと伝えていく「語り部」になることである。

山本直人は銀行の企画部に二十四年間在籍し、八人の頭取に仕えた。こんな四半世紀も同じ部署に在籍した銀行員は、後にも先にも直人しかいないだろう。

その間、銀行の護送船団方式の終焉、金利の自由化、バブル崩壊、銀行破綻、経営統合、リーマンショック、大蔵省解体、金融庁との闘いなど、様々な出来事をまさに現場で身をもって体験してきた。そうした様々な大きな難題にぶつかり、それをどうすれば解決できるかと悩み続け、考え抜いた末に解決策を見出した時の喜び、それを実現させるため日々奮闘し、達成できた時の充実感、これこそが、直人の唯一の仕事の原動力であった。

しかし、銀行はあまり目立つことは好まない企業である。銀行が過去に行ってきた多くの正しいことが世間では正しいと見られず、銀行もそれに反論しないことをよしとしてきた。銀行はこうした対応の過ちから、その後何度も同じ失敗を繰り返してきた。

直人は、そうした四半世紀の歴史の中で、それでも精一杯抵抗し続けてきた風変わりな銀行員がいたということを知ってもらおうと、筆を執った。

振り返ってみると、誰にでも老いが訪れるように、第一線で頑張ってきたことがいつの間にか遠い過去の武勇伝となり、そんなことを知る者ももはやいなくなった。

ただただひたすらに上を目指し一心不乱に突き進んできた丸の内銀行は、その後東京丸の内銀行、東京丸の内ミツワ銀行と社名を変え、いつの間にかトップバンクと言われるようになった。しかし、今の傲慢なトップバンクに未来はない。

ふと我に返ると、直人の家族もそれぞれの道を歩み始め、もう直人を必要とすることもなくなった。三十五年間背負ってきた銀行という大きな看板もなくなり、第二の職場ではゼロ、いやマイナスからの再出発となり、全く新しい能力が求められ、過去の栄光など何の意味もなさなかった。しかし、これはこれで直人にとっては銀行の時以上に遣り甲斐のある貴重な経験となった。

そこでようやく悟ったのは、「人間一人では何もできない」ということであった。直人は周りの人たちの支えがあったからこそ、自分がここまでやって来られたことを知った。

そして、その最大の支援者こそが妻の洋子であった。その洋子が突然難病に襲われてしまった。今度は直人が洋子を助ける番である。これまでの目に見える敵ではなく、今度は目に見えない難病という敵との闘いである。

人生で初めての在宅介護という難題を突きつけられ、無我夢中で突っ走ってきた。気がつくと直人は、ここでも多くの方々に助けられていたことを思い知らされた。そして今度は「人間一人じゃない」ということが、どんなに直人の生きる活力になったかということも思い知らされた。

直人は「人生の百倍返し」という勇ましいテーマでこの本を書き始めたものの、最後に悟ったのは、これまでに様々な方からいただいた大恩に対する「人生の百倍返し」という「恩返し」であった。直人はこれからの自分の人生を難病の洋子と世界中の難病の子供たち、それから自らを犠牲にして道半ばで夢を絶たれた企業戦士の遺児たちに捧げていくつもりである。

エピローグ

本書を書き終わった令和二年（二〇二〇年）十二月二日、山本家の愛犬グレートが十六歳四か月で天国に召されて逝った。天国では、ゴールデンレトリバーのアキちゃんと、小野山家のこれもゴールデンレトリバーのポッケと一緒に、今頃は仲よく遊んでいるに違いない。

山本家ではこれまでに三匹の愛犬を飼った。

最初の愛犬は初代のアキで雑種の雄犬「アキくん」であった。次男の燕が友達の家に生まれたアキくんを、自分が面倒みるからと言って貰ってきたのは、燕がまだ小学校四年生になったばかりの時であった。雄犬だけあって気性の荒い犬であった。

燕は最初のうちこそよく面倒を見ていたが、そのうち洋子が手伝うようになり、半年も経たないうちに洋子がとうとう飼い主になってしまった。アキくんは山本家の一員になってから、僅か五年で亡くなってしまった。近くの動物病院の獣医が死亡した原因を解明するため、アキくんを解剖して調べたところ、胃の中にタオルのような布が残っていたそうである。

洋子は獣医の先生から、

「アキくんは相当苦しかったはずですよ。よく頑張ったね」と言われ、

「なぜ、自分がそれをもっと早く気づいてあげられなかったのか」

と一週間以上も塞ぎ込んでしまった。

直人はそれを見かねて、梶が谷のペットショップで山本家の二代目の愛犬となるゴールデンレトリバーの雌犬「アキちゃん」を買ってきた。アキちゃんはなかなか飼い主が見つからずペットショップに半年以上も展示され、近々保健所に連れて行かれることになっていたらしい。直人は初めてアキちゃんを見た時、その悲しそうな目に遠い昔の自分の家族の悲しみを感じた。

直人は早速、燕をペットショップに連れて行きアキちゃんを見せてみたところ、燕もぜひ飼いたいということになって、平成九年（一九九七年）七月にアキちゃんは山本家の一員となった。

その頃のアキちゃんはどこか間延びした顔をしており、洋子は美人じゃないと最初は嫌がっていた。ところが、年を経るに連れアキちゃんは美人になり、犬友達が集まる宮崎中学入り口の溜まり場では人気の的となった。

それから八年後に、今度は長女の久美が長崎の純心高校に在学している時に、ペットショップで山本家の三代目の愛犬となる黒のラブラドールの雌犬「グレート」を買って、川崎の自宅に連れて来た。アキちゃんとグレートはとても仲が良く、いつも一緒に遊んでいた。

ところが、そのアキちゃんが平成十八年（二〇〇六年）二月十四日のバレンタインデーの寒い朝、別れを惜しむように家の周りをゆっくり一周歩いた後に、血を吐いて亡くなった。血液の癌と言われる悪性リンパ腫であった。アキちゃんはまだ十歳にもなっていなかった。

その時、通常は亡くなった犬には決して近づかないはずなのに、グレートは亡くなってすぐのまだ温かいアキちゃんに寄り添って、離れようとしなかった。それはまるで本当の親子のようであった。

そういえば、洋子はアキちゃんがよく玄関の門から出ようとしていたグレートの耳をくわえて押さえ込んで家の中に引っ張り込んでいたのを見て、最初はアキちゃんがグレートを虐めていると怒っていたが、そのアキちゃんが亡くなった後、

「あれはアキちゃんが、自分がいなくなった後にグレートが飼い主に迷惑をかけないように躾けていたんだ」と話していた。

グレートの最初の飼い主の久美は、大学四年の時に洋子と喧嘩して家を飛び出したので、それから約十年以上は洋子がグレートの面倒も見ることになった。

洋子が難病を発症して長崎で入院生活に入ってからは、逗子に住んでいる久美がグレートを引き取って面倒を見た。結局、久美は最初の三年と最後の三年、通算六年間グレートの面倒を見たことになる。

大型犬が十六年以上も生きられたことは極めて珍しい。グレートの年齢は人間に換算すると九十歳以上に相当し、さすがのグレートも晩年は満身創痍となった。グレートは老衰のため嚥下機能も低下して、誤嚥性肺炎を発症し毎週病院通いをしていたそうだ。ここでもまた小野山夫妻には大変お世話になった。

グレートは十二月一日の深夜から久美に抱かれ、翌朝に久美の膝の上で息を引き取ったそうだ。

直人はその前夜トイレに起きた時、ガラス窓に小野山夫人が洋子のために貼ってくれていたアキちゃんとグレートの写真のうち、グレートの写真だけが床に落ちていたのに気づいてガラス窓にそれをもう一度貼り付けた。その深夜に話すことができない洋子が寝言を言っていたのを直人は聞いた。

「グレート、グレート」と、それはまるでここにいるグレートを呼んでいるようなはっきりとした声であった。

翌朝、直人はいつものように五時過ぎに起床したところ、またグレートの写真だけが床に落ちていた。直人は何か嫌な予感がした。

「ポッケのところに逝きました」と久美からメールが着たのは、朝の九時過ぎであった。グレートは前夜に、お世話になった洋子にお別れに来たのかもしれない。

洋子も今年の二月にグレートと同じ誤嚥性肺炎を起こして、桜田門病院に一か月入院していたが、ここ最近は症状が驚くほど改善していた。痰の吸引を毎日最低でも五、六回、多い時は夜中に一時間置きにしていたこともあったが、最近は一日一回就寝前だけで済むほどに改善していた。

この時期は逆に、グレートが誤嚥性肺炎で苦しんでいた時期と重なる。直人は学生の時、「ペットは飼い主の病気を代わりに背負って天国に逝くんだ」と遠藤周作の小説『深い河』で読んだことがあったが、その通りであった。

グレートもお世話になった洋子に、お別れをするために、川崎の自宅に戻って来たに違いない。

直人は、愛犬たちは自分たちの死をもって、お世話になった飼い主たちに、これからの人生で起きる悲しい試練に耐えられるように恩返しをしてくれたんだと思えてならなかった。
それはまさに、山本家の「人生の百倍返し」そのものであった。

完

この作品は著者自身の人生を基にした小説ですが、数々のエピソードはフィクションも含まれています。

個人名、企業名等、仮名を使用しているものがあり、また実在の団体とは一切関係がありません。

著者プロフィール

山口 勝美（やまぐち かつみ）

1953年長崎県生まれ。長崎大学卒。1976年に大手都市銀行に入行し福岡支店、元住吉支店を経て四半世紀にわたり、同行企画部に在籍。その間、八人の頭取に仕え、金利の自由化、護送船団方式の終焉、ニューヨーク証券取引所上場、BIS自己資本比率規制、金融ビッグバン、バブル崩壊、不良債権問題、金融庁検査、銀行破綻、経営統合、リーマンショックなどまさに銀行の激動期を身をもって体験。銀行退職後は教育財団の事務局長として、財団の再建、会計教育および後進の育成に注力した。その後、難病に罹った妻を介護するため、在宅介護に専念。

人生の百倍返し わが生きざまに悔いはなし

2021年８月15日　初版第１刷発行
2023年４月30日　初版第２刷発行

著　者　山口 勝美
発行者　瓜谷 綱延
発行所　株式会社文芸社
〒160-0022　東京都新宿区新宿1－10－1
電話　03-5369-3060（代表）
03-5369-2299（販売）

印刷所　株式会社フクイン

ISBN978-4-286-22814-3